Alessandro Piperno

Wo die Geschichte endet

Alessandro Piperno

Wo die Geschichte endet

Roman

Aus dem Italienischen von Barbara Kleiner

PIPER

Mehr über unsere Autoren und Bücher:
www.piper.de/literatur

FSC
www.fsc.org
MIX
Papier aus verantwortungsvollen Quellen
FSC® C014496

ISBN 978-3-492-05868-1

Titel der italienischen Originalausgabe: »Dove la storia finisce«
bei Mondadori Libri S.p.A., Mailand, 2016

Satz: Satz für Satz, Wangen im Allgäu
Gesetzt aus der Bembo
Druck und Bindung: GGP Media GmbH, Pößneck
Printed in the EU

Im Gedenken an Enrico Guaraldo

Erster Teil

Das Recht auf Heimkehr

I

Federica Zevi wusste, dass sie mit ihren neunundvierzig Jahren für Witwer, Geschiedene und eingefleischte Singles eine passable Alternative zu den begehrten und immer weniger verfügbaren Dreißigjährigen darstellte. In den seltenen Momenten der Selbstwertschätzung fühlte sie sich wie ein Jaguar aus dritter Hand, den die Vorbesitzer regelmäßig haben warten lassen.

Schon seit geraumer Zeit hatte kein Mann sie mehr nackt gesehen; sie fürchtete, dass sie, sollte dies geschehen, in den Augen des Verwegenen das erkennen würde, was Spiegel, Waage und die Blicke der jungen Mädchen ihr immer unverhohlener suggerierten: Nach Jahren in züchtiger Bedeckung war ihr Körper ausrangiert.

Der zeitliche Zusammenhang zwischen ihrer rabiaten Selbstentwertung und dem Entschluss ihres Ehemanns, nach sechzehn Jahren im kalifornischen Exil nach Rom zurückzukehren, entging ihr nicht. Es kam ihr so vor, als hätte sie im Leben nichts anderes getan, als zu warten, schon bevor sie ihn kennengelernt hatte und auch während der sorglosen Ehejahre. Ganz zu schweigen von der Zeit danach, als er sich, von Gläubigern und Kreditgebern bedrängt, aus dem Staub gemacht hatte. Hellsichtig hatte sie sich gesagt, dass es zu spät sein würde, wenn sie ihn nicht vor fünfzig wiedersah. Deshalb hatte sie die lang ersehnte Mail, in der Matteo seine Rückkehr nach

Hause ankündigte, so erschüttert. Je näher der Zeitpunkt rückte, desto mehr verdichtete sich ihre Angst, dass er sie, wenn er sie vor sich sah, nicht wiedererkennen würde.

In den letzten Wochen hatte Federica mehr geweint als in ihrem ganzen übrigen Leben – als sie im Radio einen Schlager aus ihrer Jugendzeit hörte, als sie im Fernsehen sah, wie ein Gepard ein Gazellenjunges riss, als sie auf dem Bürgersteig eine Mutter mit ihrem Kind beobachtete; sie hatte geweint, als sie Martinas alte Schulbücher ordnete, als sie die Stimme des ehemaligen Präsidenten der Republik hörte, als sie einen Bericht über die fortschreitende Wüstenbildung am Horn von Afrika verfasste.

Die schmachvollsten Tränen hatte sie am Abend zuvor am Telefon vergossen, als ihr Vater versucht hatte, ihr das Versprechen abzuringen, dass sie sich, falls der Schurke sich tatsächlich melden sollte, weigern würde, ihn zu treffen.

»Papa, ich bin fünfzig, ich brauche deinen Segen nicht, wenn ich mit einem Jungen ausgehen will.«

Pikiert hatte der Vater sie daran erinnert, dass der fragliche Junge mehr Ehefrauen hatte als ein Emir; und sie hatte darauf verzichtet, das Maß vollzumachen, und ihm nicht eröffnet, dass zu den drei Signore Zevi kürzlich noch eine vierte hinzugekommen war.

»Versprich mir wenigstens, dass du die Scheidung verlangen wirst.«

»Du weißt ja gar nicht, wie nützlich dieses unscheinbare Ringlein für eine Frau in meinem Alter ist. Eine todsichere Abschreckungswaffe.«

»Sag das nicht. Auch du hast ein Recht auf ... Was ist denn aus dem Dings geworden?«

»Ich weiß nicht, von wem du sprichst.«

»Von dem Architekten, dem Witwer. Ein seriöser Mann.«

»Architekt, Witwer, seriös. Ist das nicht deprimierend?«

»Ja, wenn dir polygame Bankrotteure lieber sind.«

Während der Vater seine übliche Litanei herunterbetete, hatte sie angefangen, leise zu weinen. Sie hatte so lange geweint wie nötig, auch noch nachdem sie aufgelegt hatte.

Die ganze Angelegenheit war faul. Der Vater gefiel sich in dem Glauben, es sei Matteo, der ihr die Scheidung verweigerte, und sie ließ es dabei bewenden. Federica strich gern die Vorteile ihrer Position als altgediente und konziliante Ehefrau heraus, ließ aber die Freuden, die sie ihr bescherte, beiseite. In Wahrheit fühlte sie sich in der Rolle der Signora Zevi so wohl, dass sie die Vorstellung, diese mit ein paar Unbekannten zu teilen, gern ertrug, und sei es auch um den Preis der Gesetzwidrigkeit und der Selbsterniedrigung. Sie hatte diese Rolle seit dem Moment an Weihnachten vor vielen Jahren begehrt, da ihr Blick erstmals auf diesen blendend aussehenden jungen Mann im Skianzug gefallen war. Er und sein Clan (wie sollte man das anders nennen?) hatten das Hotel in den Dolomiten fast gänzlich in Beschlag genommen, sodass Federica und ihre Freundin nur mit Mühe und Not noch ein Zimmer bekommen hatten.

Ein Skiurlaub gehörte zu der Art von Vergnügungen, die ihrem Vater besonders verhasst waren. Nachdem er seinen Universitätslehrstuhl für einen Parlamentssitz in den Reihen der Kommunistischen Partei aufgegeben hatte, war er nur noch unduldsamer gegen jede Form des bürgerlichen Zeitvertreibs geworden. Bis dahin war es Federica nicht schwergefallen, den Part von Papas Liebling auszufüllen. In der Schule hatte sie so hervorragende

Noten gehabt, dass ihr in der neunten Klasse eine Auszeichnung verliehen worden war, samt Medaille, die ihr der Bürgermeister höchstpersönlich an die Brust geheftet hatte. In dem renommierten staatlichen Gymnasium, das nur ein paar Schritte von zu Hause und ebenso weit vom Parlament entfernt war, hatte sie die richtigen Klassenkameraden gefunden: wohlerzogen, schüchtern bis zur Tollpatschigkeit, aber auch sektiererisch, arrogant, die eigenen Privilegien verachtend, entschlossen, sie sich durch gute Noten und frühzeitige politische Aktivität zu verdienen. Aus diesem Pool künftiger Lehrstuhlinhaber, Parlamentarier, Gewerkschafter hatte Federica ihre ersten Freunde gefischt. Obwohl ihr Vater sie für anmaßende Hohlköpfe hielt, konnte er nicht leugnen, dass Federica mit ihrer Wahl versucht hatte, bei ihm Gefallen zu finden.

Nachdem sie ihre Dissertation über *David Copperfield* verteidigt hatte, verließ sie ihren dritten Freund. Gemäß einer alten Sitte änderte sich die Welt, nur der Vater blieb unbeweglich und zwang sie, sich ebenso zu verhalten. Auf politischer Ebene litt er unter dem Wunsch des Genossen Gorbatschow nach Transparenz, auf privater Ebene musste er das Verlangen seiner einzigen Tochter erdulden, sich zu emanzipieren. Der Skiurlaub war eine Art Perestroika.

Während ihres ersten Spaziergangs auf der Piazzetta von Madonna di Campiglio hatte Federica Gelegenheit, die romantischen Stimuli zu würdigen, die der Spätkapitalismus bereithält. Sie fühlte sich wie ein Dickens'sches Waisenkind, das dank seines Wohltäters endlich in den Laden mit den Leckereien eintreten kann, die es lange vom Gehsteig aus bewundert hat. Schneebedeckte Spitzdächer, geschnitzte Holzbalkone mit blinkender Beleuchtung, Schaufenster, die eine ideale, von Kaschmir, Kaminfeuer und heißem Kakao gewärmte Menschheit zelebrierten. Federica empfand so viele Dinge auf einmal, dass sie Mühe hatte, die bewegendste Emotion herauszufiltern. Das Hochgefühl der Freiheit? Oder die Frustration, dass sie nicht wusste, was damit anfangen?

Frühmorgens fuhren sie mit der Seilbahn bis zu dem Chalet bei den Skiliften. Während sie dort an einem Tisch saß, sah Federica ihre Freundin mit dem Lift zwischen Tannen und Lärchen entschwinden. Sie bestellte einen Earl Grey und holte *Clarissa* von Samuel Richardson hervor: Wenn das so weiterging, würde sie das Buch vor Ende der Ferien ausgelesen haben. Sie hatte eine Schwäche für Romane, die den Namen ihrer Heldin im Titel tragen. Pamela, Moll, Emma, Thérèse, Nana. Jede dieser Frauengestalten hatte ihr ein Beispiel dafür geliefert, was es heißt, sich dem Unglück nicht zu beugen. Ihr Doktorvater hatte alles darangesetzt, ihr diese Unart, sich mit der Heldin zu identifizieren, auszutreiben; für die Zeit der Dissertation hatte sie sich überzeugen lassen, aber mit Clarissa wurde sie rückfällig.

Ein Vierteljahrhundert war seit jenem strahlenden Wintermorgen vergangen. Sie hatte alles vergessen, außer der Seite 304 in der Penguin-Classics-Ausgabe. Dort kannte sie jeden Absatz, die Verteilung der Dialoge, die Semikola. Und doch hatte vom Inhalt nichts eine Spur hinterlassen, außer jenem »*But*« am Beginn des zweiten Absatzes; in einem ungewöhnlich gut ausgeleuchteten Areal ihres Gehirns hatte diese Seite tausend Schlachten überstanden, und zwar aus einem bestimmten Grund – weil sie sie Dutzende Male gelesen hatte. Sie hatte immer wieder angefangen, wurde abgelenkt und fing wieder von vorne an. Schwierig, sich zu konzentrieren, während dieser junge Vater im Skianzug seinen Sohn zu überzeugen versuchte, dass er ihn nicht mitnehmen könne. Sie saßen zwei, drei Tische entfernt: Vater, Mutter, Sohn, und gehörten zu der Gruppe, die das Hotel fast gänzlich besetzt hatte.

»Das ist eine schwarze Piste«, sagte der Mann. »Du kannst gerade mal den Berg hinaufkraxeln und im Schneepflug fahren.«

Was könnte sexyer sein als ein Vater, der mit seinem Sohn verhandelt, weil der ihn nicht gehen lassen will? Federica setzte alles daran, ihren Blick auf der Buchseite zu halten, doch eine unwiderstehliche Kraft lenkte ihn auf das Leben vor ihr. Der Junge glich seiner Mutter: lockiges Haar, volle Lippen, ein unbestimmtes orientalisches Flair. Den Schnitt der Augen hatte er vom Vater, auch ihre changierende Farbe (sie wandelten sich wie der Himmel, würde sie später feststellen), grün, türkis, silbergrau wie die Südsee.

»Was ist eine schwarze Piste?«, fragte der Junge und hielt den Vater am Finger fest.

»Das ist etwas für erfahrene Skifahrer, extrem steil, gefährlich, aber sehr lustig.«

Ungefähr an diesem Punkt kam Federica der Verdacht, dass der Mann sich nicht länger an seinen Sohn wandte. So absurd das scheinen mochte, er meinte sie. Hatte er bemerkt, dass sie die Familie beobachtete, und wollte sie auf ihren Platz verweisen? Vielleicht war es der Anfang eines Dialogs? Doch zu welchem Zweck? Gott, wie gut er aussah! Mit seinen hellbraunen Haaren und den beginnenden Geheimratsecken glich er Stefano Casiraghi, dem Ehemann von Caroline von Monaco, damals (vor der Tragödie) unumschränkter Star der Illustrierten. Warum flirtete ein solcher Typ mit ihr?

Auf einmal schien die Verlegenheit eine völlig neue Form der Freude bereitzuhalten, die nur entfernt mit der mit dreizehn entdeckten Lust zu tun hatte, von den Jungs begehrt zu werden, die viel intimer war und einen anscheinend weinen, aber auch verrückt auflachen ließ. Sie kehrte zu ihrem »*But*« im zweiten Absatz zurück. Die Zeilen tanzten, sie konnte die einzelnen Buchstaben kaum unterscheiden, ganz zu schweigen vom Sinn des Satzes. Auf einmal bedeutete Lesen, sich aus einem dichten, trüben Netz zu befreien, während die warnende innere Stimme den zudringlichen Tonfall von Clarissa annahm. Sie war es, die ihr befahl zu zahlen und zu gehen. Und wenn Clarissa das sagte, die vergewaltigt, nicht aber in ihrer Tugend beschädigt worden war …

»Komm, Giorgio, lass Papa in Ruhe.« Die Mutter wurde ungeduldig.

»Und wann nimmst du mich mit auf die schwarze Piste?«, fragte der Junge hartnäckig.

»Wenn du so weitermachst wie bisher, nächstes Jahr«, log der Mann.

»Wie lange ist es denn bis zum nächsten Jahr?«

Der Vater lächelte. Auch Federica tat es, aber wie sehr war ihr zum Weinen zumute! Wäre sie die Mutter gewesen, sie hätte das Kind wie einen Teddybären an sich gedrückt. Die Unangemessenheit dieses Gedankens verwirrte sie.

»Nicht lange«, log der Typ wieder und erhob sich.

»Versprichst du mir, dass ich nächstes Jahr mit auf die schwarze Piste kommen darf?«

»Versprochen.«

Da ließ der Sohn den Mann los, aber sein Blick folgte ihm so weit wie möglich, und auch noch ein wenig darüber hinaus. Was der arme Kleine nicht wissen konnte:

Die Ursache, weshalb der Vater sein Versprechen nicht wahr machen würde, saß wenige Schritte entfernt, die gewissenhafte Vierundzwanzigjährige, die Romane aus dem 19. Jahrhundert verschlang, die widerstrebende Progressistin – eine unverdächtige Person, die nie jemandem etwas zuleide getan hatte, außer gelegentlich sich selbst.

In der Tat war Federica im Begriff, entgegen allen bewährten Prinzipien eine Kühnheit und eine Bedenkenlosigkeit an den Tag zu legen, die ihr niemand zugetraut hätte. Ungeachtet der Risiken und jeden Anstands sollte sie diesen verheirateten Mann bis zum Ende der Ferien mindestens ein halbes Dutzend Mal vögeln, in ihrem Zimmer, in seinem, in der Sauna, sogar im Umkleideraum des Swimmingpools. In Rom sollten weitere heimliche Treffen folgen und verheerende und zugleich begeisternde Konsequenzen zeitigen: eine Scheidung, eine neue Ehe, die Geburt Martinas.

Obwohl Federica eine Weile lang nicht imstande gewesen war, Giorgios Blick standzuhalten, der in der Zwischenzeit ein Mann und ein besserer Skifahrer als Matteo geworden war, würde sie alles, was sie in jenen Ferien und in den darauffolgenden Monaten getan hatte, ganz genauso wieder tun. Die Jahre ihrer Ehe waren das Beste, was ihr das Leben beschert hatte. Ein fröhliches Jahrzehnt, eingerahmt von zwei groben Zusammenstößen mit ihrem Vater, an die Federica sich aus gegensätzlichen Gründen ungern erinnerte.

Beim ersten Mal hatte sie sich behauptet, indem sie das unbestreitbare Recht auf Glück geltend gemacht hatte. Na schön, wer Frau und Kind wegen einer auf der Skipiste aufgegabelten Frau verließ, war gewiss kein Inbegriff von Vertrauenswürdigkeit. Und auch für sie war es eine unerträgliche Last, die Ursache für eine Scheidung gewesen zu sein. Doch es gab einen Grund, weshalb sie, obwohl alles gegen diese Verbindung sprach, so entschieden war. Wie oft kam es im Leben schon vor, dass *Wunsch* und *Möglichkeit* übereinstimmten? Sie hatte beides absichtlich nebeneinandergestellt, in dem Bewusstsein, dass im sittenstrengen Vokabular des Vaters weder für das eine noch für das andere Platz war, dass man ihn also auf ideologischem Terrain herausfordern musste.

Wenn Federica damals die größere Anzahl an schlagfertigen – und brillanten – Bemerkungen für sich hatte verzeichnen können, hatte er sich in der zweiten Auseinandersetzung zehn Jahre später seine Revanche geholt. Sie hatte ihn um Geld gebeten, eine beträchtliche Summe, mit der Matteo seine Geschäfte hätte sanieren wollen. Der Vater war bereit, ihr alles Erdenkliche zu bieten – Zuflucht, Ratschläge, Vorwürfe, Mitleid, extreme Lösungen –, aber kein Geld. Das könne Federica vergessen. Habe es ihr nicht genügt, eine Universitätslaufbahn gegen ein Hausfrauendasein an der Seite dieses Elenden einzutauschen? Jetzt wolle sie auch noch die Ersparnisse der Familie aufs Spiel setzen. Und wofür? Damit dieser Schurke sich brüsten könne, er habe nicht nur seine Frau zugrunde gerichtet und die Zukunft seiner Tochter gefährdet, sondern auch den einzigen Menschen, der ihnen ein Auskommen sichern konnte, ins Elend gestürzt. Nein, Geld würde er keines geben – nicht, weil er knausrig sei. Vielmehr brauche man das Geld, um die bevorstehenden Schläge abzufedern. Man müsse sich ja keine Illusionen machen, das Beste, was Matteo blühen könne, sei Gefängnis, das Schlimmste, mit einem Loch im Kopf aus dem Fluss gefischt zu werden. Dann wäre es an ihm, sich um die Mädchen zu kümmern. Eines Tages würden sie es ihm danken, dass er das Geld nicht verplempert hatte, um jemandem zu helfen, der nicht nur keinerlei Solidarität verdiente, sondern schon jetzt ruiniert war.

»Weißt du wenigstens, wem er all das Geld schuldet?«

Die Frage hatte sie erstarren lassen. Sie beleuchtete eine der Lücken, die sie nicht hatte füllen wollen, angefangen bei dem Nachmittag vor ein paar Monaten, als ihre Kreditkarten sie vor der Verkäuferin eines Handtaschengeschäfts im Stich gelassen hatte. Ganz zu schweigen von dem Mal, da eine Freundin sie gefragt hatte, ob sie wisse, dass ein Kerl Matteo auf offener Straße übel beschimpft hätte.

Federica wusste nicht, wem ihr Mann das Geld schuldete, aus dem einfachen Grund, dass sie überhaupt nichts von ihm wusste, außer dass er er war und dass ihr das genügte. Aber nach dem Tonfall ihres Vaters zu urteilen, war der Gläubiger wohl kein umgänglicher Typ.

»Besser, du weißt es nicht.«

Er sprach langsam, mit gedämpfter Stimme. Er schätzte es nicht, bestimmte Themen in dem Büro zu erörtern, das er vor wenigen Wochen bezogen hatte. Er hatte seinen Sitz im Parlament aufgegeben und war eine Weile zur akademischen Lehrtätigkeit zurückgekehrt, bis seine ehemaligen Genossen in der Partei ihn zum Verfassungsrichter hatten wählen lassen. Die ganze Geschichte mit Matteo war ihm peinlich. Verdammt noch mal, ein Richter am Verfassungsgericht, eine Leuchte der Wissenschaft, ehemaliger Parlamentsabgeordneter, ein Mann von legendärer Nüchternheit, verwickelt in die undurchsichtigen Geschäfte eines verkommenen Schwiegersohns! Seit einiger Zeit taten in diesem verfluchten Land alle nichts anderes, als die wenigen reinen Dinge in den Schmutz zu ziehen. Er war besorgt, seinetwegen, wegen der Tochter und der nunmehr neunjährigen Enkelin.

Federica hatte ihn angesehen, und er hatte ihr leidgetan. Er war kein einfacher Vater, war es nie gewesen. Seinen Erwartungen zu genügen war eine schreckliche Aufgabe, vor allem für ihn selbst. Es lag etwas Rührendes in seiner Überzeugung, im Recht zu sein. Carla, seine alte Sekretärin, hatte Federica anvertraut, dass der Richter das schlichteste Büro in diesem prunkvollen Barockpalast verlangt hätte, ein Verschlag im Vergleich zu der Pracht ringsum. Seine Magerkeit, umspielt von dem Anzug aus leichtem Flanell, verriet den hieratischen Traum zu verschwinden, sich nach und nach in der Atmosphäre aufzulösen.

Als sie ihn so zerbrechlich und verloren vor sich sah, begriff Federica den Unterschied zwischen den beiden Männern in ihrem Leben und die Tragweite ihrer Wahl. Die Existenz des Vaters schwankte zwischen Sehnsucht nach fernen Dingen und der messianischen Erwartung einer Zukunft, in der alle gelernt haben würden, das Richtige zu tun. Er verklärte die Vergangenheit und erwartete sich eine Menge von der Zukunft, eben weil die Gegenwart für ihn nichtig war. Matteo hingegen hasste langfristige Pläne und ließ sich von der Last der Fehler nicht erdrücken. Immun gegen Erinnerungen und Vorahnungen, hatte er einen ruhigen Schlaf, einen gesegneten Appetit, und im Bett saß jeder Stoß.

An diesem Junimorgen nach der x-ten schwierigen Nacht, als Federica auf dem Handy zwei verpasste Anrufe und eine Nachricht von Matteo sah, der soeben in Rom gelandet und verärgert war, weil niemand ihn abgeholt hatte, empfand sie wie nie zuvor die ganze Ungerechtigkeit dieser Jahre, die sie damit zugebracht hatte, auf ihn zu warten.

2

Nichts von alledem, was er sich vorgestellt hatte, ähnelte der Erleichterung, die er vor dem Pissoir im Terminal 3 des Flughafens Fiumicino verspürte. Als ob er erst jetzt, bei Entleerung seiner Blase, gewahr würde, in welchem Alarmzustand er die letzten sechzehn Jahre gelebt hatte.

Während er sich unter die dahineilende Menge mischte, wurde er von einer Regung patriotischen Stolzes erfasst. Ineffizienz und Nachlässigkeit waren ihm so eigen, dass er sich fast in den Liegestuhl gesetzt hätte, den jemand (wer?) neben dem Taxistand aufgestellt hatte. Das morgendliche Licht hatte nicht die Strahlkraft der Sonnenaufgänge in Los Angeles. Dafür zeichnete sich oberhalb der mehrstöckigen Parkhäuser alles sehr klar ab, flammengesäumte Wolken sahen aus wie verschneite Berghänge bei Sonnenuntergang. Als er während des Landeanflugs leere Strände und die Heckwellen von Motorbooten erblickt hatte, war ein liebevolles Gemeinschaftsgefühl über ihn gekommen. Man vergisst allzu leicht, dass Rom eine Stadt am Meer ist.

Kalifornien hatte er seinerzeit gewählt, weil es unter den Orten, die seinem Geburtsort ähnelten, am weitesten entfernt war von dem Idioten, der ihm an den Kragen wollte. Nichts von dem, was er seither auf die Beine gestellt hatte, glich einer Geschichte von Wiedergeburt und Erlösung. Im Wesentlichen hatte er Jobs akkumuliert, die seine Vorfahren (und vermutlich auch seine Nachkommen) verabscheuen und missbilligen würden.

Weder die einen noch die anderen waren gekommen, um ihn abzuholen. Vielleicht wussten sie gar nichts von seiner Ankunft. Ein paar Stunden früher, während des Zwischenstopps am Flughafen Boston Logan, hatte er die Aufforderung der Flugbegleiterin, die Handys abzuschalten, missachtet und versucht, ein halbes Dutzend Leute zu erreichen, zwei ehemalige Ehefrauen, die Kinder, den Freund aus Kindertagen, und nur Letzterer hatte geantwortet.

Dabei hatte es ihm nie missfallen, Matteo Zevi zu sein. Keiner der vielen Fehler, die er in etwas mehr als einem halben Jahrhundert des Lebens angehäuft hatte, hatte ihn dazu gebracht, sich mit der Schärfe zu beurteilen, mit der andere ihn zu beurteilen pflegten. Waren nicht immer die anderen das Problem gewesen?

Angefangen bei den folgsamsten Verbündeten, Giorgio, den er mit seiner ersten Frau gehabt hatte, Martina, das Geschenk der zweiten. Diese Kinder von verschiedenen Frauen und einem unzuverlässigen Vater, die zumindest er, Matteo, als biologischen Kollateralschaden hinnahm, hatten sich nicht nur vom affektiven Standpunkt aus als gewinnbringende Investition erwiesen. Schade, dass ihre geschwisterliche Verbundenheit seit einiger Zeit neue Nahrung in einer Art gemeinsamer Abneigung ihm gegenüber gefunden hatte. Giorgio beantwortete seine Anrufe seit mindestens sechs Monaten nicht mehr; Martina ließ sich widerwillig herbei, rief jedoch nie zurück.

Er genoss die Einfahrt in die Stadt vom Rücksitz eines Taxis aus. Der Fahrer trug Bermudas in Tarnfarben und ein gelbes T-Shirt; unter dem linken Ärmel, der fast bis zum Schlüsselbein aufgerollt war, blitzte eine Tätowierung von Bruce Lee hervor, die Fäuste erhoben. Wenn der Taxifahrer die Wasserflasche zum Mund führte – das tat er oft und trank in kleinen Schlucken –, hatte der König des Kung-Fu die Beine in der Luft.

Moderne Bauten, Ruinen, Flecken mediterraner Macchia gingen ineinander über, und Träume mischten sich unter Erinnerungen, Hoffnungen, Enttäuschungen. Der Wagen holperte über die Baumwurzeln, die den Asphalt aufwarfen; Kletterpflanzen überwucherten Tore und Umfassungsmauern; Insektenschwärme belagerten die Mülltonnen, als ob die Natur die Stadt und ihre Bewohner besiegt hätte.

Plötzlich sah er zu seiner Linken das Schaufenster, vor dem ihm der erste Kuss abgerungen worden war. Die Glückliche war die Tochter des Geschäftsinhabers gewesen, eines Mannes, dessen Tochter in der Öffentlichkeit (aber auch im Privaten) zu küssen, nicht ratsam war. Zwei Jahre älter als er, ihm aber um drei in der Entwicklung voraus, mindestens zehn Jahre reifer an Erfahrung war dieses Mädchen, dessen Namen Matteo sich jetzt in Erinnerung zu rufen versuchte, eine jener wilden Gestalten, wie sie Kindheitserinnerungen bevölkern. Sie hatte die Initiative ergreifen müssen. Gleich darauf war Matteo nach Hause gelaufen, um sich die Zähne zu putzen. Das Einzige, was er von Manuela (so hieß sie!) wusste, war, dass sie bei einem Autounfall ihren Sohn verloren hatte.

Anstelle der Reinigung war hier jetzt ein Geschäft für glutenfreie Lebensmittel. Überall suchte Matteo nach sensationellen Neuerungen, die seine lange Abwesenheit unterstreichen würden, aber auch nach vertrauten Details, die das Gefühl abschwächen konnten, zu spät zur eigenen Beerdigung gekommen zu sein. Erzittern ließen ihn vor allem die vergessenen Dinge, das schmucklose Schild des Bestattungsunternehmens, die zweifarbigen Bürsten der Autowaschanlage, das Quietschen der Busse beim Bremsen.

Für jeden von uns gibt es einen Ort, nicht allzu weit von zu Hause entfernt, aber auch wieder nicht zu nah, der uns, wenn er am Horizont auftaucht, zusammenfahren lässt wie ein Kind, das sich in der Menschenmenge eines Einkaufszentrums verlaufen hat und endlich den Mantel der Mutter entdeckt. Matteo erkannte, dass dieser Ort für ihn die Latteria am Anfang der Via Alessandro Poerio war. Als er sie sah, spürte er, wie sein Blut mächtig zu den koronaren Bypässen strömte, die ihm unlängst eingesetzt worden waren und die er mit dreiundachtzig abbezahlt haben würde. Aber das war nichts im Vergleich zu dem, was er empfand, als er dort an einem Tischchen sitzend Tati Almagià erblickte, grauhaarig mit Rabbinerbart, wesentlich älter wirkend als er, im Gesicht den Ausdruck von jemandem, der eben einen guten Witz gemacht hat.

Er bat den Taxifahrer anzuhalten. Er zahlte, packte den Reisesack und trabte auf den alten Freund zu.

»Wollten wir uns nicht bei dir im Büro treffen?«

»Aber wenn ich doch ein Leben lang hier sitze und auf dich warte wie ein Idiot.«

Hier hatten sie sich verabredet, um gemeinsam in die Schule zu gehen; hierher waren sie an den Winternachmittagen nach dem Tennisunterricht auf ein Tramezzino und eine Cola gekommen; hier hatten sie sich Ende Juni voneinander verabschiedet und eine Granita di caffè getrunken, um sich dann im September beim letzten Eis des Sommers wiederzutreffen; hier hatten sie im Oktober ein

Sandwich mit Hühnersalat gegessen und die Fastenregeln des Jom Kippur gebrochen.

Gestärkt durch Latte macchiato, Cappuccino und Cornetti informierte Matteo Tati über die letzten Katastrophen. Er hatte die Arbeit im Fitnessstudio verloren, der Kühler am Auto war kaputtgegangen, er war in ein anderes Viertel gezogen. Das allein in den letzten sechs Wochen. Er erzählte ihm von Sandrine, seiner neuen Frau, einer Französin mit künstlerischen Ambitionen. Sie brauchte einen Ehemann mit amerikanischem Pass und er zwanzigtausend Dollar: Sie waren sich schnell einig geworden. Leider entpuppte sie sich als so lästig, dass seine früheren Ehefrauen im Vergleich dazu …

Ohne die zwei oder drei Mal, die Tati nach Kalifornien gereist war, wären es sechzehn Jahre gewesen, dass sie sich nicht gesehen hatten. Tatis letzter Besuch reduzierte den Zeitraum auf fünf Jahre. Jedenfalls eine Ewigkeit, wenn man bedachte, dass ihre Freundschaft bis zu Matteos überstürzter Abreise nicht weniger eng gewesen war als die Verbindung ihrer Väter. Tatis und Matteos Väter hatten in der Synagoge nebeneinandergesessen, auf den Rängen des Fußballstadions, im Konzertsaal von Santa Cecilia; sie waren der eingeschworenste Zweier des Ruderklubs Lazio gewesen; jeden Sommer hatten sie gemeinsam Urlaub in der südlichen Maremma gemacht und sich dort fast jeden Abend einen großen Wolfsbarsch im Salzmantel geteilt. Die Söhne hatten das Erbe dieser familiären Bindung so lange wie möglich aufrechterhalten. Es gab kein Bildungserlebnis und keine schädliche Erfahrung, die sie nicht geteilt hätten: die erste Zigarette, den ersten Rausch, das erste mütterliche Schulschiff. Doch keine ihrer jugendlichen Unternehmungen konnte es mit dem Telefonat aufnehmen, in dem Tati Matteo vor ein paar Jahren von der Diagnose eines Melanoms in Kenntnis gesetzt hatte. Mit einem Schlag hatte die Vorstellung, der Freund könne für immer verschwinden, einfach nicht mehr da sein, um auf ihn zu warten und sich an seiner statt um Giorgio und Martina zu kümmern, auf sie achtzugeben und sie zu beschützen, sein Exil absurder und verzweifelter gemacht. Matteo hatte verlangt, nach jedem Termin der Chemotherapie angerufen zu werden, auch wenn es in Los Angeles dann mitten in der Nacht war.

Tatis Magerkeit war die sichtbarste Folge der überwundenen Krankheit; seine Haut sah aus wie die Schale eines im Kühlschrank verschrumpelten Pfirsichs. Etwas an dem neuen Tati erinnerte an einen Bauchredner.

Nach einiger Zeit jedoch plätscherte die Unterhaltung in den ruhigen Gewässern der Erinnerung dahin. Sie mussten sehr lachen über das eine Mal am Meer, als Matteos Mutter Tati in Unterhosen mit einem Mädchen erwischt hatte und, ohne mit der Wimper zu zucken, zu ihm gesagt hatte: »Wenn du schon mal da bist, könntest du deinem Vater bitte ausrichten, dass die Canasta-Partie heute Abend ausfällt.«

»Nun, sie war nicht so leicht aus der Fassung zu bringen.«

»Sie war es, die mir die erste Zigarette anbot«, bestätigte Tati zufrieden. »Wenn ich an meine altmodischen Eltern denke!«

»Zur Bar-Mizwa hat sie mir eine Packung Präservative mit Bananengeschmack geschenkt«, legte Matteo nach.

»Aber sag mal, wie hast du das gemacht?«

»Was?«

»Eine solche Mutter in Rage zu bringen.«

Seitdem ein Aneurysma ihren Ehemann an der Aufschlaglinie eines Tennisplatzes niedergestreckt hatte, hatte Lia Zevi alles darangesetzt, Matteo ein Beispiel dafür zu geben, wie man mit den Widrigkeiten des Schicksals fertigwird. Sie war eine junge Witwe gewesen mit einem sechsjährigen Bengel, den sie großziehen, und einem berühmten Großhandel für Haushaltswaren, den sie weiterführen musste. Alles hätte sie sich vorstellen können, nicht aber den verwirrenden Gebrauch, den ihr Teo von der Freiheit machen würde, die sie ihn zu lieben gelehrt hatte. Er hatte sich so *frei* gefühlt, alles über den Haufen zu werfen, mit dem Gestus eines Kunstsammlers Ehefrauen zu horten, einen Typen um einen Kredit anzugehen, der bekannt war für seine geringe Neigung, seinen Schuldnern die Schulden zu erlassen, bei Nacht und Nebel zu fliehen wie ein Verbrecher, dabei kleine Kinder, gedemütigte Frauen und eine fassungslose Mutter zurücklassend, bereit, seine Exilantenhände mit den Stigmata des Elends und der Illegalität zeichnen zu lassen.

Nein, zur Beerdigung der Mutter hatte Matteo nicht kommen wollen, das war zu gefährlich. Dann hatte Gott seine Finger im Spiel gehabt: sein Gläubiger, derjenige, der ihm fast zwanzig Jahre lang die Heimkehr verwehrt hatte, war Lia Zevi auf den Friedhof nachgefolgt, von einem Tag auf den anderen, ohne Erben und ohne testamentarische Verfügung. Das waren zwei gute Gründe, mit dem ersten Flug nach Hause zurückzukehren, seine Mutter und sein schlimmster Feind waren nicht mehr da und erwarteten ihn nicht mehr.

Aber nicht von der Mutter wollte er sprechen. Noch weniger vom willkommenen Tod dieses Scheißkerls. Sondern von der Haltung seiner Kinder.

»Ich sage ja nicht, dass ich eine Blaskapelle zur Begrüßung erwarte, aber wenigstens ans Telefon könnten sie gehen! Ich bin mir nicht einmal sicher, ob sie wissen, dass ich hier bin.«

»Sie wissen es.«

»Und?«

»Und was?«

»Warum antworten sie nicht? Warum rufen sie nicht zurück?«

»Martina ist am Meer bei der Silbernen Hochzeit ihrer Schwiegereltern. Und Giorgio will nicht einmal deinen Namen hören.«

Ach ja, und warum? Im Grunde war zwischen ihm und seinem Erstgeborenen immer alles glattgelaufen. Loyal, sanftmütig, der beste Sohn der Welt. Er kam ihn in Kalifornien besuchen, sie amüsierten sich, sie hatten eine wirklich gute Zeit miteinander. Beim letzten Mal hatte Giorgio ihm eine Fahrt mit der Limousine nach Las Vegas spendiert und Karten für ein Gedenkkonzert für Ricky Nelson … Und jetzt schloss er ihn von einem Tag auf den anderen aus seinem Leben aus.

»Ist es wegen Sandrine? Das ist doch keine Ehe, das ist ein Geschäft.«

»Das ist vielleicht eines der Dinge, die du mit ihm klären solltest.«

»Und wie soll ich das machen, wenn er nicht mit mir spricht? Warum sagst du ihm nicht, er soll mich anrufen? Auf dich hört er.«

»Er sagt, du hättest nicht zurückkommen sollen. Er hätte dich gebeten, es nicht zu tun.«

»Ich habe mehr als ein Drittel meines Lebens fern von alldem verbracht, was ich liebe. Mancher Mörder bekommt eine geringere Strafe.«

»Du kennst deinen Sohn …«

»Meine Mutter ist nicht mehr. Ich hatte keine Gelegenheit, mich von ihr zu verabschieden.«

So schnell kann es gehen: Du lässt dich zu gewissen Gefühlsäußerungen hinreißen, um deinen Gesprächspartner zu rühren, und schon bist du selbst gerührt.

»Weißt du, was in zwanzig Jahren alles passiert?« (Seit einer gewissen Zeit neigte er dazu, die Dauer seines Exils aufzurunden.) »Siehst du den Typen an der Kasse?«, ereiferte er sich.

»Den Sohn der Besitzerin?«

»Als ich ihn das letzte Mal gesehen habe, hatte er einen Schnuller im Mund.«

In der Tat hatte ihm in den letzten sechzehn Jahren kein Ereignis planetarischen Ausmaßes solches Bauchgrimmen bereitet wie die jüngste Haltung seiner Kinder, der einzigen Menschen auf der Welt, die nie gewagt hatten, ihn zu verurteilen, obwohl sie alles Recht dazu gehabt hätten, der einzigen, die ihn geliebt hatten, so wie er war, ohne sich darum zu scheren, was er hätte sein können oder sollen. Und die kehrten ihm nun den Rücken.

»Lass ihnen Zeit. Du hast ja keine Vorstellung, was sie durchgemacht haben.«

Und *er*? Was wussten sie schon, was er erlitten hatte, wenn er selbst es im Rückblick kaum fassen konnte? Was glaubten sie denn? Das Geld, das er durch den Verkauf der alten Rolex-Uhren aus Familienbesitz aufgetrieben hatte, war fast sofort verbraucht gewesen. Vor der Eheschließung mit Pamela und der Greencard hatte er jahrelang in der Illegalität gelebt, in italienischen Restaurants aufgespielt, für kleine Pornofilmproduktionen Caterings organisiert und für ein orthodoxes Lokal in West Hollywood koschere Cupcakes zubereitet.

Hatten sie eine Vorstellung von den Demütigungen,

die er hatte einstecken müssen? Wie an jenem Abend, als er ohne Benzin im Tank und mit knurrendem Magen dagestanden hatte, acht Dollar und dreizehn Cent im Portemonnaie. Wenn er sich fürs Essen entschied, wusste er nicht, wie er zum Pornoset kommen sollte; wenn er beschloss, dass dieser Scheißjob das Wichtigste war, musste er sich ein Herz fassen und die dritte Mahlzeit an diesem Tag ausfallen lassen. Essen oder Benzin? Treibstoff für den Wagen oder Nahrung für den eigenen ausgezehrten Organismus? Waren sie je mit einem solchen Dilemma konfrontiert gewesen? Aber genau deswegen verzieh er ihnen, einen Flug ohne Fallschirm kann man sich eben nicht vorstellen.

»Was soll ich tun?«

»Geh zu ihm. Versuch's auf die spielerische Tour. Das ist deine Stärke.«

Es war, als mischte sich eine Wolke von Unwillen und Anklage unter die feuchte Luft dieses fortgeschrittenen Vormittags, als wären die Flitterwochen zwischen ihm und seiner Stadt vorbei. War das möglich? Matteo stellte sich vor, Giorgio in seinem Megarestaurant, dem Orient Express, zu besuchen und ihn zu vermöbeln. Oder in der Villa von Martinas Schwiegereltern aufzukreuzen und eine Szene hinzulegen, die diese kleine Snobistin nie mehr vergessen würde. Er konnte das nicht tun, er hatte kein Auto und auch nicht das erforderliche Maß an Dreistigkeit und Groll. Die Unmöglichkeit (das Schicksal der Elenden) nagelte ihn hier fest. Da konnte er seinen Unmut auch gleich an Tati auslassen. Der mit seinen schönen Sätzen voll gesundem Menschenverstand. »Versuch's auf die spielerische Tour.« »Das ist vielleicht eines der Dinge, die du mit ihm klären musst.« Weißt du, wohin du dir deinen Großmut stecken kannst?

Vorsicht, kultiviert und geschärft im Elend, riet ihm zur Zurückhaltung. Okay, es war absurd, den Mann zu beschimpfen, der ihn vor der mörderischen Wut eines Wucherers gerettet hatte. Der ihn in schwierigen Momenten bedingungslos unterstützt hatte, auch aus der Ferne. Der sich seiner Familie angenommen hatte. Das war aber doch der Punkt, oder? Wie seltsam, diese Schwäche Tatis für die Zevis! War es möglich, dass in Matteo erst jetzt der Verdacht aufkam, Tati könne seine Auswanderung begünstigt haben, um ihn dann dazu zu bringen, seine Heimkehr aufzuschieben? Und jetzt wiegelte er seine Kinder gegen ihn auf. Nicht explizit, sondern mit der ihm eigenen Hinterhältigkeit. Matteo wusste um die Versuche von Tati und Ada, Kinder zu bekommen; es hatte nie geklappt. War das das Problem?

Du konntest keine eigene Familie haben, und darum hast du dir meine unter den Nagel gerissen. Du hattest keine Skrupel, Martina zum Altar zu führen und in Giorgios Restaurant öffentlich aufzutreten. Mit all deinem Verständnis, deiner Fortschrittlichkeit, dem Glauben an den Allmächtigen, mit deinem Geld muss es dir wie der blanke Hohn erschienen sein, dass dieser elende, abgerissene Vagabund so viel Gnade erfahren hat, während du leer ausgegangen bist.

»Hör mal, machen wir es doch so«, sagte Tati versöhnlich. »Ich bringe dich jetzt nach Hause.«

»Zu dir?«

»Zu deiner Mutter. Du nimmst ein schönes Bad, ruhst dich aus, und wir sehen uns später. Ich habe sauber machen lassen und dir einen weißen Bademantel gekauft. Unterdessen telefoniere ich ein bisschen, und ich verspreche dir, dass ich wenigstens einen von den beiden dazu bringe, bis morgen früh bei dir anzurufen. Und dann ist da ja noch Federica. Sie kann es kaum erwarten, dich in die Arme zu schließen. Auch sie setzt sich für dich ein.«

Die Wohnung lag ein paar Häuserblocks entfernt. Es war nicht der Ort, an dem Matteo geboren war, aber dort war er aufgewachsen. Um sich ein Alter in Würde zu ermöglichen, hatte Signora Zevi die Wohnung verkauft, zu einem Preis unter dem Marktwert, sich dafür aber das Wohnrecht auf Lebenszeit gesichert. Bürokratische Hürden hinderten das junge Käuferpaar, vor der Testamentseröffnung einzuziehen. In der Zwischenzeit würde Matteo dort wohnen können. Wie immer hatte Tati an alles gedacht.

Die Aussicht auf ein heißes Bad und ein Schläfchen im Bett seiner Kindheit (der Jetlag lastete wie Blei auf seinen Lidern) munterte Matteo auf. Wie hatte er an Tati zweifeln können? Wer sonst wusste von seiner Schwäche für weiße Bademäntel? Mit Sicherheit keine seiner Frauen, auch die Kinder nicht (gar nicht daran zu denken), und noch weniger die kalifornischen Freunde. Nicht einmal seine Mutter hätte es gewusst, wenn sie noch imstande gewesen wäre, etwas zu wissen. Tati wohl, er wusste es.

3

Dies war der Augenblick des Tages, da Martina die ganze Peinlichkeit des Verheiratetseins spürte.

Jeden Morgen, mehr oder weniger zur selben Zeit, nach einem Frühstück bestehend aus Magerjoghurt, reifen Kiwis und Kellogg's Cornflakes, hatte sie das dringende Bedürfnis, sich zurückzuziehen und wie bestimmte wilde Tiere, die ihre Nahrung an unzugänglichen Stellen zu sich nehmen, ihre physiologischen Bedürfnisse an einem stillen Ort zu verrichten, mit dem nötigen Sicherheitsabstand von indiskreten Ohren oder Nasen.

Dabei entstammte sie einer Familie, war in einer Epoche und einem Land groß geworden, die sie gelehrt hatten, sich für ihr Menschsein nicht zu schämen. Die eigene Nacktheit war ihr ebenso wenig peinlich wie die der anderen. Nach zwei oder drei Fehlstarts hatte sie im Feld gelernt, dass Sex Spaß machen kann, wenn man ihn oft und ohne Prüderie praktiziert. Ihr Appetit war lebhaft wie der eines Allesfressers. Der Alkoholismus war für sie wie für viele ihrer Altersgenossen ein Schreckgespenst, vor dem man sich hüten musste. Sie gehörte der Generation von Mädchen an, deren ältere Schwestern sich ihre Weltanschauung auf der Grundlage der Drehbücher von Nora Ephron und Darren Star gebildet hatten. Mit achtzehn hatte sie begeistert die *Zehn Gebote des gemeinen*

Biests unterschrieben, die Benny (ihre beste Freundin und künftige Schwägerin) im Netz verbreitete:

1. Du sollst keinen Gott haben neben dir.
2. Denk daran, das Shoppen zu heiligen.
3. Heirate nicht den Erstbesten.
4. Begehe unzüchtige Handlungen (wenn dein Er einen schweren Tag hatte).
5. Misstraue romantischen Männern.
6. Halt dich nach Mitternacht von Häagen-Dazs fern.
7. Meide hohe Absätze zu Jeans.
8. Lebe so, als wäre immer der Vortag von etwas.
9. Begehre den Mann der anderen (aber lerne, deinen eigenen zu genießen).
10. Bereue nichts.

So viele Ratschläge, so viele schöne Regeln, aber keine, die ihr sagte, wie sie die Peinlichkeit des Toilettengangs umgehen konnte. Nach der Hochzeit hatte sie effiziente Strategien entwickelt, die das Problem aber doch nicht lösten. Ein verlässlicher Stoffwechsel erlaubte ihr, sich die Dinge einzuteilen. Auf der Hochzeitsreise im Sofitel von Hanoi hatte sie die Lage der Toiletten im Restaurant, am Empfang und im Schwimmbad erkundet. Ihre Wahl fiel auf den Fitnessbereich, der abgelegen und wenig besucht war. Während des Frühstücks, wenn Lorenzo sich mit Toast und Ham and Eggs vollstopfte, fand sie immer Gelegenheit, unauffällig zu verschwinden.

Nach Rom zurückgekehrt, stellte sie zu ihrer Erleichterung fest, dass Lorenzo an Werktagen früh aus dem Haus ging und die junge Philippinerin nicht vor halb neun in Aktion trat. Um sich eine Viertelstunde der Intimität zu verschaffen, schloss sie die Tür zum Schlafzimmer und die zum Bad zweimal ab und ließ das Wasser im Waschbecken und im Bidet gleichförmig rauschen.

Der einzige Ort, an dem dieses Minimum an Privatsphäre nicht gewährleistet war, war die Villa der Mogherinis unweit von Sabaudia, wo sie im Sommer ihre Wochenenden verbrachten. Das Problem war das Missverhältnis zwischen den anwesenden Menschen und der relativ geringen Anzahl an Toiletten. Lorenzos Eltern hatten das Bad direkt beim Schlafzimmer, die Haushälterin ebenso; die anderen Schlafzimmer im ersten Stock mussten sich ein Örtchen teilen (ohne Fenster, o Graus). Im Erdgeschoß gab es eine Gästetoilette, die ständig belagert wurde. Zudem befand sich die in Pfahlbauweise errichtete Villa, die von mediterranen Pflanzen umgeben und nur durch einen schmalen Strandstreifen vom Meer getrennt war, etwa zwei Kilometer von der Zivilisation entfernt. An diesem Tag war sie obendrein von mehr Menschen bevölkert als üblich. Die Schwiegereltern, die sich anschickten, ihren fünfundzwanzigsten Hochzeitstag zu feiern, hatten einen Cateringservice beauftragt, dessen Chef morgendliche Lokaltermine mit jeder Menge Mitarbeitern im Gefolge liebte.

Auf den förderlichen Lärm ringsum setzend, optierte Martina für das Erdgeschoss.

Als sie befreit und glücklich aus dem Bad schlüpfte, sah sie, wie ihr Schwiegervater sich mit der neuen Nespresso-Maschine abmühte, die Lorenzo aus Rom mitgebracht hatte. Es liegt immer etwas Rührendes in der Ungeschicklichkeit eines herausragenden Mannes.

Professor Mogherinis Job bestand darin, einer ausgewählten Schar von mutmaßlichen Übeltätern die Haut zu retten, Politikern, Industriebossen, Vergewaltigern aus guter Familie … Er war der Napoleon der Gerichtssäle, ohne die Ruhmsucht des illustren Vorbilds, aber ebenso machtbewusst. Die Studenten strömten in Scharen in seine Vorlesungen über Strafrecht (selbe Uhrzeit, selber Wochentag, selbe Aula seit fünfundzwanzig Jahren). Sein Vortrag, ohne die übliche akademische Pedanterie, war fesselnd. Begabt mit der Ironie von kurzsichtigen und schlaksigen Männern, legte er die Illusionslosigkeit dessen an den Tag, der weiß, wie wenig die eigene Aufrichtigkeit wert ist, und der daher der der anderen misstraut. Er ließ zu, dass alle ihn vertraulich »Prof« nannten, Hausmeister, Studenten, Dekane, Staatsanwälte, sogar seine Frau und sein Sohn, wenn sie witzig sein wollten. Martina war die Einzige, die darauf bestand, ihn Professor zu nennen. Er war der Gutachter ihrer Dissertation gewesen. Vielleicht, weil ihm die neu erworbene Verwandtschaft peinlich war, hatte er sich während des Rigorosums von mustergültiger Strenge gezeigt. Seither war er sanft und aufmerksam. Martina hegte für ihn eine Bewunderung, die sie niemand anderem zollte.

Und jetzt gelang es ihm nicht, die rote Kapsel für den koffeinfreien Kaffee in die so gut zugängliche Öffnung zu stecken. Zum Glück war da seine Schülerin, bereit, ihm zu helfen.

»Du bist ein Engel«, sagte er.

Zu oft schon hatte Martina sich bei der Frage ertappt, wie ein solcher Mann wohl im Bett war. Sie bezweifelte, dass er die athletische Verve seines Sohnes besaß. Vielleicht behalf er sich mit der Vorurteilslosigkeit der Intelligenz und der Perversität der Kultur. Das war die Art von (leider allzu häufigen) Fantasien, die ihre Vorstellung von der eigenen Integrität ins Wanken brachten und dafür sorgten, dass sie sich ebenfalls etwas verschroben vorkam.

»Kaum habe ich gelernt, wie diese Apparate funktionieren, da tauscht mein Sohn sie vor meinen Augen auch schon wieder aus«, rechtfertigte sich der Prof und führte das Tässchen an die Lippen. Ein Lächeln entschlüpfte ihm. Die beiden gelben, etwas vorstehenden Schneidezähne waren durch eine braune Lücke getrennt, das Erbe einer Welt, die auf Zahnkorrektur bei Kindern keinen sonderlichen Wert gelegt hatte.

»Sie wissen, Professor, dass Ihr Sohn alte Dinge hasst«, tröstete ihn Martina, während der Schwiegervater das erste Polohemd des Tages mit Kaffee befleckte.

»Da, siehst du«, sagte er bestürzt, während der restliche Kaffee auf den Boden tropfte. »Lach nur über mich, ich habe es verdient.« Dann setzte er sichtlich beleidigt hinzu: »Ich werde dir zeigen, wozu Ehefrauen gut sind!« Und begann nach der seinen zu rufen. Niemals hätte er gewagt, den begehbaren Kleiderschrank im Obergeschoss zu betreten, ohne sie zurate zu ziehen. Wenn die Geschichte mit der Aufgabenverteilung in der Ehe stimmte, dann drückte sie sich bei den Mogherinis so aus, dass sie sein Geld dazu verwendete, ihrer beider Leben und das ihrer über alles geliebten zwei Kinder würdig zu machen, in Ewigkeit so fortgelebt zu werden.

»Flavio, wie hast du dich zugerichtet?«, fragte seine Frau mit dem leicht spöttischen Ton, den praktisch veranlagte Leute für ungeschickte Geistesmenschen bereithalten.

»Schuld ist das neue Spielzeug deines Sohnes«, sagte er und wies auf die Kaffeemaschine, bereute aber sogleich, vor der Schwiegertochter gelogen zu haben.

»Immer seine Schuld«, kommentierte die Frau mit gespielter Empörung.

Es war das übliche Szenario: Er geht auf den Sohn los und bringt sie dazu, dessen Partei zu ergreifen. Schade nur, dass der Ton, in dem der Vater den Ruchlosen schilt, nicht weniger gekünstelt ist als der, mit dem die Mutter ihn verteidigt. Eine Wiederauflage des Sketches von dem guten und dem bösen Bullen. Mittlerweile wunderte Martina sich nicht mehr, dass die beiden Schauspieler es an einem bestimmten Punkt für nötig befanden, sie in das Spiel mit einzubeziehen. Das tat nun der Prof und ging mit einem kleinen Augenzwinkern dazu über, seine Frau zu beschuldigen.

»Du hast ihn gut erzogen. Nicht einmal du kannst mein Geld so gut ausgeben wie er.«

Wie in einer schlechten Komödie betrat bei diesen Worten der ahnungslose Held die Bühne. Er kam nicht wirklich auf die Bühne, um genau zu sein. Vielmehr war er am Strand gewesen. In der einen Hand hielt er eine lange Angelrute, deren Spitze bei jedem Schritt wippte; in der anderen einen Eimer (zum Wohle ihrer Fingernägel wünschte sich Martina, dass er leer sein möge). Lorenzo trug Gummistiefel, die ihm fast bis zur Leiste reichten und im Sand prähistorische Abdrücke hinterließen, welche von den Wellen gleich wieder ausgelöscht wurden. Das »gut ausgegebene Geld«, auf das der Prof anspielte, war das, das Lorenzo dazu verwendete, unnützes und teures Equipment anzuschaffen. Die American Express, die pro forma auf die Kanzlei ausgestellt war und in einem besonderen Fach des Portemonnaies verwahrt wurde, war gewiss nicht für Notfälle bestimmt, wie eine alte Familienlüge besagte, sondern für Capricen. Im Laufe der Jahre waren sie in immer dichterem Rhythmus aufeinander gefolgt, sodass Martina sich nicht mehr an alle erinnern konnte (und vielleicht nicht einmal Lorenzo), obwohl jede von ihnen ihr Leben beherrscht, ja, fast vergiftet hatte: Segelfliegen, Barbecue, Beach Volleyball, Billard, Flipper, Rudern, Reiten, Motocross, Paddeln, Paintball, Play Station, Pokémon, Subbuteo, Fotografieren mit einer anschließenden Periode des Birdwatching, das zu einer Jagd auf Lerchen ausartete … und Gott weiß, was sonst noch alles.

Nachdem das Feuer einer neuen Leidenschaft die vorherige in Asche gelegt hatte, wurde es genährt durch den Treibstoff des passenden Zubehörs, während sich die Abstellkammer im Haus Mogherini mit ausrangierten, gleichgültig gewordenen Erinnerungsstücken füllte. Die Gummistiefel sollten sich keine Illusionen machen, auch sie würden dort landen, im Dunkeln, im Staub, zwischen dem Taucheranzug und dem Kricketschläger. Noch aber genossen sie die Wärme der Sonne und die Aufmerksamkeit, die ein Emir seiner letzten Frau schenkt. Denn die Begeisterung fürs Angeln war relativ neu. Das Töten von Fischen stand erst am Anfang. Tags zuvor hatte sich Martina nicht ohne Ekel in der Küche wiedergefunden, wo sie armen, leblosen Wesen die Eingeweide entriss. Nach Loris finsterer Miene zu urteilen würde die Quälerei, die ihr Mann ihr antat und die sie den Fischen antat, sich heute nicht wiederholen.

»Da waren irgendwelche Idioten, die haben einen solchen Lärm gemacht«, klagte er, ließ sich in den Strohsessel sinken und zog die Stiefel mit einer einzigen Aerobic-Bewegung aus.

Die Mutter (die Favoritin des Emirs) brachte ihm eine Tasse Kaffee. Wie üblich hielt er sie nicht am Henkel, sondern in der Hand, wie eine Schale. Und obwohl sie eher groß war, verschwand sie in den Händen des Basketballspielers.

»Und dann hat mich auch noch deine Mutter genervt«, sagte er, legte den Kopf zurück und schob die Sonnenbrille hoch.

»Meine Mutter?«, fragte Martina überrascht.

»Seit heute Morgen ruft sie an.«

»Und warum ruft sie dich an?«

»Sie sagt, sie erreicht dich nicht.«

»Ich habe das Handy gestern Abend im Auto vergessen.«

»Sie hat mich mindestens sechs Mal angerufen. Am Schluss musste ich rangehen.«

»Und warum hast du dein Handy nicht gleich stumm geschaltet?«

Lorenzo machte eine geheimnisvolle Bewegung mit den Schultern, die sein ebenso rätselhaftes Verhalten erklären sollte. Es war merkwürdig, dass ihn ausgerechnet in diesem Moment die Trägheit überkommen haben sollte. Wie das? Er hatte den Wecker auf halb fünf gestellt, hatte die verdammten Gummistiefel angezogen, und nachdem er ein paar Kilometer mit der Taschenlampe am Strand entlanggelaufen war, hatte er die Angel und alles Übrige in Position gebracht und gewartet, dass etwas anbiss. Und nun sollte er nicht die Kraft gefunden haben, das Handy auszuschalten, das unentwegt in seiner Westentasche klingelte?

»Warum rufst du sie nicht zurück?«, fragte er entspannt.

»Ja, gleich.«

»Sie ist ziemlich sauer.«

»Im Ernst?«

»Sie sagt, du seist verschwunden. Dein Vater ist vor zwei Tagen angekommen und du …«

Martina hatte das Handy im Auto gelassen, um die Anrufe ihrer Eltern nicht zur Kenntnis nehmen zu müssen. Sie fürchtete, ihr Schuldgefühl würde auf dem Display des Smartphones die Gestalt von Zahlen annehmen, eine eher ätzende Buchhaltung.

»Das ist wirklich nicht nett«, griff der Prof ein.

»Was denn?«, fragte seine Frau, die die Einmischung ihres Gatten nicht ertrug, und schon gar nicht seine Lebensweisheiten.

»Für einen Vater nicht auffindbar zu sein, den man jahrelang nicht gesehen hat.«

Dem Prof gefiel nicht, dass man ihn gezwungen hatte, deutlicher zu werden, sein Satz hatte brutaler geklungen als der Gedanke, der ihm zugrunde lag. Wenn er den Mut gehabt hätte, dem Blick seiner Schwiegertochter zu begegnen, hätte er das bestätigt gefunden.

»Seit zwei Tagen sage ich ihr das«, brummte Lorenzo.

Martina kam der Verdacht, dass in einer dialektischen Umkehrung nun sie den Platz ihres Ehemanns auf der Anklagebank eingenommen hatte. Im Unterschied zu der Farce eines Prozesses in Abwesenheit des Angeklagten, wie er einen Augenblick zuvor gegen Lorenzo geführt worden war, waren die Vorwürfe gegen sie ernst und begründet. Jetzt war sie die böse Tochter. Natürlich, bedachte man die Versäumnisse ihres Vaters, würde niemand sie der Undankbarkeit beschuldigen können. Und dennoch, in der Rechtsprechung der Gefühle, für deren Hüter sich die Mogherinis aus gutem Grund hielten, gingen die Pflichten eines Kindes, und sei es auch dem nichtswürdigsten Vater gegenüber, weit über das hinaus, was sie in den letzten achtundvierzig Stunden an den Tag gelegt hatte.

»Ich habe eine großartige Idee«, sagte der Prof. Offenbar wollte er den Fehler wiedergutmachen.

Er wartete, bis alle ihn ansahen.

»Warum rufst du nicht deinen Vater an und sagst ihm, er soll zu uns kommen?«

Diesmal zeigte sich die Signora alles andere als ablehnend. Die Vorstellung eines unerwarteten Gastes, der noch nichts ahnte von der Herzlichkeit der Mogherinis und der Herrlichkeit ihres Anwesens, begeisterte sie. Was zählte es schon, sich zu verausgaben für diejenigen, die ohnehin wussten, was für eine fantastische Hausfrau sie war und wie wunderbar sie ihr Heim eingerichtet hatte? Nichts besser als ein nagelneuer Gast, auf den man Eindruck machen konnte.

»Genau, warum sagst du ihm nicht, er soll kommen?«, pflichtete sie eifrig bei. »Es wäre schön, ihn endlich kennenzulernen.«

»Wir haben sogar ein Zimmer frei.«

»Er kann ein paar Tage bei uns bleiben. Vorausgesetzt natürlich, er hat Lust.«

»Und wenn er kein Auto hat, hole ich ihn ab. Was macht das schon.«

»Warum willst du all die Kilometer fahren? Wir finden eine andere Lösung. Was meinst du, Martina, könnte dein Vater vielleicht mit deiner Mutter kommen? Denn sie kommt doch auch, nicht wahr?«

»Das sieht dir ähnlich. Was weißt du denn, wie die Dinge zwischen ihnen liegen? Sie sehen sich seit Jahren nicht.«

»Aber wenn sie es war, die Martina gesagt hat, sie soll ihren Vater anrufen!«

»Okay, das kann aber peinlich werden.«

»Peinlich? Warum? Federica sagt immer, sie stehe mit ihrem Ex-Mann auf gutem Fuß. Der beste Beweis ist, dass ...«

»Martina, ich bitte dich, entschuldige meine Frau. Manchmal hat sie das Taktgefühl eines Elefanten.«

»Bitte, du weißt, dass ich es nicht mag, wenn du in der dritten Person von mir sprichst. Behandle mich nicht wie einen deiner Angeklagten.«

Irgendetwas hinderte Martina daran, sich an der Diskussion zu beteiligen. Vielleicht nur ein praktisches Problem: Mit jedem Satz verlor sie die Fähigkeit ein wenig mehr, mit Genauigkeit festzustellen, wer was sagte. Die Stimmen waren ununterscheidbar wie das Blöken einer Herde.

Und nun rückte auch noch die am wenigsten günstige Stunde des Tages heran. Die Klarheit des morgendlichen Lichts war dem Gleißen der Sonne im Zenit gewichen, verheerend für helle Augen und aufgewühlte Gemüter. Dunstschwaden von Frittiertem wehten von den Küchen der Badeanstalten herüber. Das Geschrei der Kinder mischte sich unter das schrille Kreischen der Möwen. Obwohl die Villa Mogherini isoliert lag, eingebettet in eine Waldlichtung, war sie wegen ihrer Nähe zum Meer doch den Belästigungen des Badebetriebs ausgesetzt. Angefangen damit, dass die Badenden mit zusammengestoppelten Badetüchern und improvisierten Sonnenschirmen auf dem schmalen Sandstreifen lagerten, der in einer besseren, für Privilegien empfänglicheren Welt den Mogherinis gehört hätte (vorerst war er in Staatsbesitz). In ein paar Minuten würde Lorenzos Mutter, um die Bitterkeit dieser gewaltsamen Enteignung zu mildern, eine Flasche *ihres* Traminers aus dem Kühlschrank holen. Der Drink würde neue Gespräche beflügeln und die Gespräche neue Drinks nach sich ziehen.

»Er könnte mit Benedetta kommen«, schlug die Schwiegermutter vor.

»Mit Benny?«

»Sie hat mir geschrieben, dass sie heute Abend anreist. Sie übernachtet in Rom und kommt morgen früh zu uns heraus. Man könnte sie bitten, bei deinem Vater vorbeizufahren. Was hältst du davon, Martina? Das ist doch keine schlechte Idee.«

»Los, Martina, ruf deinen Vater an«, schlug Lori noch einmal vor, um auch seinen Beitrag zur Diskussion zu leisten.

Sie fühlte sich wie ein Autofahrer, der wegen eines kleinen Verstoßes aufgehalten wird und eine noch warme Leiche im Kofferraum hat. Und doch vertraute sie darauf, dass die Mogherinis in Erwartung ihrer Zustimmung oder wenigstens eines vernünftigen Einwands ihre geröteten Schläfen und ihr beharrliches Schweigen auf ihre ambivalenten Gefühle Matteo gegenüber zurückführen würden oder auf die Scham, einer so angesehenen Familie einen so wenig präsentablen Vater vorzustellen. Sie wären enttäuscht und ziemlich verblüfft gewesen, wenn Martina in einem Anfall von Ehrlichkeit die Wahrheit gesagt und enthüllt hätte, dass ihr Matteo Zevi, zumindest für den Moment, völlig gleichgültig war. Sie hatte ihm gegenüber nicht die offenen Rechnungen, die man ihr andichten wollte. Sie war nicht Giorgio oder diese neue Version von Giorgio, der den Vater verstieß, keiner wusste, warum. Wäre sie just in diesem Moment gestorben, hätte man keine geheimen Tagebücher voller Beschimpfungen gefunden. Sie war nicht die rebellische und grollende Tochter. Sie wusste, wer Matteo war. Sie hatte ihn selten gesehen, war sich aber sicher, dass sie ihn mochte. Als kleines Mädchen war sie in ihn verliebt gewesen. Eine romantische Affäre, auf die jede Tochter ein Anrecht hat und die er geschickt gefördert hatte. In einem Sommer hatte sie ihn sogar in Kalifornien besucht. Dann hatten sich die Dinge geändert. Und zwar nicht, weil er sie enttäuscht hätte, weil er sich in seinem ganzen Egoismus zu erkennen gegeben oder weil Martina in der Zwischenzeit seine Übeltaten entdeckt hätte. Nein, einfach nur so, weil Verliebtheiten nach einem Weilchen vergehen, im Magen ein flaues Gefühl und im Herzen eine nicht wieder zu füllende Leere hinterlassen. Sie wusste, dass sie ihm gegenüber in letzter Zeit wenig aufmerksam gewesen war. Im Grunde war sie froh, dass er nun nach Rom kam, auch wenn die Möglichkeit, ihn in den nächsten Stunden auftauchen zu sehen, gelinde gesagt nervtötend war.

Martina fragte sich, was geschehen würde, wenn sie den Eltern und Lori den wirklichen Grund ihrer Verlegenheit ins Gesicht schleudern würde. Sie hütete sich natürlich, das zu tun. Schließlich war sie reif genug, um zu wissen, dass die Wahrheit nicht verdient, ans Licht gezerrt zu werden. Noch dazu eine verdorbene Wahrheit, die sich in vier Silben zusammenfassen ließ.

BE-NE-DET-TA.

Benny war Lorenzos jüngere Schwester. Vor einem Jahr hatte sie ein Stipendium für den Studiengang Kriminologie am Max-Planck-Institut in Freiburg bekommen.

Mit seiner Angel und den Stiefeln beschäftigt, hatte Lorenzo vergessen, ihr zu sagen, dass die Schwester zum Hochzeitstag der Eltern kommen würde. Und Martina hatte nicht gewagt, ihn danach zu fragen. Jetzt kam es durch Zufall zur Sprache, und sie wusste nicht, was sie denken sollte. Die Vorstellung, gleichzeitig ihrem Vater und Benedetta zu begegnen, sich in die Arme des einen stürzen und die andere mit Nonchalance begrüßen zu müssen, war ihr unerträglich. Sie betete zu Gott, dass die beiden doch nicht kommen mochten.

Dennoch bemühte sie sich, ein paar sinnvolle Sätze zusammenzubringen: Sie würde sich darum kümmern. Sie sollten sich keine Sorgen machen. Es war nicht nötig, Papa abzuholen und schon gar nicht, Benny darum zu bemühen. Sie würde ihrer Mutter sagen, die Einladung gelte auch für den Vater. Gott sei Dank sei die Beziehung zwischen ihren Eltern passabel. Welche Freude, sie zusammen zu sehen, wenigstens ein paar Tage lang. Und wie nett von ihnen, das vorzuschlagen. Ob Benny wirklich komme? Sie habe nichts davon gewusst. Wie schön …

Seit mindestens einem Jahr war die Wahrheit nicht mehr ihre Stärke.

4

Obwohl er mit Federica um elf verabredet war, lag Matteo am nächsten Morgen um halb elf noch faul im Bett, dachte sich Kochsendungen aus und überlegte, ob sich mit seinen in den Rängen der amerikanischen Gastronomie gesammelten Erfahrungen da nicht auch für ihn ein Plätzchen im Fernsehen fände. Von wegen Rückkehr der Köpfe, er würde die Rückkehr der Töpfe einleiten. Schöner Titel für eine Sendung. Wenn die Dinge zwischen ihnen sich beilegen ließen, könnte Giorgio ihn vielleicht jemandem empfehlen, kurz, ihm helfen. Er war seit wenig mehr als vierundzwanzig Stunden in Rom, und schon träumte er davon, für immer zu bleiben. Sicher, in Los Angeles hatte er zwei Frauen (von denen eine im Dienst war), aber alles in allem hatte er auch hier zwei (von denen eine im Dienst war). Dennoch fühlte er sich keiner der vier verpflichtet. Mit seinen sechsundfünfzig Jahren konnte er sich, nicht nur diesbezüglich, ziemlich frei fühlen.

Im Badewasser dachte er, während seine Poren das Tote-Meer-Salz aufnahmen, weiter über die Möglichkeiten beim Fernsehen nach. Von Erfolgen zu träumen war für ihn eine Art Zeitvertreib, insbesondere wenn er ein Bad nahm, vage Fantasien, nicht gestützt auf besondere Talente oder Geschäftsideen und auch nicht auf echten Ehrgeiz; Überlegungen, die schnelllebige Begeisterung hervorriefen, welche jedoch bald verschluckt wurde vom Strudel des abfließenden schaumigen Wassers.

Ohne sich abzutrocknen, griff er sich aus dem noch ungeleerten Koffer ein frisches T-Shirt und einen gelben Fliegerschal. Er war schon mit einem Fuß aus der Tür, als das Festnetztelefon in der Wohnung klingelte.

Bei Martinas schüchternem »Hallo, Papa« zuckte er zusammen. Es kam so schwach, als wäre sie eben erst aufgewacht.

»Endlich, mein Schatz.«

»Entschuldige, die letzten Tage waren schrecklich …«

»Man hat es mir erzählt. Megafeierlichkeiten.«

»Ich habe gestern Abend versucht, dich anzurufen, da hieß es aber immer ›nicht erreichbar‹. Und auch heute Morgen. Erst beklagst du dich, dass wir dich nicht anrufen, und dann schaltest du dein Handy aus.«

Seit einiger Zeit lag in den Feststellungen seiner Kinder ein gewisser Tadel.

»Seltsam. Hier ist es, es hat guten Empfang«, sagte er, ohne zu wissen, wo er es gelassen hatte. Er begann, in der ganzen Wohnung danach zu suchen. »Ich weiß nicht, was mit dem Ding los ist«, schimpfte er, wie um ein funktionsuntüchtiges Handy wieder zum Laufen zu bringen.

Da lag es, neben dem Aschenbecher. Er schaltete es ein. Nachdem er den Klingelton leiser gestellt hatte, setzte ihn eine Reihe von Nachrichten von den Anrufen in Kenntnis, die ihm in den letzten zwölf Stunden entgangen waren. Er hatte eine Technik entwickelt, um die bange Erwartung eines wichtigen Anrufs zu umgehen: das Handy ausschalten und die ganze Geschichte vergessen. Das hatte er am Nachmittag zuvor auch so gemacht, da sich niemand bei ihm gemeldet hatte. Außer *der ganzen Geschichte* hatte er dabei allerdings auch die Tatsache vergessen, dass er ein Handy besaß, zwei Kinder und jede Menge Ehefrauen, über die ganze Welt verteilt.

»Neuigkeiten?«

Diese Art von Fragen hassten seine Kinder.

»Manchmal ist der Umgang mit meiner Schwiegermutter wirklich schwierig«, sagte Martina, als hätte sie nur angerufen, um sich zu beklagen.

»Steht Vincenzo dir wenigstens bei?«

»Wer ist Vincenzo?«

»Ich meinte Lorenzo.«

»Hast du gut geschlafen? Du scheinst mir ein bisschen neben der Spur zu sein.«

»Nicht so gut … Aber ich fühle mich wohl, ja, sehr wohl.«

»Was hast du denn gemacht?«

»Wie du weißt, habe ich mich bei Großmutter einquartiert. Jedenfalls solange es möglich ist, mal sehen. Tati hat mir seinen Roller geliehen, und ich habe eine schöne Rundfahrt gemacht, wie Gregory Peck …«

»Und?«

»Als wäre ich nie weg gewesen«, log er.

Durch die Stadt zu streifen mit den Augen eines Fremden (so fühlte er sich), war seltsam und rührend gewesen, wie wenn man im Kino einen Film über die eigene Kindheit sieht. Rom war schneller gealtert als er, was ein sonderbarer Gedanke war, das musste er zugeben. Die Stadt schien aus einem neuerlichen Weltkrieg hervorgegangen zu sein, weniger katastrophal als der vorherige, aber genauso ruhmlos. Abgrundtiefe Schlaglöcher im Straßenbelag, stinkende Müllberge, reihenweise liegen gebliebene Autobusse, aber welch betörende Ansichten! Das hier, das hatte ihm gefehlt, dieses friedliche Nebeneinander von Schönheit und Elend. Die Kalifornier neigten nicht zu gewissen Vermischungen, sie wussten, wie man die Reichen und die Armen trennt und wie man es einrichtet, dass die einen sich wie im Paradies und die anderen wie in der Hölle fühlen. Die Straßen rings um die Villa in Bel Air, wo er in mehr als einer Funktion Dienst getan hatte, waren so sauber, dass eine Zigarettenkippe am Boden den Charakter einer Vergewaltigung annahm. Im Gegensatz dazu war in dem Mietshaus in La Valle, wohin er nach der Scheidung von Pamela gezogen war, der Verfall so allgegenwärtig, dass er zu seinem ureigenen Wesen zu gehören schien. Hier in Rom dagegen war Promiskuität an der Tagesordnung. Alles funkelte und blieb doch unvollkommen, wie lebendige Dinge, wie Menschen, wie Keime. Manchmal sogar zu sehr. Als er am Ende seiner langen Rundfahrt an der Umfassungsmauer der Accademia di Spagna hinaufgefahren war, hatte er einmal ordentlich Gas geben müssen, um die Erinnerungen abzuhängen, die ihn verfolgten wie lästige Detektive. Das wären vielleicht Dinge gewesen, mit denen er seine Tochter hätte unterhalten können, wenn er der Typ gewesen wäre, der andere gern mit bestimmten Dingen unterhält. Stattdessen wich er aus.

»Was treibst du?«, erkundigte sie sich.

»Ich war dabei, das Haus zu verlassen. Ich wollte auf die Piazza gehen.«

Fragt sich, ob Martina wusste, dass das Labyrinth von Gässchen rings um den Portico d'Ottavia, wenige Häuserblocks von der Großen Synagoge entfernt, bei den römischen Juden so hieß.

»Du kannst dir nicht vorstellen, wie lange ich schon von den Hörnchen bei Boccione und einem Kaffee bei Toto träume …«, setzte er hinzu, und das Wasser lief ihm im Mund zusammen.

»Du hast's gut, du bist in Rom«, sagte sie, als wäre jetzt sie in Kalifornien.

»Erinnerst du dich an Boccione? Ich bin vor der Schule immer mit dir hingegangen.«

»Papa, ich war in der Grundschule.«

»Und was soll das heißen?«

»Hast du Mama getroffen?«

»Ich sehe sie bald.«

Es war elf Uhr vierzig. Federica wartete bereits über eine halbe Stunde auf ihn.

»Apropos, weißt du, ob Mama beschlossen hat, heute Abend zu kommen?«

»Ich dachte, du hättest es ihr verboten.«

»Rein gar nichts habe ich ihr verboten. Ich habe ihr nur gesagt …«

»Okay, okay, reg dich nicht auf, ich werde es falsch verstanden haben. Jedenfalls nein, sie kommt nicht. Wir haben ein Tête-à-Tête.«

Es folgte eine Pause. Vielleicht fragte sich Martina, ob sie das Recht habe, sich als Geschädigte zu fühlen, oder ob man für diesmal die Ehre der Wahl der Waffen ihren Eltern überlassen müsse.

»Entschuldige«, sagte sie dann, »ich fühle mich wie belagert. Seit ein paar Tagen haben alle nichts Besseres zu tun, als mir Vorwürfe zu machen.«

»Na, da hast du wenigstens etwas mit deinem Vater gemeinsam.«

»Wer macht dir denn Vorwürfe? Du tust doch, was du willst.« Diesmal schien das keine Kritik. Es glich eher einem Kompliment, einer Achtungsbezeugung. Er war erfreut darüber.

»Alle beschuldigen mich, bloß habe ich gelernt, mich nicht darum zu kümmern.«

»Wenn doch das Leben auch so an mir abperlte.«

Seine Kleine wirkte traurig. Matteo gab diesem Arschloch von Vincenzo, oder wie zum Teufel er hieß, die Schuld daran. Trotz all seines Geldes gefiel ihm dieser Schnösel nach wie vor nicht. Martina war noch ein Kind und schon verheiratet. Was für eine Schande. Ein besserer Vater, der nicht so allergisch war gegen ernsthafte Unterhaltungen, hätte sie wohl gefragt, was los sei.

»Und dieses große Tier von deinem Bruder ist immer noch stocksauer?«

»Immer größer und immer saurer.«

»Ist er verärgert über das viele Geld, das er verdient?«

»Glaubt man ihm, dann frisst der Fiskus es ihm weg.«

»Das ist das Mantra der Reichen. Vielleicht hat er mich deshalb aus seinem Adressbuch gestrichen. Es bringt Unglück, mit armen Schluckern Umgang zu pflegen.«

Er warf das nonchalant hin, auch wenn Selbstmitleid nicht zu ihm passte. Wieder zögerte Martina einen Augenblick mit der Antwort.

»Das musst du selbst herausfinden.«

»Kannst du mir nicht helfen?«

»Wobei?«

»Zu verstehen. Ob da etwas ist, was ich wissen muss.«

»Nichts. Da gibt es nichts zu wissen. Und wenn es etwas gibt, dann weiß nicht einmal ich es.«

»Also?«

»Okay, ich soll dir sagen, wie ich das sehe? Ich wundere mich, dass er überhaupt mit mir spricht. Er ist störrisch und bockig. Neulich sind wir mit Freunden ins Orient Express gegangen. Du kannst dir nicht vorstellen, was da los war. Eine Schlange wie vor den Vatikanischen Museen. Aber seine Miene hättest du sehen sollen. Finster, dass es schlimmer nicht geht.«

»Er hat so viel gearbeitet, um …«

»Und er steckt voller verrückter Ideen.«

Martina erzählte ihm, dass in dem Lokal Sushi-Kurse und Yoga-Seminare angeboten wurden. Auch die seidenen Kimonos mit dem Logo des Orient Express fanden reißenden Absatz. Giorgio plante, das riesige Kellergewölbe in ein Spa umzuwandeln, während seine Partner Lokale in Mailand, Venedig und vielleicht sogar Paris eröffnen wollten.

»Das ist doch toll, oder?«

»Von wegen. Er ist dagegen. Er sagt, es sei nicht der rechte Zeitpunkt. Er traut nur sich selbst. Er liegt mit allen im Clinch.«

»Dann hat er also nichts gegen mich im Besonderen?«

»Komm, Papa, fang nicht wieder mit dieser Geschichte an.«

»Mit welcher Geschichte?«

»Nichts, nichts.«

»Nein, komm, welche Geschichte?«

»Ich habe gesagt nichts.«

»Aber geht's dir gut, mein Schatz? Du scheinst mir auch ein bisschen neben der Spur zu sein.«

»Ich weiß, entschuldige«, und hier senkte sie die Stimme, »ich hab dir ja gesagt, hier ist die Hölle los.«

»Das Fest?«

»Nicht nur. Heute kommt Benedetta. Es ist schon eine Weile her, dass sie sich hat blicken lassen. Alle sind angespannt. Das Wetter schlägt um, stell dir vor, was für ein Desaster, sollte es regnen! Nun ja, jetzt entschuldige mich … Lori ruft nach mir. Die vom Catering sind hier. Wir hören uns später. Grüß Mama.«

Sie legte brüsk auf und sagte nicht einmal, wann sie sich sehen würden.

Matteo stieg auf den Roller und fuhr die Kehren der Via Dandolo hinunter, während im Norden eine schwarz geränderte Wolkenfront mit dumpfem Grollen das Herannahen eines Gewitters verkündete.

Es war beunruhigend, sich der Höhle des Löwen zu nähern. Tatsächlich lag die Pasticceria Boccione nur wenige Meter von dem Raum entfernt, in dem er sechzehn Jahre zuvor das widerstrebende Opfer eines Einschüchterungsversuchs geworden war, welcher Auslöser für alles Weitere werden sollte. Ein Hinterzimmer, das dem Dreckskerl als Hauptquartier diente. Der Typ hatte sich durch Frömmigkeit und Gründlichkeit in der Kunst des Schuldeneintreibens die Achtung der Gemeinde erworben. Matteo schuldete ihm einen Haufen Geld. Eines Abends, unmittelbar nach Ende des Sabbats, hatte der Kerl ihn in sein Quartier eingeladen, um ihn in der lakonischsten und höflichsten Manier mit einem Foto von ihm und Federica zu konfrontieren, das heimlich geschossen worden war, während sie selig in ihrem Ehebett schliefen. Was sollte das? Wer hatte die Aufnahme gemacht? Eine Fotomontage? Was auch immer es war, ob der Dreckskerl sich das Foto beschafft oder es manipuliert hatte, es löste in Matteo einen solchen Schock aus, ein so schauderhaftes Gefühl der Verletzlichkeit und der vergewaltigten Intimsphäre, dass er zur drastischsten Entscheidung gedrängt wurde, die er je getroffen hatte: fliehen, so weit weg wie möglich.

Obwohl der Auftraggeber des Fotos unlängst verstorben war, lebte es in Matteos Bewusstsein mit den ausgefransten Rändern eines Albtraums weiter, vor allem jetzt, da er sich dem Ort näherte, wo es ihm gezeigt worden war.

Der Zugang zur Piazza, der mittlerweile für Autos und

Motorräder gesperrt war, wurde von einem Trupp Polizisten in Kampfanzügen und mit Maschinengewehren bewacht. Bei dem Aufgebot an Ordnungskräften hätte man erwartet, einen uneinnehmbaren Bunker vorzufinden. Stattdessen glich alles einer Folkloreveranstaltung, als ob die Vorsteher der Gemeinde Walt Disney höchstpersönlich beauftragt hätten, ein jüdisches Freiluftmuseum einzurichten, einen Ort, an dem sämtliche Juden der Welt sich zu Hause fühlen konnten, außer denen, die dort geboren waren. Koschere Imbissstuben, junge Männer mit Kippa, bärtige Männer in Schwarz mit breitrandigen Hüten. Man konnte den Eindruck gewinnen, der Messias sei schon gekommen, und zwar genau an der Stelle, wo man seit Jahrtausenden aufgehört hatte, auf ihn zu warten, um eine Filiale von Jerusalem zu gründen, ein Mea Shearim aus Pappmaché, weniger elend und künstlicher. Die Vornamen auf den Schildern der Geschäfte und auf den Türklingeln, die einst so eindeutig vom imperialen Rom inspiriert gewesen waren – Cesare, Augusto, Settimo, Aurelia, Clelia –, waren nun biblischer Herkunft: Sharon, David, Ester, Rachel. Was war hier nur passiert?

Boccione befand sich jedenfalls noch an Ort und Stelle. Matteo ließ sich etwas jüdische Pizza einpacken, dann kaufte er ein Croissant. Er verzehrte es zusammen mit einem Espresso im Glas bei Toto.

Im Regen nach Monteverde hinaufzufahren erforderte Vorsicht, der Asphalt war glitschig, die Stimmung umwölkt. Er parkte vor dem Haus, in dem er einen angenehmen Teil seines Lebens verbracht hatte. Er klingelte.

»Bist du's?«

»Was machen wir?«, fragte Matteo locker.

»Kommst du nicht rauf?«

»Wollten wir nicht ausgehen?«

»Und du, hättest du nicht vor zwei Stunden hier sein sollen?«

Es lag nicht die Spur eines Vorwurfs in Federicas Stimme. Die Frau wusste ihn zu nehmen.

Zu wenig formell, um ihm auf dem Treppenabsatz entgegenzugehen, hatte sie die Tür angelehnt gelassen, auf dass ein duftender, warmer Lichtstrahl ihm als Einladung diene. Matteo ließ sich nicht bitten.

Das Parkett war abgenutzt, die Ränder der Teppiche zerschlissen, die Seidenkissen ausgebleicht; die Wandregale quollen über von Büchern, Zeitschriften und Aschenbechern; auf einem alten Spieltisch lagen und standen Kunstkataloge und ethnische Figürchen; der Kamin hätte etwas Wartung vertragen können, die Lampen gehörten abgestaubt, und die herumliegenden Fotos dokumentierten beiläufig Federicas Biografie.

Etwas Warmes, Liebevolles und Spöttisches überwältigte ihn. Das gemeinsame eheliche Heim, das er vor vielen Jahren überstürzt verlassen hatte, setzte ihn einem paradoxen Sturm der Gefühle aus. Es war, als vermische sich das nicht gelebte Leben mit unwahrscheinlichen Erinnerungen. Wäre er sentimental gewesen, hätte er sich gesagt, hier habe er die glücklichsten Jahre seines Lebens verbracht. Als sie hier einzogen, war er dreißig gewesen, in den besten Mannesjahren. Martina, ein entzückend lebhaftes Baby, litt nicht unter der nächtlichen Unruhe, die die ersten Monate ihres Stiefbruders Giorgio überschattet hatte. Wer weiß, wie lange das Idyll noch angedauert hätte, wenn sich die Dinge nicht überschlagen hätten. Ohne verfehlte Investitionen, Bankschulden, verfallene Wechsel, Drohungen würde er sich nun, nachdem er Martina zum Altar begleitet und Giorgio das blühende Familienunternehmen übergeben hätte, zurückziehen und die Silberhochzeit mit der einzigen Frau feiern können, die er je geliebt hatte (so sah er das jedenfalls in diesem Augenblick). Obwohl das einer jener Gedanken war, die er sich normalerweise lieber nicht gestattete, war da etwas in dem Frieden dieser nicht luxuriösen, aber auf ihre Art eleganten Wohnung in Monteverde, was ihn nahelegte. Wahrscheinlich hatte er sich deswegen nicht von Federica scheiden lassen. Um ehrlich zu sein, war sie es gewesen, die das nie verlangt hatte. Sie hatte es ertragen, die verlassene Frau eines Bigamisten zu sein, und hatte alles getan, damit Matteo ihr nicht den Rücken kehrte. Auch dafür war er ihr dankbar. Wie dafür, dass sie es allein geschafft und ihre Tochter in mustergültiger Weise großgezogen hatte.

Die Erleichterung, die Matteo überkommen hatte, als sein Flugzeug gelandet war, steigerte sich zu schwindelerregender Begeisterung. Vielleicht war es nicht zu spät, noch einmal von vorn anzufangen. Er war kein Junge mehr, okay, aber im Grunde, Gebrechen beiseite – Bypass und alles Übrige –, war er noch immer ein attraktiver und gewandter Mann, im Gepäck eine Menge von Umbrüchen und Demütigungen, kurz, ein Mann mit Erfahrung. Sein Ding da in der Unterhose funktionierte immer noch eher gut, auch ohne Hilfsmittel. Der Dreckskerl hatte das Zeitliche gesegnet, die Mutter konnte ihn nicht mehr verurteilen, er war frei. Rom zerfiel, aber genau genommen tat es das ja schon seit Jahrtausenden. Dies war der Ort, an dem er sein wollte. Auf dem Sofa sitzend, wo er einst Martina in Windeln auf dem Schoß gehalten hatte (so glaubte er sich wenigstens zu erinnern), fühlte er, dass das Schlimmste vorüber war und dass das Bessere keinen Grund hatte, auf sich warten zu lassen.

5

Im Schlafzimmer versuchte Federica, ein wenig Make-up wegzunehmen. Ein roter Fleck im Spiegel zeigte ihr, dass sie auch mit dem Lippenstift übertrieben hatte, sie wischte ihn schnell ab. Zudem hatte sie die falschen Schuhe an. Sie zog die hochhackigen Schuhe aus und schlüpfte in ihre Ballerinas. Die Heftigkeit, mit der sie agierte, und ihre Kurzatmigkeit sagten ihr, dass *er* da drüben war, im Wohnzimmer, wo sie niemals geglaubt hatte, ihn je wiederzusehen. Zum tausendsten Mal in diesen letzten zwei Wochen wiederholte sich Federica ihr Alter. Ein unangenehmes und tröstliches Mantra. Na gut, wahrscheinlich würde er irritiert sein von ihren Veränderungen, den Kilos zu viel und so weiter, aber das Schöne an der Reife ist, dass sie einem gestattet, das weiche Kissen der Abgeklärtheit zwischen sich und die Welt zu schieben.

Sie fragte sich nicht, ob er gealtert oder in Form war, ob befangen oder entspannt. Sie versuchte nicht herauszufinden, was in seinem Kopf vorging. Ihr genügte es, dass er da war und dass er er war. Sie erkannte den jovialen, strahlenden Ausdruck, die Art, wie er jeden, also auch sie, mit dem süßlichen »mein Schatz« begrüßte. Es gefiel ihr, dass er von Kopf bis Fuß durchnässt war und es ihm nichts ausmachte. Als sie ihn umarmte, fühlte sie sich von einer solchen Woge des Lebens erfasst, dass sie sie fast überwältigte.

»Was die Verspätung angeht, kannst du dich bei deiner Tochter bedanken, sie hat mich am Telefon festgehalten.«

Als sie *seine* Stimme hörte, löste sich etwas in ihr, das sie seit Tagen gequält hatte.

»Willst du dich nicht abtrocknen?«, fragte sie ihn. »Ich habe gar nicht gemerkt, dass es so heftig regnet.«

Als ob er sie nicht gehört hätte, reichte er ihr eine fettige und warme Tüte. Sie brauchte sie nicht zu öffnen, um zu wissen, dass sie frisch gebackene jüdische Süßspeisen enthielt. In dem Moment fühlte Federica, wie ihr Handy vibrierte. Sie ging dran, ohne zu schauen.

»Ist er schon da?«, brüllte jemand am anderen Ende.

Es war ihr Vater. Wie oft hatte er sie in den letzten vierundzwanzig Stunden angerufen?

»Was ist denn?«

»Ist er bei dir oder hat er dich wie üblich versetzt?«, beharrte er auf seiner Frage.

»Hör mal, ich kann jetzt nicht.«

»Sag mir wenigstens, ob er bei dir ist! Deiner Stimme nach würde man vermuten, ja.«

Matteo saß auf dem Sofa und lächelte mit der Verbindlichkeit eines Staubsaugervertreters, der es geschafft hat, vorgelassen zu werden. Etwas an ihm wirkte welk, aber die Augen und der melierte Dreitagebart waren noch imstande zu faszinieren. Er war gekleidet, als ob die Schlampigkeit eine neue Ausdrucksform gefunden hätte, irgendetwas zwischen Dandy und Penner, hellblaues Brillengestell, gelber Schal und eine bunte Auswahl an Schnurarmbändern.

»Ich hab dir gesagt, dass ich jetzt nicht kann, wir hören uns später.«

Das Handy vibrierte gleich wieder. Diesmal schaute sie auf das Display: Martinas Gesicht erschien darauf, darüber in großen Lettern ihr Name (aufgrund eines nie korrigierten Fehlers stand anstelle des *t* ein *r*).

Sie weinte. Oder besser sie schluchzte so heftig, dass sie keine Luft bekam. Augenblicklich zog vor Federicas innerem Auge eine beeindruckende Zahl von apokalyptischen Szenarien vorbei: Verkehrsunfälle, Infarkte, Vergewaltigungen, Verstümmelungen, Festnahmen.

Das war der Grund, warum sie immer erreichbar war, wie ein diensthabender Arzt. Sie konnte sich an keinen Tag in ihrem Leben erinnern, an dem sie nicht befürchtet hätte, den Anruf zu bekommen, der alles veränderte.

»Mama, ich bitte dich, komm. Komm sofort hierher.«

»Ja, aber beruhige dich doch und sag mir, was los ist.«

Befangen in Visionen des Schreckens, hatte Federica diese Worte mit einer gewissen Grobheit ausgestoßen, während das Gewitter den klanglichen Rahmen zur drohenden Katastrophe lieferte.

Den bruchstückhaften Erklärungen ihrer Tochter – »er hat gesagt, Papa ist ein Nichtsnutz … ich müsse ihnen dankbar sein … ein bestimmtes Benehmen gehöre sich einfach nicht … ich dürfe mir nicht erlauben … ich will ihn nie wiedersehen …« – entnahm Federica, dass es weder Tote noch Verletzte gab. Im schlimmsten Fall war ihr Kind in einen Ehestreit verwickelt. Harte Worte waren gefallen. Mit einer Grimasse, die ein Lächeln sein sollte, beruhigte sie Matteo.

»Hat Lorenzo diese Dinge zu dir gesagt?«

»Ja.«

»Warum?«

Martina erzählte ihr, dass Lorenzo an diesem Morgen so früh zum Angeln gegangen war, dass sie nicht einmal gehört hatte, wie er das Haus verließ. Gegen neun hatte Nelly, das philippinische Mädchen, sie im Auftrag von

Signora Mogherini geweckt. Martina hasste Kaffee im Bett, noch dazu, wenn er von einer Unbekannten aufgetragen wird (einer der fortschrittlichen Grundsätze, die Federica ihr eingetrichtert hatte, lautete: Es ist demütigend für den, der den Kaffee bringt, und für den, der ihn bekommt). Später, beim Essen, hatte die Schwiegermutter sich einen unangenehmen Kommentar nicht verkneifen können.

»Welcher Art?«

»Dass es nicht nett sei, Nelly so lange warten zu lassen. Die Zimmer müssen bis neun aufgeräumt sein, vor allem heute, da …«

»Also komm, das ist doch keine Tragödie.«

»Weil du nicht dabei warst. Weil du sie nicht gehört hast. Du machst dir keine Vorstellung von ihrem Tonfall. Als ob ich ein Lotterleben führen würde oder Sklavenhalterin wäre. Während der Professor sich in seine Zeitungen vertieft und Lori beim Angeln ist. Sie sind es, die sich ihr Bett nicht selbst machen können! Und ihren Kaffee auch nicht. Ich brauche kein Personal. Und dann, wie konnte ihr einfallen, mich wecken zu lassen? Ich bin doch kein Kind. Ich bin müde. Das ist ein Übergriff nach dem anderen.«

»Oh, und Lori?«

Matteo hatte angefangen, in einem riesigen Bildband über die Kultur der Maya zu blättern. Er gähnte.

»Der kreuzte um elf auf mit einem Eimer voller Fische. Alles ist in Aufruhr, aber seine Fische sind heilig.«

»Ja, und?«

»Stör ich dich vielleicht?« Sie wirkte beleidigt. Aber wenigstens hatte sie aufgehört zu weinen und zu schniefen.

»Dein Vater ist gerade gekommen …«, rutschte es Federica ungeduldig heraus.

»Ist er bei dir?« Die Zärtlichkeit, mit der sie das fragte, irritierte Federica.

»Ja.«

Matteo machte eine beschwichtigende Geste. Er konnte warten. Er legte den Bildband beiseite und nahm einen anderen über die Fauna des Regenwalds zur Hand.

»Grüß ihn von mir.«

Federica hörte nicht auf, sich zu fragen, ob die Bypässe bei Matteo erkennbare Spuren hinterlassen hatten, im Gesicht, im Atemrhythmus, im Schwächerwerden der Stimme, in der vorsichtigen Art zu gehen ... Damals war sie versucht gewesen, den in zwanzig Jahren gewissenhafter Arbeit bei der FAO, der Welternährungsorganisation, akkumulierten Urlaub (keine einzige Verspätung, keine Fehlzeiten, kein einziger Tag Krankheit) zu nehmen und ihn in Los Angeles zu besuchen, um ihm nahe zu sein, ihm beizustehen. Matteos Hypochondrie war die einzige raue Stelle in einer ansonsten aalglatten Persönlichkeit. Nur die drohende Anwesenheit von Pamela, der ersten amerikanischen Frau, hatte sie daran gehindert zu kommen.

»Martina, jetzt sag mir, was los ist.«

Der Rest der Erzählung war nicht weniger erregt und wirr. Offenbar hatte Lorenzo sie gebeten, sich um die Fische zu kümmern. Sie war in die Küche gegangen, um sie auszunehmen, wie sie es immer tat, trotz ihres Ekels. Die Schwiegermutter war mit dem Chef des Caterings in die Küche gekommen und hatte sie gefragt, ob das jetzt sein müsse. Da hatte sie alles stehen und liegen lassen und war in ihr Zimmer gestürmt. Dann hatte sie mit Lori gestritten.

»Er hat gesagt, ich dürfe mir nicht erlauben, so über seine Mutter zu reden. Es sei nicht nötig, sich sofort um die Fische zu kümmern. Aber wenn er mich doch darum gebeten hat! Er sagt, ich sei unflexibel, ich müsse die Situation verstehen. Was soll ich da verstehen? Dass es zu regnen anfängt und die Mutter nicht weiß, wohin mit ihren bescheuerten Gästen, ist doch nicht meine Schuld. Er hat auch gesagt, ich sei nachtragend, überempfindlich … Eine Menge hässlicher Dinge. Er ist böse auf dich, weil du mir alles durchgehen lässt. Und auf Papa, begreifst du das? Er kennt ihn gar nicht, hat ihn nie gesehen, Papa hat ihm nichts getan …«

Martinas Stimme kippte wieder, war nah daran zu versagen.

»Aber wo bist du?«

»Im Ort. Ich will nach Rom zurück. Ich will Papa sehen. Kommt ihr mich abholen?«

Federica bemerkte, dass Matteo nicht mehr im Wohnzimmer war. In der Küche hörte sie ihn mit dem Geschirr klappern.

»Bitte, kommt mich abholen«, sagte sie mit einer Stimme, die ihre Mutter seit der vierten Klasse nicht mehr von ihr gehört hatte. Damals hatte Martina sich geweigert, als Prinzessin Leia auf ein Fest zu gehen, und stattdessen ein Jedi-Ritter sein wollen.

»Red keinen Unsinn. Es ist der Hochzeitstag deiner Schwiegereltern. Du kannst nicht einfach weglaufen. Steig ins Auto und fahr sofort zurück. Hast du mich verstanden?«

»Nein, ich will und kann nicht.«

»Warum?«

»Ich bin nicht mit dem Auto da.«

»Und wie bist du in den Ort gekommen?«

»Zu Fuß. Mein Auto ist in Rom. Deshalb musst du mich abholen. Wenn nicht, fahre ich per Anhalter.«

»Ich habe Nein gesagt. Es ist nichts passiert, was eine Abwesenheit oder eine Flucht rechtfertigen würde.«

»Doch. Alles Mögliche ist passiert, und jetzt ist mir auch noch kalt. Denn zu allem Überfluss hat es angefangen, in Strömen zu regnen, gerade als ich aus dem Haus ging.«

»Du bist im Gewitter zwei Kilometer weit gelaufen?«

»Ja.« Voller Selbstmitleid fing sie wieder an zu schluchzen.

»Und wo bist du jetzt?«

»An der Bushaltestelle.«

»Also hör zu, geh jetzt in eine Bar, bestell was Heißes und trockne dich ab …«

»Warum gibst du mir immer unrecht?«, fragte Martina und hörte auf zu weinen, schniefte aber noch.

»Ich gebe niemandem unrecht. Lorenzo mag unangenehme Dinge gesagt haben, aber das kommt vor in einer Ehe. Ich bin sicher, dass er nicht so denkt. Wenn du aber wegläufst, dann droht die Situation wirklich auszuarten. Also tu jetzt, was ich dir sage: Bar, heißer Tee und dann rufst du ihn an. Verstanden?«

»Aber ich habe mich schon genug gedemütigt.«

»Du weißt gar nicht, was Demütigung ist.«

Sofort bereute Federica ihre Worte. Sie hoffte, ihre Tochter würde sie nicht ernst nehmen, und war froh, dass Matteo sie nicht gehört hatte. Um es wiedergutzumachen, sagte sie: »Schau mal, möchtest du, dass ich ihm Bescheid gebe?«

»Wusste ich doch, dass ich dich nicht hätte anrufen dürfen.«

»Komm, ich übernehme das. Ich sage ihm nichts. Ja, ich behaupte, dass ich dich suche.«

»Dann beklagt er sich, dass du ihn quälst.«

»Ich quäle ihn?«

»Er sagt, gestern hast du ständig angerufen, während er beim Angeln war. Wehe man stört ihn beim Angeln.«

»Ich habe breite Schultern, mein Schatz. Er soll ruhig denken, ich bin eine Nervensäge. Das Wichtigste ist, dass du das nicht denkst, nicht wahr?«

Natürlich ließ sich Martina ohne allzu große Schwierigkeiten überzeugen. Sie hatte nur zu diesem Zweck angerufen.

Federica ging zu Matteo in die Küche. Er trug eine Schürze mit einem Foto von Groucho Marx darauf, ein Mitbringsel von ihrer Hochzeitsreise nach New York. Wo zum Teufel hatte er die gefunden?

»Was ist denn jetzt wieder los?«, fragte er mit der Verärgerung dessen, der es endgültig müde ist, derlei Krisen durchstehen zu müssen. Er war seit zwei Tagen in Rom, und schon fühlte er sich als Vater des Jahres.

»Entschuldige, ich muss diese Sache noch zu Ende bringen.«

»Mach nur. Du siehst ja, ich bin auch beschäftigt.«

Die gezielten und harmonischen Bewegungen, mit denen er die Zucchini schnitt, kündeten von Jahren des Exils und des Überlebenswillens. In einer romantischen Anwandlung sah sie ihn vor sich, in einer Kombüse auf dem Pazifischen Ozean, in der Kochecke eines heruntergekommenen Pubs in Venice oder in der offenen Küche eines In-Lokals. So hatte er sich über Wasser gehalten, mit Kochen.

Im Unterschied zum Tag zuvor nahm Lorenzo beim zweiten Klingeln ab.

»Signora!«

Ihr gegenüber war der Schwiegersohn stets höflich

und zuvorkommend, aber diesmal spürte Federica noch etwas anderes, eine Art Erleichterung, eine Hoffnung.

»Hör mal, Lorenzo, ich habe gerade mit meiner Tochter gesprochen ...«

»Großer Gott, wo ist sie denn?«

»Sag ihr nicht, dass ich es dir gesagt habe. Ich habe es ihr versprochen. Ich weiß, dass ihr Streit hattet.«

»Ja also, Signora, ich schwöre Ihnen ...«

»Du brauchst mir nichts zu schwören. Das ist nicht nötig. Das ist eine Angelegenheit zwischen euch beiden.«

»Ich begreife es nicht. Seit gestern Morgen macht sie nichts anderes, als sich aufzuregen und patzige Antworten zu geben. Ich weiß nicht, was sie Ihnen gesagt hat, aber ich versichere Ihnen, ich habe ihr nichts getan. Ich habe sie nur gebeten, etwas Nachsicht mit meiner Mutter zu haben, aber ich schwöre Ihnen ... Ich weiß wirklich nicht. Ich habe sie auch gebeten ... ja, ich dachte, sie ist so drauf wegen der Rückkehr ihres Vaters. Ich weiß, dass das eine große Sache ist. Da hat sie sich nur noch mehr aufgeregt. Sie hat mich einen Snob genannt, einen verwöhnten Schnösel, der keinen Funken Sensibilität besitzt. Vielleicht hat sie ja recht, aber ich kann ihre Reaktion nicht verstehen. Sie ist zu Fuß davongegangen, ohne jemandem etwas zu sagen, es regnete in Strömen. Gott sei Dank hat der Gärtner sie weggehen sehen, sonst ...«

»Hast du versucht, sie anzurufen?«

»Seit einer Stunde versuche ich das. Aber sie geht nicht ran. Ich wollte sie suchen gehen, aber ich weiß nicht, wo anfangen.«

Während sie Lorenzo Anweisungen gab – er solle Martina anrufen (ganz ruhig, diesmal würde sie rangehen), sie beschwichtigen, ihr anbieten, sie abzuholen –, warf sie einen Blick auf den gedeckten Tisch, das kleine improvisierte Mittagessen, zusammengestellt aus den Resten im Kühlschank und der Speisekammer, Zucchiniomelette mit Dinkelsalat. Wie viel Zeit war vergangen, seit Matteo zum letzten Mal für sie gekocht hatte?

»Sei ganz unbesorgt, Lorenzo«, hörte sie sich sagen. »Sie will Frieden schließen, genau wie du, sonst wäre sie jetzt schon in Rom. Wenn du sie nicht findest, suchen wir einfach nach einer anderen Lösung. Einverstanden?«

Dann benachrichtigte sie Martina, dass Lori betroffen und tief besorgt sei. Sie sagte ihr, sie solle nicht dumm sein und rangehen, wenn er anriefe.

Nachdem sie das Gespräch beendet hatte, fragte sie Matteo: »Stört es dich, wenn ich mein Handy eingeschaltet lasse? Wir stecken mitten in einem Melodrama.«

»Du gibst wohl nie auf, hm?«

Er sagte das und reichte ihr dabei ein Glas von dem edlen Cabernet Sauvignon, den zu öffnen er keine Skrupel gehabt hatte.

Einen Moment lang glaubte Federica, er meine es ernst, spiele auf ihre Erregung an und auf ihr bereitwilliges Eingehen auf die Tochter, mit dem sie ein Treffen gefährdete, auf das sie naiverweise gesetzt hatte. Bis sie die Szene aus einem Film wiedererkannte, den sie mindestens zehnmal gemeinsam gesehen hatten, Robert Redford und Barbra Streisand in der Schlusssequenz von *So wie wir waren*. Obwohl Federica diesen Spruch mochte, hätte sie nie gedacht, dass er eines Tages auf sie angewandt werden könnte.

In der Tat gab sie nicht auf. Mit welcher Sturheit sie auf ihrem Lebensplan beharrt hatte, mit welcher Mühe sie gekämpft hatte, um das zusammenzuhalten, was sie liebte, auch wenn das, was sie liebte, dazu neigte, sich zu verflüchtigen und in Widerstreit zueinander zu geraten.

Wäre sie eine gewesen, die aufgab, hätte sie niemals jemandem, der sie Knall auf Fall verlassen hatte, erlaubt, ihre Wohnung noch einmal zu betreten, sich eine alte Schürze umzubinden, sich an den Herd zu stellen und ihren Wein zu trinken. Wäre sie eine gewesen, die aufgab, hätte sie dem Mann, der sie gelehrt hatte, was es hieß, glücklich zu sein, nicht die Gelegenheit gegeben, sie von Neuem und vielleicht für immer unglücklich zu machen.

6

Auf der Fahrt nach Hause erging sich Lorenzo in Entschuldigungen, die allzu sehr nach Vorwürfen klangen. Er hatte sich miserabel benommen, okay, aber sie musste versprechen, das nie wieder zu tun, nie wieder einfach so wegzulaufen.

Vor dem Aussteigen aus dem Wagen versuchte er, sie zu küssen. Er war aufgedreht wie ein Junge. In gewissem Sinne war sie es auch, aber auf die falsche Weise.

Die Flammen des Sonnenuntergangs, vom nachmittäglichen Wolkenbruch auf Hochglanz poliert, gingen über in ein dichtes und dunkles Violett; Kupferlampen säumten den Weg vom Eingangstor bis zu dem Teakholzpodest; der Strand war vom wogenden Licht der Fackeln erhellt, Bambusliegen, Holzbänke mit Kissen darauf und niedrige japanische Tischchen waren aufgestellt; in einer Art Berberzelt befand sich das Büfett; die Tische waren mit sandfarbenen Leinentüchern gedeckt und mit Jasminzweigen dekoriert.

All dies glich der Bühne eines Theaters, kurz bevor sich der Vorhang hebt. Aber Martinas Aufmerksamkeit richtete sich allein auf das Licht in dem Zimmer im zweiten Stock. Sie hatte alles getan, um ein Zusammentreffen mit Benny hinauszuzögern, damit die Verlegenheit im Gemenge der Gäste, in den Nebeln des Alkohols und in der von der Geselligkeit erzwungenen Zerstreutheit untergehen würde. Und jetzt fühlte sie sich verloren wie an jenem Nachmittag vor ein paar Jahren. Nach einer zermürbenden achtstündigen Wartezeit hatte sie bei dem berühmt-berüchtigten Professor für Öffentliches Recht, einem cholerischen Verfolger hübscher Studentinnen, ihre letzte Prüfung abgelegt. Damals war sie erfolgreich gewesen und hatte dabei etwas entdeckt, was sie nie mehr vergessen sollte: Kein emotionaler Stress kann einer gründlichen Vorbereitung etwas anhaben.

Ja, aber was für eine Vorbereitung brauchte sie für das, was jetzt auf sie zukam?

Gewöhnlich amüsierte sie sich über Lorenzos Eigenart, sich nach dem Duschen nicht abzutrocknen, sondern gleich in die Kleider zu schlüpfen. Diesmal aber störten sie die tropfnassen Haare und der feuchte Aufschlag des Blazers, irritierte sie die servile Galanterie, die er nach Streits an den Tag zu legen pflegte. Beim Hinausgehen aus dem Schlafzimmer ließ er ihr den Vortritt. Sie war versucht, das nicht anzunehmen, doch um nicht das Menuett der liebevollen Proteste mitmachen zu müssen, lächelte sie und ging dann ungerührt hinaus. Der Lärm aus dem Nebenzimmer ließ sie zusammenschrecken, wie auch Benedettas Stimme, die am Telefon Französisch sprach.

Das Defilee der üblichen Freunde war bereits in vollem Gange. Leinen, Popeline, leichte Wolle, Sandalen, Mokassins ohne Strümpfe, Korallenanhänger; ein roter Teppich für Paare mittleren Alters aus den Kreisen, die man früher »die gute Gesellschaft« genannt hätte, die aber heute keinen Namen, kein Prestige und keine Distinktionsmerkmale mehr hatten, nur noch Börsennotierungen, Renditeerwartungen und düstere Vorahnungen. Der Adel war schon seit Jahrhunderten verschwunden;

die Großindustrie lag kraftlos darnieder; was sich hielt, war eine Kaste von Vorstandsvorsitzenden, Verwaltungsräten, Direktoren von Fernsehanstalten, so verehrungswürdig wie unabsetzbar. Mehr oder weniger alle drei Jahre tauschten sie untereinander die Posten, wie bestimmte Leute von Welt ihre Ferienhäuser. Alles war konventionell, die Hintergrundmusik, die mit Messingkettchen verzierten Jacketts der Kellner, das schlaffe Fingerfood, die affektierten Umgangsformen, der Nachgeschmack von Austern und Seeigeln.

Martina hatte eine Weile gebraucht, um sich an diese Art von Empfängen zu gewöhnen. Im Grunde kam sie aus einer Welt von Bankrotteuren, Suffragetten und aufrührerischen Kommunisten. Inzwischen wusste sie, dass das Beste solcher Feste nicht im Fest selbst bestand, sondern in der Organisation, die ihm vorausgeht, und im Klatsch am Tag danach. Hätte man sie dazu aufgefordert, sie hätte Schwierigkeiten gehabt, auch nur ein einziges erinnerungswürdiges Detail auszumachen. Das Schöne an den Beach Partys der Mogherinis – und der Grund, warum niemand wagte, ihnen fernzubleiben – war, dass sie im Rückblick nicht voneinander zu unterscheiden waren, wie bei diesen Traditionslokalen, in denen man immer dasselbe Gericht isst.

An der Art, wie die Männer sich bemühten, sie zu übersehen, begriff sie, dass ihr Outfit nicht nur passend, sondern absolut richtig war. Die ausgeschnittene Bluse, der Beigeton ihrer Caprihose, das Tory-Burch-Emblem auf den hellen Ballerinas betonten den sphärischen Schimmer ihrer Haut. Offenbar hatte der schlimme Tag keine Spuren hinterlassen. Noch war sie in einem Alter, in dem die Sorgen von einer heißen Dusche weggewaschen und vom Dekolleté entschärft werden. So peinlich es ist, sich das einzugestehen, aber von Bewunderung kann man eben nie genug bekommen.

Mittlerweile kannte sie sie alle. Das Problem bestand darin, Gesicht und Namen richtig zuzuordnen. Dem half man mit Händedrücken ab, Wangenküsschen und vor allem dem unfehlbaren »mein Lieber« oder »Liebste«. Ein Finanzier, der unlängst als »der fünftgrößte Steuerzahler der Stadt« tituliert worden war, sprach über den Ernst der Krise, ein Thema, das umso mehr in Mode ist, je weniger es einen betrifft. Martina dachte an ihren Vater: Er, der sein Leben lang pleite gewesen war, pfiff auf die Krise.

Ein Herr erzählte einer Gruppe von entzückten Jünglingen von einem, der schon vor einiger Zeit hätte sterben sollen, aber »wie ein Feldherr« standhielt. Er sagte es mit einer gewissen Missbilligung. Martina war klar, dass auf den großen Alten der Mode angespielt wurde. »Ich schwöre euch, der Direktor der ›Vanity‹ hat bei mir angerufen und mich gefragt, ob ich den Nachruf fertig habe. Ich habe ihm gesagt: ›Aber natürlich, ich habe ihn seit einem halben Jahrhundert in der Schublade.‹ Und er: ›Dann schick ihn uns. Den neuesten Nachrichten zufolge ist er am Ende.‹ Nun, wisst ihr, wann das war? Vor drei Jahren. Seither habe ich ihn mindestens noch ein Dutzend Mal gesehen. Zuletzt bei der Einweihung seines Hotels in Paris. Ihr macht euch gar keine Vorstellung, wie er drauf war: jugendlich, braun gebrannt, gut gelaunt, ganz groß in Form.«

»Aber wie ist das möglich?«

»Es gibt zwei Dinge, die das Leben verlängern, Eitelkeit und Bosheit. Unser Genie ist unsterblich, wenn ihr wisst, was ich meine.«

Martina hatte gelernt, dass Alkohol an solchen Abenden den richtigen Kompromiss zwischen physiologischem

Bedürfnis und philosophischem Trost bot. Sie überging also das Tablett mit den alkoholfreien Getränken und steuerte auf die Bar zu, die am Strand in Form einer Pagode aufgeschlagen war, entschlossen, es stoisch mit der Menge aufzunehmen, die sie von der Labung durch den Alkohol trennte. Vor ihr in der Schlange stand ein korpulenter, bärtiger Mann, der ein neckisches Mittelding zwischen einem Nachthemd und einem Kaftan trug. Trotz seiner Leibesfülle und der Extravaganz des merkwürdigen Kleidungsstücks schien er sich wohlzufühlen. Es war schwer zu entscheiden, ob seine Augen kindliche Naivität versprühten oder das Gift des Alters. Martina hatte ihn vor Kurzem auf den Seiten einer Hochglanzillustrierten gesehen, die niemand mehr las, bequem in einen Sessel gelehnt, barfuß, mit demselben Gehrock bekleidet. Thema des Interviews war seine Abneigung gegen die Belletristik gewesen. Die erzählende Literatur sei so tot und erledigt, dass sie kein Begräbnis verdiene, ja nicht einmal einen Grabstein. Er dagegen sei mit seiner Autobiografie beschäftigt, die er als »Dokument der Bescheidenheit und der Wahrhaftigkeit« bezeichnete.

Nach den Geständnissen zu schließen, die er jetzt einem lächelnden Mädchen und einer erheblich weniger amüsierten Dame machte, war die Belletristik nicht die einzige Sache, derer er überdrüssig war.

»Ich vögle nicht mehr«, sagte er.

»Entschuldigung, wie bitte?«, fragte die Dame, unentschlossen, ob sie sich überrascht oder indigniert zeigen sollte.

»Ich vögle nicht mehr.«

»Und wie gelingt Ihnen das?«

»Ich könnte die Frage umkehren, meine Liebe. Wie stellst du es an, es so oft zu treiben? Es ist eine so anstrengende Sache, so trivial und beschämend für die Gegenseite. Und der Gewinn ist so flüchtig, wenigstens für uns Männer. Alle vögeln, die Afrikaner, die Puerto-Ricaner, die Chinesen. Ganz zu schweigen von den Indern, die eine schlimme Neigung zu Vergewaltigungen haben. Aber ich darf dich davon in Kenntnis setzen, dass bei uns die besseren Leute, die Leute mit Stil, seit Jahrzehnten damit aufgehört haben. Und es scheint so, als wären die Amerikaner mittlerweile auch so weit.«

»Und fehlt es dir denn nicht?«

»Weißt du, das ist ein bisschen wie Veganer werden. Nach ein paar Monaten mit Dinkel und Erbsen packt dich allein bei der Vorstellung von einem Steak der Ekel.«

»Und dich ekelt vor dem Sex?«

»Noch nicht, ich bin Anfänger. Vorerst langweilt er mich und basta.«

»Und was sagt deine Frau dazu?«

»Was sie sagt, die Ärmste? Am Anfang war sie betrübt. Aber sie ist eine Frau mit Geist, sie weiß meine Offenheit zu schätzen. Ich habe ihr gesagt, was kein Ehemann zu sagen wagt, nämlich, dass Sex in der Ehe nach den ersten Monaten unausweichlich inzestuös wird. Im Übrigen, wenn man gewisse Entscheidungen trifft, muss man sich von den gefühlsmäßigen Begleiterscheinungen wie zum Beispiel Stolz und Eifersucht freimachen. Es wäre eine echte Bosheit, von meiner Frau die gleiche Askese zu erwarten. Ich verlange nur ein Minimum an Diskretion. Heute Abend zum Beispiel hat sie mir Ausgang gegeben. Ich möchte nicht ausschließen, dass sie ein Rendezvous mit ihrem Yogalehrer hat. Tantra-Sex, die letzte Perversion der unbefriedigten Bourgeoisie.«

»Finden Sie diese Haltung nicht etwas pathetisch?«, fragte die Dame schließlich.

»Wirklich pathetisch sind diese jungen Männer, die geil sind wie die Affen, die abgeschlafften Greise mit ihrem Flittchen am Gängelband und Viagra in der Tasche. Die finde ich pathetisch, würdelos und viel unglücklicher als mich.«

Als sie an die Reihe kam, war Martina klar, dass ein Glas Chardonnay allein nicht genügen würde. Zur Sicherheit nahm sie zwei.

»Oh, da ist ja meine prächtige Schwiegertochter!«, sagte der Prof und winkte sie zu sich. Er war in Gesellschaft eines Typen, den Martina schon auf anderen Empfängen und ab und zu im Fernsehen gesehen hatte. Sein Erfolg verdankte sich wesentlich mehr dem Eifer seiner Verleumder als der Begeisterung seiner Bewunderer. Einer dieser Fünfzigjährigen, die sich auf ihrem Twitterprofil als »auf der Seite des Unrechts stehend« bezeichneten. Er musste einmal gut ausgesehen haben, bevor das Scheinwerferlicht des Fernsehens ihn entstellt hatte. Eine bartlose Schönheit, ambivalent, lasziv – im Stil von David LaChapelle oder Bret Easton Ellis –, die unter den ersten Stichen des nahenden Alters vergeht. Er hantierte mit dem Stumpen eines Toscano herum, der ihm ständig ausging. Zu sehr von sich selbst eingenommen, machte er keine Anstalten, Martina zu begrüßen. Stattdessen versuchte er, den Prof für die Initiative zu gewinnen, für die er sich seit einiger Zeit engagierte und die sich darum bemühte, den Artikel der Verfassung zu ändern, in dem die Ablehnung des Krieges verankert war.

»Aber mein Lieber, du weißt besser als ich, dass dieser Artikel keine Regierung gehindert hat, in einem Krieg Stellung zu beziehen. Und dann, was habe ich damit zu tun? Ich bin Strafrechtler, der Abschaum der Menschheit, ich beschäftige mich nicht mit so erhabenen Dingen.«

Der andere unterstrich die symbolische Bedeutung der Initiative. Die Menschen mussten sich einen Ruck geben. Sie mussten begreifen, dass wir längst im Krieg waren. Man durfte die Drecksarbeit nicht weiterhin delegieren an …

»Martina könnte uns alle hier zum Schweigen bringen«, sagte der Prof, die Schwiegertochter zu einem Ablenkungsmanöver benutzend. Es schien eher ein Wunsch als ein Kompliment zu sein. »Sie schließt gerade eine wirklich brillante Doktorarbeit ab.«

Nicht einmal der akademische Titel konnte den Halbgott des Fernsehens dazu bewegen, ihr Beachtung zu schenken. Er hatte überhaupt keinen Respekt vor der akademischen Welt, und schon gar nicht vor einem Mädchen, das sich offenbar die Gunst der Professoren zu erschleichen wusste.

»Gute Gene lassen sich eben nicht verleugnen«, sagte der Prof. »Martina ist nämlich die Enkelin eines unserer größten Verfassungsrechtler, und außerdem überzeugte Pazifistin.«

Den Namen des Großvaters konnte der andere nicht ignorieren. Er sah sie an und schien amüsiert bei der Vorstellung, dass eine mit Markenklamotten herausgeputzte Tussi das Erbgut mit diesem Anachoreten teilen sollte, einem Überbleibsel aus dem letzten Jahrhundert. Die Quintessenz des Ex: Ex-Professor, Ex-Abgeordneter, Ex-Verfassungsrichter, das Einzige, was er nie abgelegt hatte, war der Kommunismus.

Jetzt fand der Typ einen gewissen Gefallen daran, sie anzusehen. Sie diente ihm als Bestätigung einer lang gehegten Überzeugung bezüglich seines geplagten Landes: der Promiskuität der herrschenden Klasse. Jenseits aufgeregter Polemiken, Beschimpfungen in der Presse und behaupteter anthropologischer Abweichungen steckten sie alle unter einer Decke, einer hing vom anderen ab. Der Sohn des renommierten Strafrechtlers katholischer Prägung heiratet die Enkelin des ins Verfassungsgericht gewählten Marxisten. Willkommen in Italien!

»Und den Großvater habt ihr nicht eingeladen?«, fragte der Typ, um sie in Verlegenheit zu bringen. Dem Nächsten auf die Nerven gehen, ihn wenn nötig beschimpfen, darin war er groß. Wohl wissend, dass sich Martinas Großvater unter all diesen Leuten fühlen würde wie Muhammad Ali in einer Versammlung des Ku-Klux-Klan, wollte er diese Diskrepanz hervorheben, sie dem Prof und seiner bezaubernden Schwiegertochter ins Gesicht schleudern. Aber heute war nicht sein Tag. Während der eine von Natur aus kaum aus der Ruhe zu bringen war, hatte die andere weit wichtigere Sorgen. Deshalb hörte Martina nicht auf, sich nervös umzusehen. Ein wenig Trost gab es ihr, als sie ihren Mann am Strand erblickte. Das Haar im Licht der Fackeln honigfarben, trug er das Lächeln der großen Gelegenheiten zur Schau. Er war umgeben von einer Schar junger Frauen. Aus dreißig Metern Entfernung hörte sie sie lachen. Welches Glück, von einem so begehrten Mann geliebt zu werden.

»Ciao, Martina.«

Beim Klang dieser Stimme (Gott, wie lange war das her!) gewann die Erregung, gegen die sie standhaft angekämpft hatte, endgültig die Oberhand.

7

Sie hatten sich seit letztem Weihnachten nicht gesehen. Damals hatte Benedetta alle verärgert, indem sie eine Woche zu spät gekommen war. Mit der Regelmäßigkeit eines jahreszeitlichen Virus wurden die Mogherinis nämlich in den ersten Dezembertagen von vorweihnachtlicher Sentimentalität befallen. Deshalb war es so seltsam, dass Benedetta erst am Nachmittag des Heiligabends in Rom eingetroffen und am Abend des ersten Feiertags wieder abgereist war. Außerdem hatte sie – aber das konnte nur der Betroffenen auffallen – Martina beharrlich gemieden, was bei dieser den Verdacht genährt hatte, Benedettas Entscheidung für das Studium in Freiburg sei mehr als eine Flucht denn als eine Chance zu betrachten, ausgelöst von dem, was zwischen ihnen vorgefallen war und nie hätte vorfallen dürfen.

Die Bilder kehrten zurück und verfolgten sie, intermittierend und blitzartig wie die Angst vor einem häuslichen Unfall, der zur Tragödie werden konnte. Im Grunde nichts Besonderes, nur ein flüchtiger Kuss und dessen Nachwirkungen. Der Ort war nicht unbedingt geeignet gewesen (oder vielleicht doch?), die Damentoilette einer juristischen Bibliothek. Es war derart absurd, dass ihre Lippen sich begegnet waren. Und doch hatte es diesen Kuss gegeben, er hatte angedauert und Wirkung gezeigt. Nichts in Martinas vierundzwanzigjährigem Leben hatte eine so tiefe Unruhe in ihr ausgelöst. Vielleicht trug auch die Promptheit zur Nachhaltigkeit des Eindrucks bei, mit der Benny die Sache im Keim zu ersticken trachtete, indem sie nach Deutschland ging. Ganz zu schweigen von ihren neuen, drastischen Gewohnheiten wie den seltenen Besuchen daheim und der eiligen Wiederabreise, den immer einsilbigeren SMS und Mails. All das hatte dazu geführt, dass Martina ein Ereignis, das man unter die Rubrik der lächerlichen Dinge, die jedem passieren, hätte einreihen können, zur Reliquie überhöhte.

Sie war noch damit beschäftigt gewesen, das spezifische Gewicht dieses Kusses auszuloten, als Benedetta ihr zuvorgekommen und abgehauen war. Wie üblich hatte das Leiden ein unbewachtes unterirdisches Gelass gefunden, durch das es die Festung einnehmen konnte. So entdeckte Martina die Qualen der ehelichen Heuchelei. Es gab keinen Vertrauten, der loyal genug gewesen wäre, um ihm ein Geheimnis anzuvertrauen, das skandalöser war als jeder Ehebruch. Mit der alten Benny über die neue Benny reden zu können, wäre eine Erleichterung gewesen. Doch beide waren fern und nicht dazu bereit. Wer sonst sollte sie verstehen, wenn nicht ihre Komplizin, die ähnlichen Gefahren ausgesetzt war?

Sie hatten sich in der sechsten Klasse kennengelernt. Acht Jahre lang waren sie Banknachbarinnen gewesen. Sie waren gemeinsam auf Pyjamapartys gegangen, hatten königliche Ambitionen und einen Sommer lang sogar die Huld desselben Prinzen geteilt, hatten Herzen gebrochen und Neid erregt. Im Gymnasium gingen sie immer Hand in Hand, vor allem in den Pausen, hochmütig und unzertrennlich streiften sie durch die Flure, lachten über alles außer sich selbst, blickten auf die Grüppchen erregter Jungs und hämischer Mädchen herab. Benny, die nach dem Vater geriet, heimste hervorragende Zeugnisse ein, Martina, die nach der Mutter geriet, stand ihr in nichts nach. Im Unterschied zu den typischen Gewohnheiten hübscher Mädchen ihres Milieus hatten sie im Gymnasium angefangen, nicht unbedingt seichte, etwas mondäne und manierierte, aber niveauvolle Romane auszutauschen. Das letzte Weihnachten als Minderjährige hatten sie lesend in Martinas Zimmer zugebracht, jede in ihrer Ecke, mit zwei gleichen Ausgaben eines berühmten Buches von Mishima (eine weitere zur Reliquie erhobene Erinnerung). Wenn sie hätte erklären sollen, warum das zwischen ihr und Benny so gut klappte, warum sie sie als so gleichgesinnt empfand, hätte Martina gewiss von der Verachtung der Konventionen gesprochen, die ihnen gemeinsam war. Das gefiel ihr an Benny, die ihr eigene Art zu denken, anders als die anderen, anders als die Leute. Sie war der Typ, der die *Neun Erzählungen* dem *Fänger im Roggen* vorzog, Paul McCartney lieber mochte als John Lennon, lieber *Le Iene* als *Pulp Fiction* sah, lieber Ostern als Weihnachten mochte. Sie hatte nie ein Hehl aus ihrer Verachtung für die Lehrer gemacht, und sie verachtete sie nicht, weil sie frustriert waren, weil sie nur über bescheidene Mittel verfügten, auch nicht wegen ihres trostlosen Mangels an Autorität. Sie verachtete sie, weil nichts von dem, was sie unterrichteten, das mindeste Interesse in ihr weckte.

Es war selbstverständlich gewesen, dass sie sich gemeinsam in Jura einschrieben, dieselben Kurse belegten (einschließlich des überlaufenen des Profs), im selben Fach promovierten. Martina hatte Mühe, sich an einen bedeutenden Moment ihrer glücklichen Jugend zu erinnern, den sie ohne Benedetta verlebt hätte.

Sich in Lorenzo zu verlieben, war Korollar dieser exklusiven Freundschaft gewesen, ihn zu heiraten, etwas zwischen einem Akt der Loyalität und einer Ausübung des Vorzugsrechts. Martina war noch keine zwanzig, Lorenzo wurde bald vierundzwanzig. Sie begann eben mit dem Studium, er hatte es vor Kurzem abgeschlossen. Ausnahmsweise waren sich sogar Matteo und Martinas Großvater einig gewesen und hatten die verfrühte und leichtfertige Ehe zwischen zwei jungen Leuten bekämpft, die vorläufig nur auf das Vermögen der Mogherinis zählen konnten. Martina allein hätte es nicht geschafft, diesem heftigen Kreuzfeuer standzuhalten, wenn nicht Benny ihre bedingungslose Unterstützung angeboten hätte. Sie hatte sich uneingeschränkt ins Zeug gelegt, hatte die letzten Widerstände der Eltern niedergerungen, hatte den Abschied vom Junggesellinnendasein der künftigen Schwägerin organisiert, war Trauzeugin und Vertraute bei den ersten ehelichen Scharmützeln gewesen. Im Übrigen hatte diese Hochzeit das Gleichgewicht zwischen Benny und Martina in keiner Weise beeinträchtigt. Sie waren entschlossen, das, was von ihrer Jugend blieb, zu genießen, bereit, Kinder zu haben, die Cousins sein würden, und sie sahen sich schon in reifem Alter, ja sogar alt.

Bis dieser Kuss daherkommt, der die kostbare Ordnung der Dinge durcheinanderbringt, Benedetta dazu treibt auszureißen und Martina dazu, sich gehen zu lassen, das Studium und die häuslichen Pflichten zu vernachlässigen. Morgens schläft sie lange, zum Essen trinkt sie eine halbe Flasche Wein, und am Nachmittag fängt sie zu früh mit dem Gin Tonic an; nachts ist sie munter wie ein Wachposten oder sitzt vor dem Fernseher, gerührt von alten Komödien. Sie gähnt jedes Mal, wenn Lorenzo sie fragt, was zum Teufel mit ihr los sei. Auf Skype behandelt sie ihren Vater von oben herab, sie zeigt sich unwillig gegenüber den Predigten ihres Großvaters und schützt Migräneattacken vor, um dem sonntäglichen Mittagessen bei den Schwiegereltern zu entgehen.

Eines Mittwochabends – Lorenzo ist mit Freunden beim Poker – liegt sie in der Badewanne, das Glas in der Hand und das Kinn weiß von Badeschaum, als die Lampe über dem Spiegel anfängt, bunte Funken zu sprühen, und die blauen Fliesen der Dusche lebendig werden, als würden Wellen über sie hinwegjagen. Etwas zieht sie unter Wasser. All das dauert nur ein paar Atemzüge lang, aber die inneren Folgen sind verheerend. Erschrocken sitzt Martina im Bademantel auf der Toilette und keucht. Eine Panikattacke? So nennt man das doch, oder? Etwas in ihr gerät ins Rutschen.

Tagelang lebt sie in der Angst, ihr Gehirn könne wieder verrücktspielen, der Zustand nervöser Störung könne sich wieder ihrer bemächtigen. Doch das geschieht nicht. Nach und nach gelangt sie wieder in den Besitz ihrer Fähigkeiten.

Da verordnet sie sich, nicht länger faul im Bett liegen zu bleiben, morgens früh in die Bibliothek zu gehen, wenigstens ein Weilchen Schluss zu machen mit Alkohol und Zigaretten; sie ist regelmäßig im Fitnessstudio, überredet Lorenzo, mit ihr Ski zu fahren (und bricht sich dabei das Schlüsselbein), sie füllt das Haus mit Leuten, macht einen Soufflé-Kurs, entlässt Lola und nimmt eine Haushaltshilfe auf Stundenbasis, sie gibt sich Lorenzo oft und mit Großzügigkeit hin, lässt ihn in bis dahin unzugängliche Bezirke eindringen. Die Dinge kommen wieder ins Lot. Der Erdrutsch scheint aufgehalten.

Doch dann kommt Weihnachten, eine überaus schwere Prüfung. Diesmal können Benedetta und Martina sich nicht aus dem Weg gehen. Martina fühlt sich stark genug, die Anwesenheit der Freundin mit Würde zu ertragen. Doch wieder einmal nehmen die Dinge einen verkehrten Lauf. Benny lässt auf sich warten, und Martina, durch das lange Warten mürbe … Als sie sie endlich an Heiligabend am Tisch sitzen sieht, ist die Freude durch die ausgestandene Qual so sehr getrübt, dass Martina Bennys Kälte als gerechte Strafe und die baldige Trennung als Erleichterung hinnimmt.

Dann noch ein Fehler. Sie kann dem Impuls, eine liebevolle SMS zu schicken, nicht widerstehen: »Es war schön, dich zu sehen.« Sofort bereut sie es. Das Jahr geht zu Ende, während sie auf eine Antwort wartet, die nicht kommt. Die Silvesternacht trostloser als zu Zeiten der Flucht ihres Vaters. Und weiter in diesem Winter der Rekonvaleszenz. Martina verbietet sich schädliche Freuden wie die, Lorenzo nach Neuigkeiten von der Schwester zu fragen, ab und zu einen Blick auf Benedettas Facebook-Seite zu werfen oder sich das Wiedersehen auszumalen, das früher oder später stattfinden wird.

Sie ist so eifrig in der Befolgung der selbst verschriebenen Kur, dass die Rückkehr ihrer Schwägerin sie wie eine plötzliche und verwirrende Nachricht trifft. Martina ist nicht bereit. Man hat ihr keine Zeit gelassen, sich zu wappnen.

8

Da war sie also, barfuß und lächelnd, in dem aus dem Kleiderschrank der Mutter entwendeten Ferragamo-Kleid.

»Wo hast du denn gesteckt?«

Es war unvorsichtig von Benedetta, ihr eine solche Frage zu stellen.

»Wie meinst du das?«

»Mama hat mir gesagt, du seist davongelaufen und Lorenzo habe dich im Ort abgeholt.«

Martina wusste nicht, auf wen sie wütend sein sollte, auf die tratschende Schwiegermutter? Auf Lorenzo, der wie üblich alles gleich seiner Mami erzählte? Oder auf Benny, die so tat, als wüsste sie nicht, dass sie der Grund für dieses so unschickliche Betragen war?

Benedettas Aussehen erleichterte Martina, denn sie war blass, die Haare in Unordnung, die Augenbrauen nicht gezupft. Sie schien, als sei sie nach einem Tag in der Bibliothek, den sie über alte Kodizes und haufenweise Fotokopien gebeugt verbracht hatte, reif, sich ins Bett zu werfen. Nein, sie wirkte wie eine, die im Stehen eingeschlafen war. Das verwaschene Grün ihrer Augen ging über in das hypnotische Violett ihrer Augenringe; die Ader, die sich vom Hals zur Schläfe hinaufzog, pulsierte sacht; trotz des herannahenden Sommers hatte ihr Haar noch nicht seinen vollen, reifen Glanz erlangt. Die Handgelenke waren zerbrechlicher als sonst, eine Männer-Rolex hing trostlos daran. Sie war nicht auf der Höhe des lasziven Wesens aus Martinas Fantasie. Vielleicht war Bennys Jahr in Freiburg nicht weniger düster gewesen als ihres. Und das war gut so.

Die Lippen nicht, die wagte Martina nicht anzusehen, noch nicht. Ihr Blick verweilte auf Benedettas Füßen mit den auseinandergebogenen Zehen, an denen man, kaum erkennbar, die verwischten Ränder des farblosen Nagellacks sah. Sie waren, wenn möglich, noch feiner gedrechselt, als sie sie in Erinnerung hatte.

»Ohne Schuhe? Du bist ja wirklich eine Hinterwäldlerin.«

»Mama hat mir ein Paar geliehen. Sie taten mir so weh.«

»Und wo hast du sie gelassen?«

»Dort drüben. Jemand wird sie schon mitgenommen haben, heute Abend mangelt es ja nicht an geilen Alten.«

»So wie der Typ im Zug, der deine Füße fotografieren wollte?«

»Benedetta, die Crêpes mit Provolone und Aubergine sind da«, sagte Signora Mogherini, die wie ein Gespenst hinter ihnen aufgetaucht war.

Martina bemerkte, dass die Schwiegermutter sie ostentativ überging, als ob sie ihr immer noch grollte. Vielleicht war sie auch nur verlegen. Der Zusammenstoß am Vormittag war der heftigste gewesen, den sie je gehabt hatten.

»Ich mag keine Auberginen«, sagte Benny.

»Aber wenn du doch immer ganz versessen darauf warst«, protestierte die Mutter im Ton dessen, der die x-te Beleidigung einstecken muss, eine regelrechte Abtrünnigkeit.

»Okay, dann kennst du meinen Geschmack besser als ich«, maulte Benny sarkastisch.

Verstimmt kehrte die Dame des Hauses zu ihren Gästen zurück. Lorenzo, der vom Strand kam, sah sie davonstürmen.

»Sie kränken, das könnt ihr.«

Er und sein Teller mit dampfenden Vorspeisen fanden zwischen Ehefrau und Schwester auf den Stufen Platz. Er hatte es sich bequem gemacht, Blazer und Mokassins abgelegt. Die Ärmel seines weißen Brooks-Brothers-Hemds waren hochgekrempelt, der Kragen war aufgeknöpft: eine Nachlässigkeit, die schöne Menschen noch schöner macht.

»Nur gut, dass du jetzt da bist, um den Weltfrieden wiederherzustellen«, neckte ihn Benny.

Die Zärtlichkeit, die Benny ihrem älteren Bruder gegenüber an den Tag legte, rührte von der Anerkennung der dynastischen Überlegenheit her, zugleich aber auch von einer kindlichen Verliebtheit, die noch nicht ganz verflogen war. Ihre Wortgefechte ließen alle anderen außen vor. Man stand daneben und fragte sich: Was mache ich hier? Gemeinsam funktionierten sie fast besser als jeder für sich. Man sah sie als Kinder vor sich, wie sie, gleich angezogen, mit einem Labradorwelpen über den englischen Rasen tollten.

Wenn die Schwägerin nicht fortgegangen wäre, da war Martina sich sicher, wäre die Liebe zu ihrem Mann solider gewesen.

»Kaum bin ich ein Weilchen weg, da seid ihr alle zerstritten!«, sagte Benny lachend, als hätte sie Martinas Gedanken erraten. Und während sie das sagte, angelte sie sich vom Teller des Bruders ein Stück Aubergine.

»Aber wir haben doch nicht gestritten«, flüsterte Lorenzo und zeigte mit dem Kinn auf Martina. Sein Blick suchte die Art von Komplizenschaft, die ehelichen Streitigkeiten ein Ende bereitet. Als er sie nicht fand, versuchte er es noch einmal: »Nicht wahr, Liebling, wir haben doch nicht gestritten?«

Jetzt war er unsicher und dadurch viel weniger sexy.

»Woran man sieht, wer hier wirklich die Idiotin ist«, befand Benny, und Martina gefiel die Beleidigung, sie fühlte sich aus irgendeinem Grund wohl damit.

Der DJ legte alte Songs von Kool & the Gang auf. Als Lorenzo aufstand und zum Büfett mit den Hauptgerichten eilte, zeigte Martina Benny den Typen, der sie vor ein paar Minuten in Schwierigkeiten gebracht hatte.

»Wer weiß, warum sich meine Eltern gern mit Arschlöchern umgeben.«

»Hm.«

»Ich schwöre bei Gott, dass es in ganz Freiburg nicht so viele geliftete Frauen gibt wie hier heute Abend!«

»Man könnte vermuten, sie sind demselben Serienkiller zum Opfer gefallen«, bestätigte Martina.

»Schönheitsideal Schimpanse.«

»Therapie Neandertaler.«

»Dunkle Brillen und Lippen *à l'africaine.*«

Ach, wenn Lorenzo doch nur zu derselben leichtfüßigen Bosheit fähig gewesen wäre! »Warum regst du dich so auf?«, hatte er sie eines Abends im Bett gefragt, als sie sich über das große Palaver eines Paares mokierte, das über renommierte Schulen für ein Mädchen nachdachte, das noch im Bauch der Mutter war. »Warum laden wir sie ein, wenn wir dann über sie herziehen, sobald sie gegangen sind?«, hatte er noch einmal nachgehakt und die Nachttischlampe gelöscht. »Weil es lustig ist«, war die ehrlichste Antwort gewesen, die Martina ihm hatte geben können.

Was Lorenzo nicht verstand, war die Tatsache, dass dieser Tratsch weder überflüssig noch verwerflich war. Er war eine über die Jahrhunderte bewährte Methode, sich besser zu fühlen als die anderen, die Überlegenheit des eigenen Paares zu behaupten. Darauf beruhte der größte Teil des Erfolgs glücklicher Verbindungen.

Was Benny anging – nun, in Sachen Lästern suchte sie ihresgleichen.

Martina zeigte ihr also den fetten Kerl in seinem lächerlichen Gehrock. Sie berichtete von seinen verrückten Ansichten in puncto sexueller Enthaltsamkeit. Diesmal folgte Benny ihr nicht. »Wart's ab, vielleicht hat er ja recht.«

»Recht? Dieser impotente Walfisch?«

Aber Benny blieb dabei, vielleicht stimme es, der Sex ruiniere immer alles.

Woher kam jetzt dieser ernste und nachdenkliche Tonfall? Sie fragte sich, ob Benny auf eine Erfahrung aus jüngster Zeit anspielte, eine Geschichte mit einem Jungen, die schlecht ausgegangen war. War sie berechtigt, Eifersucht zu empfinden? Oder sprach Benny von ihnen beiden? Wenn ja, von welchem Sex faselte sie da? Bloß ein Kuss, ein verdammter Kuss.

»Und dieses Fest? Findest du nicht, dass sie es ein wenig zu ernst nehmen?«, fragte Martina und übertrieb dabei die Langeweile, die sie empfand. Sie wünschte um jeden Preis, dass ihre Unterhaltung wieder den Ton von früher annähme.

»Komm, gehen wir.«

Sie liefen am Strand entlang, in Gesellschaft der treuen Flasche Chardonnay. Der Alkohol im Verein mit einem leisen Hungergefühl und den Sternen beförderte ihre Spontaneität. Martina wusste nicht, ob sie ihre Erregung auf das zurückführen sollte, worüber sie eben gesprochen hatten, oder auf das, was sie beharrlich verschwiegen. Und trotzdem, wie oft im Leben kommt es schon vor, dass du dich genau so fühlst, wie du willst? Aufgetaucht aus dem Sumpf der vergangenen anderthalb Jahre, fing die Zeit wieder an zu verfliegen, gerade jetzt, wo sie hätte stillstehen sollen, während die Geräusche des Fests vom knirschenden Schwappen der Wellen verschluckt wurden.

Sie stiegen eine von mediterraner Macchia überwucherte Düne hinauf und setzten sich auf eine natürliche Matte, eine Insel aus Gras und wildem Lavendel in einem Meer aus Sand. Sie flüsterten wie damals in der Mittelstufe, wenn die eine bei der anderen übernachtet hatte und es so schwierig gewesen war einzuschlafen, während die tiefe Nacht zu peinlichen Geständnissen und unrealisierbaren Plänen verführte.

Benedetta beklagte sich über das Leben in Freiburg. »Ich bin umgeben von Nerds mit der Visage von Serienmördern, die Serienmörder mit der Visage von Nerds studieren.«

»Bereust du's?«

»Was?«

»Freiburg. Claudio verlassen zu haben und alles Übrige.«

»Also die Kurse sind spitze, die Professoren einfach fabelhaft.«

»Aber du bist nicht zufrieden.«

»Es fehlt mir so vieles.«

»Zum Beispiel?«

»Zum Beispiel alles, würde ich sagen.«

Benedetta hütete sich wohl, unter die Dinge, die ihr fehlten, die Freuden des Liebeslebens einzureihen, ein Gebiet, auf dem sie immer sehr vorurteilslos gewesen war, angefangen bei ihrem Schlachtruf: »Aufnehmen und fallen lassen!« Martina wagte nicht zu fragen, wie viele sie in Freiburg aufgenommen und fallen gelassen hatte. Sie fühlte sich so verwundbar, dass sie nicht wusste, wie sie reagieren würde, sollte Benedetta ihr eine ganze Liste präsentieren. Gleichzeitig spürte sie, dass etwas an dieser Zurückhaltung falsch war, die ihr Lieblingsthema, die Jungs, aus ihrem Gespräch ausschloss. Man musste zugeben, dass Benny versucht hatte, über Sex zu reden, wie enttäuschend und zerstörerisch er war, aber sie hatte nicht darauf eingehen wollen.

Die kühnste Frage, die Martina zu formulieren imstande war – fast blieb sie ihr im Hals stecken –, betraf neue Freundschaften.

»Meine Zimmerkollegin ist Japanerin.«

»Wie ist sie so?«

»Kennst du diese hygienebesessenen Sauberfrauen ... Am Anfang sind wir ein paarmal aneinandergeraten, ich war schon drauf und dran, aus dem Studentenwohnheim auszuziehen und mir privat ein Zimmer zu nehmen. Doch dann haben wir verstanden, wie wir so ticken.«

Martina entdeckte die Leiden, die ihr als Heranwachsender aus purem Zufall erspart geblieben waren. Worte und Ausdrücke wie »hygienebesessen«, »aneinandergeraten«, »Studentenwohnheim«, »wie wir so ticken« hatten die Macht, den Dämon heraufzubeschwören, der in diesem Fall die Gestalt einer cholerischen Lolita mit Mandelaugen annahm.

»Hast du nachgesehen, ob sie nicht irgendwo ein Hattori-Hanzo-Samuraischwert versteckt?«

»Sie ist verrückt, wirklich und wahrhaftig daneben, aber sympathisch.«

Verrückt, daneben, sympathisch, das waren drei Adjektive, dazu angetan, ihre Angst zu beschwichtigen, die aber leider wieder aufflammte, als Benedetta den Satz zu Ende sprach:

»Kein Schwert, aber dafür hat sie eine Sammlung von Seidenkimonos, um die ich sie ziemlich beneide.«

Eine vertraute Wärme ging von Bennys Beinen aus, die im Mondlicht und vor Müdigkeit schimmerten. Früher, bevor der Kuss ihr Leben in ein Davor und ein Danach geteilt hatte, hätte Martina nicht gezögert, die paar Zentimeter zu überwinden, die sie von dieser Wärmequelle trennten. Jetzt aber war dieser kleine Raum einschüchternd und tabu.

»Ist dir nicht kalt?«, fragte Benedetta sie.

Aus Angst, sie könne hineingehen wollen, antwortete Martina nicht.

»Was ist, schläfst du?«, versuchte Benedetta es noch einmal.

»Der Wein fängt an zu wirken.«

Sie hatten die mitgebrachte Flasche inzwischen ausgetrunken.

»Ich würde Geld geben für noch eine Flasche mit irgendwas. Aber allein bei der Vorstellung, zu diesen Idioten zurückzukehren, dreht sich mir der Magen um.«

»Bist du deswegen weggegangen?« Martina war sowohl mit dem jammernden Tonfall der Frage als auch mit der Anspannung unzufrieden, mit der sie die Antwort erwartete.

»Du weißt, wie sehr ich meine Eltern liebe, aber mit ihren Festen habe ich abgeschlossen.«

»Du bist aber doch extra deswegen gekommen.«

»Meine Mutter hat mich angefleht, ja, mir fast gedroht.«

Abgesehen von der Dankbarkeit für ihre Schwiegermutter fragte Martina sich, warum Benedetta ausgerechnet diesmal nachgegeben hatte. Was für ein Unterschied bestand zwischen diesem und den vorangegangenen Festen? Genügte das Silber des fünfundzwanzigjährigen Ehejubiläums, um dieses hier unumgänglich zu machen?

»Und willst du mir nicht sagen, was mit dir und meinem Bruder los ist?«

An diesem Abend funktionierte die Unterhaltung so: Am Ende eines Minenfelds tat sich direkt ein neues auf und danach noch eines.

»Hat er dir etwas gesagt?«

»Nicht viel, aber ich habe euch zusammen gesehen.«

Martina reagierte ausweichend und beschwichtigend. Mit Lorenzo laufe alles wunderbar. Dann, um nicht noch weitere demütigende Zweifel an ihrem Betragen in den letzten Tagen aufkommen zu lassen, erfand sie einen Ehestreit, ausgelöst von der Rückkehr des großen Mannes.

»Ach was, dein Vater ist zurückgekehrt?«, fragte Benedetta erstaunt. Sie hatte sich auf die Hände gestützt und aufgerichtet. So überragte sie Martina.

»Wusstest du das nicht?«

»Wenn mir keiner was sagt! Wo ist er?«

»In Rom, in der Wohnung meiner Großmutter.«

»Und was machst du hier?«

»Ich wollte hingehen, aber …«

»Sag bloß, Lorenzo hat es dir verboten. Habt ihr deswegen gestritten?«

Es war nicht klug, immer durchsichtigere Lügen anzuhäufen, also wählte Martina eine, die den Vorzug der Glaubwürdigkeit hatte. Lorenzo habe ihr gar nichts verboten. »Es ist meine Schuld. Diese plötzliche Rückkehr – meines Vaters, meine ich – hat mich durcheinandergebracht. Ich habe ihn seit sechs Jahren nicht gesehen. Ich habe die Fassung verloren.«

»Das glaube ich dir.«

»Eben.«

»Du weißt gar nicht, wie gern ich ihn kennenlernen würde«, sagte Benedetta. »Matteo Zevi, ein Mythos. Als wir uns kennenlernten, war er seit wenig mehr als einem Jahr abgehauen, stimmt's?«

»Seit drei Jahren«, antwortete sie so prompt, dass es wirkte, als hätte sie diese Berechnung Hunderte Male angestellt. Dann setzte sie hinzu: »Und ich kann es kaum erwarten, ihn dir vorzustellen.«

»Wie soll ich das machen? Ich fahre morgen.«

»Morgen?«

»Ich habe Montagvormittag einen Termin mit der Betreuerin meiner Doktorarbeit. Das Ticket ist schon gebucht.«

»Aber entschuldige mal, kannst du das nicht ändern? Du wirst doch wohl meinen Vater nicht verpassen wollen.«

»Wann reist er denn wieder ab?«

»In einer Woche«, log Martina noch einmal.

»Mal sehen … mal sehen …«

Mal sehen, ja, mal sehen. Angeregt vom gedämpften und gurgelnden Schwappen der zurückweichenden Wellen sah sie sich mit ihrem Vater und Benedetta an einem Sommerabend im Zentrum von Rom. Er entzückte sie mit seinen amüsanten Erzählungen aus dem Emigrantenleben und bemühte sich, Benedetta zu überzeugen, nicht abzureisen. Am Ende gab sie nach, unter der Bedingung, dass auch er blieb. Seit Jahrhunderten war Martinas Sehnsucht nach dem Vater nicht so brennend gewesen. Erst jetzt, wo sie es vor sich *sah*, realisierte sie, dass ihr Vater wieder in der Stadt war. Und wer, wenn nicht ein so unpassender Vater, würde so verkehrte Gefühle verstehen können?

Das Geräusch der Brandung war fast verstummt, eine Phalanx von Fischkuttern, bereit, es mit dem offenen Meer aufzunehmen, bedrohten ein in der Bucht ankerndes Segelboot.

»Und das hier, erinnerst du dich?«

Benny reichte ihr einen Ohrstöpsel des iPhone, den anderen behielt sie für sich. Martina steckte ihn sich ins Ohr.

Wie hätte sie *Where the Story Ends* vergessen können? Die klagende Stimme von Isaac Slade, die Klavierpassagen, hatten das Wochenende in Paris untermalt, an dem sie ihren Abschied vom Junggesellinnendasein gefeiert hatten. Zwei kaum volljährige Mädchen, mit ihrem Abschluss am Lycée Chateaubriand, mit ihrem schleppenden Französisch und den bunten Schals, die sie sich ins Haar banden. Sie hatten im Garten des Musée Rodin biwakiert, im Mariage Frères weißen Tee gekostet, mit ein paar Maghrebinern geflirtet, die sie um ein Haar ins Bett gekriegt hätten, sie hatten auf den Stufen des Montmartre gesoffen wie die Iren bis zum Sonnenaufgang.

»Wir hatten unseren Spaß«, sagte Benny, während die letzten Takte des Lieds verklangen.

»Spiel's noch einmal«, befahl Martina und schloss die Augen.

Bei jedem Mal Hören war die Wirkung etwas weniger stark, der Zauber verlor sich.

Als Martina die Augen öffnete, überwältigte sie der Glanz der Sterne. Benny hatte sich eine Zigarette angezündet. Martina versuchte, sich an den Geschmack ihres Mundes zu erinnern: Tabak, Kaffee, Minze und eine süßsaure Note, die nur ihr allein gehörte, niemandem sonst.

»Denkst du noch daran?«

»An was?«, fragte Benny.

»Nichts.«

»Nein, komm, an was?«

Das war der Augenblick, jetzt oder nie! Eine kleine Drehung des Oberkörpers hätte genügt, sich das Geraubte zurückzuholen. Sie war schon im Begriff, das zu tun, doch Benny fing an, von Claudio zu reden, ihrem Verflossenen, und wie sehr er ihr auf die Nerven gehe. Telefonate, SMS, Mails, sogar ein Brief. Wirklich ergreifend! Sie sei versucht, das Telefon sperren zu lassen.

»Wenn eine Geschichte endet …«, sagte sie und steckte sich noch eine Zigarette an.

»Vielleicht ist es für ihn nicht aus.«

»Eine Geschichte endet, wenn einer der beiden nicht mehr mitmacht.«

Ein so strenges Urteil, begleitet jedoch von einer ganz anderen Bewegung. Benny hatte sich wieder auf den Rücken gedreht und ihr zugewandt. Obwohl Martina nicht wagte, den Blick vom Himmel zu lösen, spürte sie doch, dass Benny sie ansah, und fühlte die leichte Wärme ihres Atems.

»Ich bräuchte ein Kissen«, murmelte Benny.

»Willst du schlafen?«

»Ich will es bequem und warm haben.«

Martina spürte auf ihrem linken Bein den schweren blonden Kopf der Freundin, die offenbar mit ihrem Kissen zufrieden war. Und wieder wagte sie nicht, sie anzublicken.

Sie redeten noch weiter. Sie konnten nicht aufhören.

Von dem, was sie gemacht hatten, von dem, was sie gern tun würden, und von dem, wofür es zu spät war. Aber auch davon, wie öde das Leben sein konnte. Martina sagte, wenn es nach ihr ginge, würde sie noch einmal von vorn anfangen; Benny im Traum nicht, nie und nimmer würde sie zurückkehren wollen, Schularbeiten, erste Küsse und der ganze Kram. Sie habe schon geliefert. Und wenn sie es genau wissen wolle, sie könne es nicht erwarten, endlich alt zu sein. Sie beschworen die Vergangenheit herauf wie die Folgen ihrer Lieblingsserie und verlegten die Ereignisse der letzten Jahre in einen schäbigen Spin-off. Kurz bevor sie einschlief, dachte Martina, dass diese Sache, was immer es war, – zu reden über alles und nichts – nie enden sollte.

Sie wurde geweckt von jemandem, der ihren und Bennys Namen rief, jemand, der mit Stentorstimme rief und rasch näher kam.

»Maaartina ... Beeenny ... Maaartinaaa ... Beeenedettaaa ...«

Oben auf der Düne erschien, umstrahlt vom Licht der Morgendämmerung wie ein junger Moses, der vom Berg Sinai herabsteigt, Lorenzo in besudelten Hosen und mit aufgewühlter Miene. Er wandte sich an die anderen: »Sie sind hier, ich habe sie gefunden!«

»Wie spät ist es?«, fragte Benedetta mit schläfriger Stimme.

»Habt ihr eine Vorstellung davon, wie lange wir euch gesucht haben? Wir waren schon im Begriff ...«

»Wir sind eingeschlafen«, sagte Benedetta.

»*Wir sind eingeschlafen ...*«, wiederholte Lorenzo, wobei er die belegte Stimme seiner Schwester nachahmte.

Der Prof kam dazu. »Mein Gott, Mädels, ihr habt uns einen schönen Schrecken eingejagt.«

Martina spürte die große, warme Hand Lorenzos, der sie bei ihrem steifen Handgelenk packte. »Kannst du mir sagen, was los ist? Warum benimmst du dich so? Seit Tagen quälst du uns schon!«

Jetzt war es an Signora Mogherini, ihre Ladung loszuwerden.

»Es ist euch gelungen, eine wunderschöne Sache zu ruinieren«, sagte sie. Und es war unverkennbar, dass sie die Tränen zurückhielt.

Zweiter Teil

Die Pflichten der Gastfreundschaft

I

Der Termin für den Ultraschall war um 16:30 Uhr in der Klinik Mater Gratiae. Giorgio hatte Sara zu den vorangegangenen Untersuchungen nicht begleiten können, hatte jedoch der Versuchung widerstanden, sich die ersten Regungen seines Sprösslings auf Video anzusehen, die Begegnung mit dem Sohn verdiente eine Liveübertragung. Da es sich bei Sara um eine »späte Erstgebärende« handelte, hatte Doktor Di Cave, der Spezialist, eine engmaschige Kontrolle von Mutter und Kind empfohlen.

Ja, aber an den Vater, wer denkt an den?

Während sie in die Klinik fuhren, fragte Giorgio sich das unablässig und beobachtete, als ob es ihn nichts anginge, die Entwicklung seiner Gefühle gegenüber diesem intrauterinen Wesen und seinem künftigen Selbst, das sich darum würde kümmern müssen. Auf die Frage, was er bei der Vorstellung empfinde, Vater zu werden, antwortete Giorgio gewöhnlich mit einem inspirierten und anspielungsreichen Lächeln: »Du hast ja keine Ahnung!« Ein Satz, der nur ehrlich gewesen wäre, wenn er ihn in die erste Person gesetzt hätte.

Das Smartphone auf dem Beifahrersitz begann zu vibrieren, und Tatis Name leuchtete auf. Es war der Name des Menschen, auf den er immer hatte zählen können und der für ihn einem Vater am nächsten kam. Seit Monaten hielt er ihm Predigten, maskiert als Aufforderungen zur Einigkeit. Wie? Sein Vater war in Rom, und er versteifte sich darauf, ihn zu schneiden? Das Merkwürdigste war nicht Tatis Beharrlichkeit, sondern die Tatsache, dass Giorgio nicht mit der gebotenen Härte auf diese Einmischungen reagierte. Jeder andere Schnüffler hätte für viel weniger eine ordentliche Abfuhr bekommen! Aber allem Anschein nach war Tati kein gewöhnlicher Schnüffler.

Er war der Erste (nein, der Einzige) gewesen, der Giorgios Mutter unterstützt hatte, als dieser Schuft von Matteo mit Federica abgehauen war. Und als etliche Jahre später der immer unmöglichere Vater, der mittlerweile ganz unten angekommen war, den monatlichen Unterhalt in ein One-Way-Ticket nach Los Angeles investierte, hatte sich die finanzielle Unterstützung durch Tati als lebensrettend erwiesen. Im Übrigen hätte ohne seine Beihilfe niemand auch nur einen Cent auf eine so ausgefallene und größenwahnsinnige Idee wie das Orient Express gegeben.

Jetzt hingegen nahmen die Leute Eiseskälte oder Hitze in Kauf, um einen Platz bei den Toiletten zu ergattern, jetzt regnete es Anfragen für Franchising, es blühten und gediehen traurige Imitationen. »Vanity Fair« setzte das Orient Express auf die Liste der Lokale, die man kennen muss, und Mädchen aus dem Norden Roms wagten nicht, ohne seinen Cheese Cake mit grünem Tee in der cremeweißen Schachtel zu einem Fest zu erscheinen; kurz, jetzt, da der Laden brummte, war es leicht, sein Unternehmen zu loben.

Wo waren sie gewesen, diese Propheten des Erfolgs, als er vor fünf Jahren von einem Lokal geträumt hatte, lang und schmal wie ein Zug, eingerichtet wie die Behausung eines britischen Konsuls in Bombay und angefüllt mit allen Köstlichkeiten Asiens? Damals waren sich alle einig gewesen, diesen Traum eines hochmütigen Fünfundzwanzigjährigen, der sich nicht um die Finanzkrise und die Essensgewohnheiten seiner Mitbürger scherte, für Selbstmord zu halten. Allein Tati – wieder er – setzte seine Glaubwürdigkeit und sein Ansehen für einen jungen Kerl aufs Spiel und legte alle Hoffnungen in ihn, der nicht einmal sein Sohn war.

Und doch war es weder Dankbarkeit noch moralische Pflicht, was Giorgio nach dem sechsten Klingelzeichen abnehmen ließ, sondern ein unerklärlicher Impuls, wie die Zärtlichkeitsbezeugung eines Tyrannen. Kaum hielt er das Handy ans Ohr, da senkte sich wenige Meter vor seiner Windschutzscheibe die Kelle der Verkehrspolizei herab.

Die Polizisten, die schon mit einem anderen Verkehrssünder beschäftigt waren, hatten es nicht eilig. Giorgio dagegen wurde ungeduldig. Nichts vermittelte ihm mehr das Gefühl, schmutzig zu sein, als zu spät zu einer Verabredung zu kommen. Als er dran war, holte er die Papiere aus dem Handschuhfach, den Führerschein aus der Brieftasche und warf einen Blick in den Rückspiegel. Ach was, sie hatten einen anderen in der Mangel.

Das wiederholte sich mehrmals. Er sah, wie die Autos anhielten, standen und wieder losfuhren. Die Wut gab ihm den Mut auszusteigen, die Außentemperatur ließ es ihn sogleich bereuen. Eine bleierne Hitze belagerte die Stadt wie ein feindliches Heer. Vorhersagen von Dürrekatastrophen und Einweisungen in psychiatrische Anstalten waren an der Tagesordnung. Der nahende September verhieß nichts Gutes, vor allem nicht für die, die an den Klimawandel oder irgendeine andere paranoide und apokalyptische Vision glaubten. Durch all die Schicksalsschläge, die er in den einunddreißig Jahren seines Lebens hatte einstecken müssen, war Giorgio zu der Überzeugung gelangt, dass er Opfer einer universalen Verschwörung sein musste. Die Welt warf ihm Knüppel zwischen die Beine. Er fühlte sich als Gläubiger. Und war sicher, dass da draußen jemand die Schuld haben musste, so wie er überzeugt war, dass dieser Jemand nicht er war. Die Ordnungshüter gingen ihm auf die Nerven, und mit ihnen die Politiker, die Richter, die Funktionäre des Staates und die Fernsehstars. Er war nicht so verzweifelt, dass er an UFOs geglaubt hätte oder an die Existenz der Area 51, auch wenn man bei dieser Hitze nie wusste.

»Sagen Sie, ist Ihnen klar, dass diese Situation unhaltbar ist?«

»Was ist los«, fragte der Polizist, der gerade einen Bericht über einen Motorradfahrer ohne Helm verfasste.

»Ich weiß, dass mir ein Fehler unterlaufen ist«, fuhr Giorgio fort, »aber machen Sie bitte schnell. Ich bin verabredet …«

»Wer sind Sie denn? Was wollen Sie?«

Der Polizist hatte die Sonnenbrille abgenommen und starrte ihn an. Sein Hemd war durchnässt, seine Schläfen waren tiefrot. Giorgio musste sich sehr beherrschen, um nicht auf ihn loszugehen. Er seufzte und zeigte auf den Smart, der halb auf dem Asphalt, halb auf dem Fahrbahnrand stand. »Ich bin der Typ, den Sie vor fast einer halben Stunde angehalten haben.«

»Hören Sie mal, ich habe überhaupt niemanden angehalten.«

Als Giorgio wenig später den Wagen in der unterirdischen Parkgarage des Mater Gratiae abstellte, war er immer noch verwirrt von dem Missverständnis, dem letzten in einer Reihe von bizarren Zwischenfällen. Angefangen bei dem Anruf, der ihn seit Monaten fast jede Nacht mehr oder weniger um dieselbe Zeit weckte. Es irritierte ihn, dass am anderen Ende der Leitung niemand antwortete und dass Sara ruhig weiterschlief.

»Ich glaube, dass jemand in meinem Alter imstande ist, den Unterschied zwischen Traum und Wirklichkeit zu erkennen«, hatte er unwirsch zurückgegeben, als sie ihm nahegelegt hatte, dass es sich um einen wiederkehrenden Albtraum handeln könnte. Andererseits, selbst wenn er bereit gewesen wäre einzuräumen, dass das nächtliche Klingeln das onirische Produkt einer durch Stress und Verantwortung überlasteten Psyche sein könnte (so hatte Sara es dargestellt), war er doch sicher, nie so plastische und nachhaltige Träume fabriziert zu haben. Nach dem – realen oder imaginären – Klingeln verwandelte sich die Nacht jedenfalls in ein Meer voller Haie. Bevor das Morgengrauen die Wände mit durchsichtigen Spinnweben überzog, ersehnt wie Land in Sicht für den Schiffbrüchigen, irrte sein Bewusstsein, von wilden Strömungen hin und her geworfen, haltlos umher. Das Kissen sog seinen Kopf in sich hinein, so tief wie ein Ozean; die Dunkelheit reduzierte das Sein auf einen Punkt im Unermesslichen. Da packte ihn die Angst: Sara atme nicht, sie sei tot und habe das Kind mitgenommen. Im Wachen kam es nie vor, dass er ob der Möglichkeit, ohne sie leben zu müssen, verzweifelte, doch im Traum ließ es ihm keine Ruhe. Er sah Sara im Sarg, den Fötus in ihr, und zuletzt sich selbst unter der Erde bei seinen Lieben, aber noch am Leben und munter. Erst in diesem Moment erwachte er und konnte danach nicht mehr einschlafen.

Tagsüber war es nicht viel besser. Immer, wenn sein Blick auf eine Uhr fiel, war es 11:11, 23:32, 9:09 oder 2:34. Im Restaurant nahm die Zahl der zerbrochenen

Teller rapide zu und mit ihnen die der Kellner im Krankenstand, während die Beurteilungen der Kunden auf TripAdvisor – er kontrollierte sie ständig, musste sich beherrschen, um nicht beleidigte und geringschätzige Erwiderungen zu schreiben – in den Keller gingen. Daran wäre nichts Ungewöhnliches gewesen. Welcher Erfolg mobilisiert nicht die Neider des Web? Sonderbar war hingegen der Eindruck, dass diese so oberflächlichen und vernichtenden Kritiken *einem* Hirn entsprangen, von *einer* Hand verfasst waren, mit dem alleinigen Ziel, ihn zu vernichten!

Das mochte ja alles Zufall sein, aber diese Phänomene manifestierten sich seit fast einem Jahr, seit dem Abend, als Matteo ihm am Telefon zwei sensationelle Mitteilungen gemacht hatte.

»Hast du gehört?«

Giorgio beschäftigte sich gerade mit der Weihnachtsdekoration des Restaurants, was er gern und mit Sorgfalt tat.

»Was?«

»Er ist tot. Es ist vorbei.«

»Papa, ich weiß nicht, von wem du sprichst«, hatte Giorgio gelogen.

»Von dem Scheißkerl!«

Selbstverständlich war Giorgio auf dem Laufenden gewesen über einen Tod, der nicht nur die Schulden des Vaters tilgte, sondern ihn selbst von der Angst befreite, früher oder später mit Zins und Zinseszins dafür aufkommen zu müssen. Offenbar übertrug der Scheißkerl, der doch dem biblischen Gott so ergeben war, die Schuld der Vorfahren nicht auf ihre Nachkommen. Sie waren frei. Dieser tödliche Schlaganfall war eine Erleichterung. Warum also hatte Giorgio Matteo nicht Bescheid gegeben? Und warum ließ er ihn jetzt nicht an seiner Freude teilhaben? Vielleicht weil das Ende dieses Gauners, so verheißungsvoll es sein mochte, das empfindliche Gleichgewicht gefährden konnte, auf dem er seinen sozialen Aufstieg aufgebaut hatte?

Da hatte der Vater ihn triumphierend vom Erwerb eines One-Way-Tickets nach Italien unterrichtet.

»Für wann?«

»Anfang des Sommers. Jetzt kann ich nicht. Zu viel los. Ich muss eine Arbeit suchen, ich fürchte, das Fitnessstudio gibt mir den Laufpass. Dann ist da die Hochzeit, der Umzug …«

Giorgio missbilligte den Gebrauch, den Matteo von gewissen Worten machte, als sähe er für sie keine Entsprechung in der Wirklichkeit. Eine Schwäche, die unerträglich war für einen jungen Mann mit einem Sinn fürs Praktische, dessen *Arbeit* darin bestand, Restaurants zu betreiben, für den die *Hochzeit* der nächste zu vollziehende Schritt war und, wenn alles glattlief, der *Umzug* der darauf folgende.

Jedes Mal, wenn das väterliche Verhalten seine Abscheu erregte, teilte Giorgio seine Beziehung zu Matteo in drei große Etappen ein:

Am Anfang war er der liebevolle und nachsichtige Vater gewesen. Als er die Mutter wegen einer anderen verließ, war er der große Bruder geworden, der von zu Hause weggelaufen war. Und seit er in Kalifornien lebte, war er der glücklose Sohn, der Ratschläge und Zuwendung brauchte. Giorgio schickte ihm zwei, drei Mal im Jahr Geld und ertrug es nur schwer, wenn Matteo ihm mit kindlicher Unterwürfigkeit dankte.

»Warum nur Hinflug?«, hatte er mit angehaltenem Atem gefragt.

»Nach zwanzig Jahren werde ich doch wohl das Recht haben, mir Zeit zu lassen.«

Du hast dir ein Leben lang Zeit gelassen, hatte Giorgio gedacht. Dann hatte er ein paar warnende Vorahnungen gehabt. Er sah Matteo, wie er durch das Orient Express schlenderte, mit dem Personal scherzte und sich den Gästen gegenüber Vertraulichkeiten herausnahm; wie er in Unterhose auf der Bettcouch lümmelte, Gitarre spielte und Sara mit absurden Wünschen behelligte; wie er um drei Uhr nachts in Gesellschaft von zweifelhaften Typen oder betrunkenen Frauen nach Hause kam.

Von Panik erfasst, hatte Giorgio ihn gefragt, ob ihm die Entscheidung nicht etwas übereilt vorkäme? Wo er denn unterkommen wolle? Weder er noch Martina hätten Platz, um ihn aufzunehmen. Zumindest noch nicht. In der Tat sprachen er und Sara oft davon, dass sie eine größere Wohnung wollten, mit einem zusätzlichen Schlafzimmer, doch gerade … Um den Flug brauche er sich keine Gedanken machen, er würde ihn Matteo erstatten und ihm später einen anderen kaufen. Die Zeit sei vielleicht noch nicht reif für eine Heimkehr.

»Reifer kann sie gar nicht sein«, hatte der Vater seelenruhig erwidert. »Wenn ich noch länger warte, muss ich im Hospiz oder auf dem Friedhof schlafen.«

Da hatte Giorgio eine Reihe von Gründen angeführt, um einen Aufschub zu erzwingen, Vorwände, die die Unmöglichkeit, mit den wirklichen Beweggründen herauszurücken, nur umso bitterer machten.

Papa – hätte er ihm sagen wollen –, du zerstörst alles, was du anfasst. Du handelst, als ob deine Handlungen keine Konsequenzen hätten. Du bist unvorhersehbar. Du nimmst und nimmst, und im Tausch gibst du nichts als Jovialität. Du betrügst die Leute. Schau doch nur an, was du mit Mama gemacht hast, mit Federica und den anderen. Du bist in ihr Leben getreten mit dem Versprechen, es besser zu machen. Und hast es nur in Scherben gelegt. Aus Trägheit, Leichtsinn und weil dir niemand beigebracht hat, was ein Opfer ist. Du hast die Hälfte deines Erwachsenenlebens im Land der unbegrenzten Möglichkeiten zugebracht und hast nicht mehr daraus gemacht als eine Aneinanderreihung unwürdiger Jobs. Wärst du doch bei einem geblieben! Du bist gescheitert, Papa. Dein Englisch ist erbärmlich, dein Äußeres ist erbärmlich. Du bist der eigentliche Scheißkerl, nicht der Gauner, den du um Geld gebeten hast und wusstest, dass du es nicht würdest zurückzahlen können. Er hatte seinen Verhaltenskodex, du hast nicht einmal den. Ich will dich nicht hier, in meinen Restaurants, bei mir zu Hause, in meinem Leben.

Bevor er brüsk auflegte, hatte Giorgio wenigstens eins herausgebracht, etwas, was beide bestürzt zurückließ: »Steig in diesen Scheißflieger, und mit mir hast du gebrochen!«

2

Alles in der Eingangshalle der Mater-Gratiae-Klinik strahlte eine Abneigung gegen Armut, Krankheit und Gebrechen aus. Es war der typische Ort, an dem Reiche sich behandeln lassen und wohin sie manchmal auch gehen, um zu sterben, stets mit einer gewissen Distinktion. Gegen Saras Widerstand hatte er erreicht, dass sie sich für die Kontrolluntersuchungen an eine Privatklinik wandten, einen Ort wie diesen hier, elegant, sauber und ruhig. Jetzt war er zufrieden mit seinem Weitblick.

Er sah sie an einem Bartischchen neben dem Empfang sitzen. Ein neuer, radikaler Haarschnitt ließ sie wehrloser und durchsichtiger erscheinen denn je. Ein Blick genügte, um zu verstehen, dass weder die neue Frisur noch der frisch gepresste Saft, an dem sie widerwillig nippte, imstande waren, ihre Besorgnis zu zerstreuen.

»Der Pünktlichkeitsfanatiker«, hieß sie ihn willkommen. Obwohl in diesen Worten Tadel lag, leuchteten ihre Augen doch vor Erleichterung.

»Ich weiß, ich bin ein Idiot, aber du hast ja keine Ahnung, was mir passiert ist.«

Mit seinen einunddreißig Jahren hatte Giorgio Zevi in Liebesdingen ein stattliches Curriculum vorzuweisen. Eine der Hauptattraktionen seines ersten Restaurants war der junge Chef selbst gewesen. Die Mädchen hatten angestanden, um zu zivilen Preisen ein köstliches Gericht zu essen, und den attraktiven Inhaber mit Blicken verschlungen. So hatte er es nie nötig gehabt, einer Frau den Hof zu machen. Sein lockiges Haar, die vollen Lippen und die Ohren, die etwas größer geraten waren als der Rest, verliehen ihm ein männliches und romantisches Aussehen. Man hätte sich nicht gewundert, ihn im schlammgrünen Tarnanzug, ein Maschinengewehr über der Schulter, in einem Panzerfahrzeug auf dem Sinai zu sehen.

Sara aber war ein harter Knochen gewesen. Sie hatte Probleme aufgeworfen und Bedingungen gestellt. Vier Jahre älter als er, hatte sie Schreckliches erlebt (als sie in der elften Klasse gewesen war, hatte ihr Vater sich den Gewehrlauf in den Mund gesteckt und abgedrückt) und eine gescheiterte Ehe hinter sich. Sara war ganz anders als die Tussis, die ihn im Restaurant anhimmelten. Sie war zerbrechlich wie eine Frau am Rand des Nervenzusammenbruchs und entschlossen wie eine von denen, die die Nase voll haben von Aperitifs, WhatsApp und Gelegenheitssex.

Er hatte sie bei einem Seder im Hause Almagià kennengelernt. Sie arbeitete ehrenamtlich bei Exodus, der gemeinnützigen Organisation, die Tati ins Leben gerufen hatte. Nach soundso vielen neurotischen Schicksen endlich eine gestandene Jüdin, vorsichtig, begabt mit einer rauen Ironie, die als Selbstschutz diente, aber in Sarkasmus abglitt, wenn sie sich über die Junggesellenwohnung beklagte, in der sie seit anderthalb Jahren zusammenlebten, ein Loft (wie er es nannte) mit Blick auf den Fluss, wo (ihr zufolge) alle Dinge am falschen Platz waren, die Küche im Wohnzimmer, die Badewanne im Schlafzimmer, der Wandschrank im Eingangsbereich.

Anfangs hatten sie so getan, als wollten sie kein Kind.

Jetzt, da sie eines erwarteten, beschuldigte einer gutmütig den anderen, ihn hereingelegt zu haben.

»Über die Haare reden wir später«, sagte Giorgio.

»Gefallen sie dir nicht?«, flüsterte sie und schien sich etwas zu schämen.

»Ich weiß nicht. Du siehst komisch aus. Hättest du mir nicht was sagen können?«

»Gib die Schuld dem Badezimmerspiegel. Heute Morgen sahen sie schrecklich aus!«

Die Schwangerschaft hatte sie alles andere als strahlend gemacht. Vielleicht war das der Grund, weshalb sie keine Fotos von ihrem Bauch auf Instagram gestellt und auch keinen Kalender angelegt hatte; deshalb verbrachte sie ihre Zeit auch nicht damit, von der Ausstattung der Wiege und den zu streichenden Zimmern zu träumen. Aberglaube und Nüchternheit fanden in ihr zu einem Kompromiss, der Giorgio entgegenkam. Denn nichts war ihm so verhasst wie die Verbindung zwischen Kleinkindern und begeisterten Eltern.

Wie sehr ihn der Freund in Verlegenheit brachte, der ihm das Foto vom faltigen und rot angelaufenen Gesichtchen eines Neugeborenen zeigte und einen gerührten Kommentar erwartete! Noch lästiger war es, wenn ein größeres Kind, angehalten von den Eltern, ihm widerwillig seine klebrige Hand hinstreckte und ein wenig überzeugtes Ciao nuschelte. Unsäglich unangenehm fand er die Stimmen der Jungs in der Vorpubertät und das Gekreisch der elfjährigen Mädchen, die Vamp spielten. Das Schlimmste waren jedoch die Halbwüchsigen, die sein Restaurant zum sonntäglichen Brunch heimsuchten. Diese Bastarde schienen ein ganz eigenes Vergnügen daran zu haben, bemühte und verzweifelte Mütter zu ignorieren. Man sagt, in Häusern mit Kindern herrsche

Freude. Ihm dagegen kamen sie schmutzig und chaotisch vor. Nur mit Mühe hatte er der Versuchung widerstanden, im Orient Express eine kinderfreie Zone einzurichten.

Kurz, Giorgio war glücklich, dass Sara, wenigstens momentan, keinerlei Verherrlichung des künftigen Kindes erkennen ließ. Dass sie sich nicht in Begriffen erging, die bei ihren Kolleginnen (sie war Psychologin) schwer angesagt waren, wie *ehelicher Zusammenhalt, elterliche Vorausplanung* …

»Signora Zevi«, sagte eine kleine vietnamesische Schwester, »Doktor Di Cave erwartet Sie. Ihr Mann kann auch mitkommen.«

»Er ist nicht mein Mann«, berichtigte Sara, und Giorgio fragte sich, ob sich die schnippische Richtigstellung an die Schwester oder eher an ihn richtete.

Die Schwester begleitete sie zu einem Zimmer neben dem Raum für den Ultraschall.

»Warum setzt du dich nie neben mich?«, beklagte sich Sara.

»Ich will dir nicht zu sehr auf den Leib rücken«, wehrte er sich.

»Ich habe eher den Eindruck …«

»Was?«

»Nichts.«

»Nein, komm, was für einen Eindruck hast du?«

»Nichts, habe ich gesagt. Vergiss es.«

Warum sind Frauen immer von ihren Männern enttäuscht? Das konnte er einfach nicht verstehen. Er hatte keine Freunde, die von ihren Frauen enttäuscht waren, allenfalls ein bisschen genervt. Hingegen kam ihm keine einzige Frau in den Sinn, die, entsprechend befragt, nicht ihre Unzufriedenheit mit dem ahnungslosen Gatten eingestand. Da gab es zwei Möglichkeiten: Entweder waren die Männer im Durchschnitt enttäuschender, oder die Frauen hatten zu hohe Erwartungen. Saras Zurückhaltung, die für sie völlig ungewöhnlich war, irritierte ihn. Eher zum Eigenlob als zur Selbstgeißelung neigend, fragte sich Giorgio, was zum Teufel er getan hatte, das sie so unzufrieden machte. Im Vertrauen darauf, dass die Geburt die Dinge wieder zurechtrücken würde, hütete er sich, sie zu fragen, ob sie auch nur den Schimmer einer Ahnung hatte, was es bedeutete, einen wirklich unzuverlässigen Mann an der Seite zu haben.

»Entschuldigt die Wartezeit«, sagte der Gynäkologe, als er aus dem Nebenraum trat, in dem man im Hintergrund einen Paravent, eine Liege und das Ultraschallgerät erkennen konnte. Gebräunt und völlig verschwitzt wirkte er wie jemand, der nach einer Partie Squash aus der Sauna kommt. Seine Aversion gegen Förmlichkeiten kam in seinem offen stehenden Kittel zum Ausdruck, den sichtbaren Hosenträgern und der losen Krawatte. Sein Händedruck war hinreichend männlich, das Lächeln noch das freundliche und gekünstelte Grinsen, das einem im ersten Semester Medizin beigebracht wird.

»Hast du es also geschafft, ihn mitzubringen!«, sagte er sofort zu Sara. Und dann an Giorgio gewandt: »Ich wollte dir noch danken für die Bewirtung neulich. Mein Freund, ein echter Experte, sagte mir, dass er nicht einmal in Schanghai so frische und köstliche *Dim-Sum* gegessen hat.« Es war diese Art von Komplimenten, bei der Giorgios Zynismus der Leichtgläubigkeit Platz machte. Es genügte ihm nicht, sich als der Beste am Platz zu sehen, er wollte auch, dass man es ihm ständig wiederholte.

»Hör zu, mein Lieber, ist es dir recht, wenn ich und deine Signora dich einen Moment allein lassen? Wir machen eine kleine Aufnahme. Warte doch am Empfang auf uns. Dann sehen wir, ob es sich um ein Bübchen oder ein Mädchen handelt, und wir reden ein bisschen.«

So irritierend und affektiert der Gebrauch der Diminutive auch war, so sehr bot die ökumenische erste Person Plural eine Teilnahme an, die Giorgio den Ausweg in die bequemen Gefilde der Verantwortungslosigkeit eröffnete.

Während er wieder an einem der Bartische saß, hatte er Gelegenheit, die mangelnde Organisation des Barmanns zu beobachten. Sein Sinnieren über die universelle Ineffizienz wurde jedoch durch einen Anruf unterbrochen.

»Wie geht's dir, mein Schatz?«

Federica war der einzige Mensch auf der Welt, der ihn so nennen durfte, ein Recht, das sie sich mit der Zeit durch ihre Diskretion erworben hatte. Wenn Tati die Versäumnisse des Vaters wettgemacht hatte, ließ sich etwas Analoges, wenn nicht gar mehr, von Federica im Verhältnis zu seiner Mutter sagen, auf die Giorgio nach Matteos Flucht seinen ganzen Groll gerichtet hatte – wegen ihrer Unfähigkeit, sich zu wehren, wegen ihres Selbstmitleids und ihrer Aufdringlichkeit. Dank einer bescheidenen Invalidenrente hatte die erste Ex-Signora Zevi die Nachmittage in der Synagoge verbringen können, sich an den Abenden mit Tabletten zugedröhnt und die Nächte hindurch geweint. Giorgio hatte sich um sie gekümmert, war aber unfähig gewesen, sich über seinen Eifer zu freuen, da er Matteos Wahl nicht völlig missbilligen konnte. Er konnte das Wochenende bei seinem Vater jedes Mal kaum erwarten, das er mit Federica und der kleinen Schwester verbringen würde. Es war, als hätte der Spaß den Wohnort gewechselt und während des Umzugs an Komfort und guter Laune gewonnen. Federica empfing ihn immer überschwänglich, sie überhäufte ihn mit Aufmerksamkeiten, wie ein düsterer Junge sie brauchte. Giorgio freute sich so, wenn Federica in einem Streit zwischen ihm und dem Vater seine Partei ergriff, auch um den Preis, ungerecht zu sein! Ihre Aufmerksamkeiten grenzten an die Devotion einer Geisha. Morgens, bevor sie ihn weckte, wärmte sie ihm die Socken auf der Heizung und bereitete ihm den Nesquik so zu, wie er ihn mochte, nicht zu heiß.

Als Matteo nach Kalifornien ging, war Giorgio erwachsen genug, um Scham zu empfinden. Er nicht, er würde sie nie verlassen! Er besuchte sie oft, ging mit Martina Mittagessen und versuchte, die Rolle des Vaters zu übernehmen. Um die Zeit hatte Federica angefangen, ihn »Schatz« zu nennen, als ob die Abwesenheit des Mannes, der sie vereint hatte, statt sie zu trennen, einander ein für alle Mal nähergebracht hätte.

»Ich bin in der Klinik«, sagte er.

»Ich weiß, ich habe mit Sara gesprochen. Sie schien mir etwas besorgt. Gibt es Neuigkeiten?«

»Noch nicht. Wir waren spät dran. Meine Schuld. Sie ist bei Di Cave, ich bin an der Bar.«

»Gebt ihr mir dann Bescheid?«

»Ja, ich rufe dich an, sobald wir etwas wissen.«

»Und wegen dieser anderen Sache?«

Giorgio wusste, dass diese »andere Sache« der eigentliche Grund ihres Anrufs war, sosehr Federica sich auch bemühte, es so aussehen zu lassen, als hätte sie sich erst im letzten Moment daran erinnert.

»Welche Sache?«, fragte er, entschlossen, sie ein wenig schmoren zu lassen.

»Ach komm, du weißt schon, das Abendessen nächste Woche.«

Diesmal beschloss er zu schweigen, um sie ein wenig länger zu quälen. Nach einer Weile sagte er streng: »Ich will nichts von ihm *hören*, geschweige denn ihn *sehen*.«

»Es wäre eine wunderschöne Überraschung, wenn du …«

»Eine Überraschung für *ihn*.«

»Für alle. Ich habe auch Martina und Benny eingeladen. Nur wir. Was für ein Zusammentreffen, hm? Ich bitte dich, tu mir den Gefallen.«

»Ich frage mich, warum du nicht verstehst …«

»Was gibt es da zu verstehen?«

Giorgio kannte den Ton, und er gefiel ihm ganz und gar nicht. Es war ein Ton, der den Gesprächspartner einlud, nicht zu übertreiben, den Streit nicht zu schüren, ihn möglichst herunterzudimmen. Es lagen Ironie und Nachsicht in diesem Ton. Es war der Ton dessen, der das Recht auf Wut bestreitet, schlimmer, der Wut bloß als kindische Dickköpfigkeit betrachtet. Es war Federicas *Modus Vivendi*, die Grazie, mit der sie jeden Übergriff an sich abperlen ließ. Für sich genommen nichts Schlechtes, wenn sie nicht auch dasselbe von den anderen erwartet hätte. Auf der Suche nach universeller Harmonie wollte sie einen zu ihrer überlegenen Position heraufziehen, tatsächlich aber machte sie einen dadurch unterlegen.

»Komm, Giorgio, sag mir, was es da zu verstehen gibt.«

»Und du sag mir, was es da zu erklären gibt!«

»Er ist dein Vater. Und ich versichere dir, wegen dieser ungelösten Sache zwischen euch kann er nachts nicht schlafen.«

Wer weiß, wie Matteo Zevi es anstellte, dass er aus Sicht der anderen immer als großer Mann dastand, der er nicht war und nie werden würde. Seit er wieder in Rom war, hatte er außerdem angefangen, die demütige Rolle des Bußfertigen, des Opferlamms zu spielen. Giorgio war tagtäglich Pressionen ausgesetzt, die von ihm in mehr oder weniger durchsichtiger Weise Rechenschaft über seine Unnachgiebigkeit verlangten. Offenbar ließ der Vater keine Gelegenheit aus, sich über diesen Torquemada von einem Sohn zu beschweren. Eine so unterschwellige wie ansteckende Verzerrung der Wirklichkeit. Matteo aus seinem Leben auszuschließen, war das Vernünftigste, was er je getan hatte, und der Tadel der anderen bestärkte ihn nur darin.

»Versprich mir, dass du darüber nachdenkst. Du hast dafür eine ganze Woche Zeit. Dann gib mir Bescheid, auch wenn es im letzten Moment ist.«

Er kehrte ins Wartezimmer zurück. Dort saß ein junges Paar, wesentlich jünger als Sara und er. Der Mann schien in schlechtem Zustand. Blass, ausgezehrt, die Augen geschwollen von schlaflosen Nächten und zurückgehaltenen Tränen. Ab und zu strich sie ihm über den Kopf, wie man es mit einem Welpen tut, der nicht fressen will. Giorgio erkannte den üblen Geruch nach Krankheit, der ihn gequält hatte, als er seine Großmutter ins Krankenhaus begleitet hatte. Von einer ihrer hypochondrischen Krisen gepackt, die sie immer wieder zum Gespött der Notaufnahmen werden ließen, hatte Lia Zevi ihn erneut an diesen schauerlichen Ort gezerrt. Und sie wagten es, diesen Ort Wartezimmer zu nennen! Ein langer Flur, vollgestopft mit keuchenden und alleingelassenen Körpern. Sie winselten wie Hunde, und wie Hunde liefen sie Ärzten und Pflegern nach, die aus einer Tür herauskamen, um hinter einer anderen zu verschwinden. Plötzlich war auch seine Großmutter verschwunden, und er war dort sitzen geblieben, auf einer Kunststoffbank neben einer Philippinerin, die leise gejammert hatte.

Er konnte nicht verstehen, wie die Großmutter ihre Tage an einem solchen Ort verbringen wollte. Besser die Hölle des Todes als dieses erbärmliche Fegefeuer! Nach einer Viertelstunde kam ein Arzt zu ihm. Er trug einen wassergrünen Kittel; um seinen Hals hing der Mundschutz, der ab und zu gegen sein Kinn stieß. Ratlos sah der Arzt sich um, fragte dann einen Mitarbeiter, und der zeigte auf Giorgio.

»Entschuldigen Sie, sind Sie der Enkel von Signora Zevi?«

»Sehen Sie, Herr Doktor, ich weiß, es ist nicht das erste Mal …«

»Es tut mir leid, da war nichts mehr zu machen.«

3

Sein Sohn ähnelte E.T. Das war der zärtlichste Gedanke, den er zu fassen vermochte, jetzt, da er auf dem Bildschirm dieses Ektoplasma im Profil sah, das – ein echter Zevi – nicht mehr verlangte, als in Ruhe gelassen zu werden.

Doktor Di Cave wies mit dem Mittelfinger auf eine fast unsichtbare Ausstülpung, die Vorform des künftigen Geschlechts. Giorgio empfand genau, was er sich erwartet hatte, nämlich nichts, nichts als eine anhaltende Verwunderung.

Er stupste Sara an, wie um sie dafür zu entschädigen, dass er keine ausreichenden väterlichen Gefühle entwickeln konnte, ja, dass er überhaupt kein Gefühl entwickelte.

Di Cave gab ihr ein Papiertuch, und sie wischte sich den Bauch mit der Geschicklichkeit eines Tieres ab, das seine Wunden leckt. Dann saßen sie alle um den Schreibtisch herum.

»Und jetzt reden wir ein bisschen«, sagte Giorgio und dachte dabei an die Predigt, die man ihm seiner Ansicht nach halten würde. Gott, wie spannend sie das machten. Schließlich hatten die Frauen Tausende Jahre lang Kinder zur Welt gebracht, ohne den Segen eines Doktor Di Cave.

»Andrea, wir haben schon darüber gesprochen … Es ist

nicht nötig«, stammelte Sara, und Giorgio missfiel die Vertraulichkeit, mit der sie sich an den Arzt wandte.

Da begann Di Cave, Daten und Prognosen zum Besten zu geben. Er setzte bei der Unverträglichkeit des Rhesusfaktors an, um dann auf die Antikörper der Mutter und die roten Blutkörperchen des Rhesus-positiven Fötus zu kommen. Er sagte, unter diesen Umständen sei die Fruchtwasseruntersuchung nicht nur eine wärmstens empfohlene Maßnahme, sondern eine Notwendigkeit. Und fügte hinzu, dass man eine bestimmte Behandlung einleiten müsse. Alles in allem sei da aber nichts Alarmierendes, stellte er klar, das sei nicht ungewöhnlich bei einer Frau an der Schwelle der fünfunddreißig.

Giorgio wartete, bis sie im Wagen saßen, um das Feuer zu eröffnen: »Wie lange weißt du schon von diesen Komplikationen?«

»Schon eine Weile.«

»Und warum hast du mir nichts davon gesagt?«

»Weil ich wollte, dass er es tut.«

»Den Eindruck hatte ich nicht. Ja, mir schien eher, du hast in jeder Weise versucht, es zu verhindern.«

»Ich weiß, dass du nicht zu sehr beteiligt werden möchtest.«

»In dem Sinn, dass es mir egal ist?«

»Das hast du gesagt. Ich habe von Teilnahme gesprochen. Es ist immer eine Frage der Teilnahme.«

Doch wenn jemand wenig beteiligt war, zumindest an der gegenwärtigen Unterhaltung, dann war es sie. Sara tippte unablässig auf ihrem Smartphone herum.

»Schreibst du deiner Mutter?«, fragte er und versuchte, seine Worte nicht nach einem Verhör klingen zu lassen. Er hasste Schnüffler und Eifersüchtige.

»Nein, deinem Vater.«

Beinahe hätte er einen Dogsitter, der eine ganze Meute an der Leine führte, überfahren.

»Komm, Sara, das ist nicht lustig.«

»Ich mache keine Witze. Und bitte fahr nicht so schnell.«

Von wegen schnell fahren! Er war versucht, mitten auf der Straße stehen zu bleiben, ihr dieses Scheißhandy aus den Händen zu reißen … Stattdessen verbot er sich, die Stimme zu erheben, und nahm den Fuß ein wenig vom Gaspedal.

»Du steckst voller Geheimnisse.«

»Ich weiß nicht, wovon du sprichst«, sagte sie zerstreut und tippte weiter auf dieses verfluchte Ding.

»Hinter meinem Rücken heimlich mit meinem Vater zu reden, findest du das kein Geheimnis?«

»Heimlich reden? Hinter deinem Rücken? Geheimnis? Hörst du, wie du sprichst?«

»Ich sage nur, dass das absurd ist.«

»Nein, es ist ein Akt des zivilen Umgangs.«

»Ich glaube nicht, dass Matteo viel von zivilem Umgang versteht.«

»Das hast du von ihm.«

Diesmal konnte er nicht anders, als den Wagen neben einer Reihe von Müllcontainern anzuhalten, die einen unerträglichen Gestank verbreiteten. Giorgio hatte den seltsamen Eindruck, dass ihn eine Möwe mit steifer, wie imprägnierter Brust herausfordernd anstarrte.

»Darf man erfahren, was mit dir los ist?«

»Warum bist du stehen geblieben?«

»Um zu erfahren, was du hast.«

»Nichts.«

»Findest du es nicht absurd, meinem Vater SMS zu schreiben?«

»Ich finde es absurd, dass er seit drei Monaten in Rom ist und du ihn noch nicht getroffen hast. Vor allem aber finde ich es absurd, dass du es nicht für erforderlich gehalten hast, ihn über meinen Zustand zu unterrichten.«

»Also hast du das übernommen.«

»Genau.«

»Und, wie oft am Tag hört ihr euch?«

»Sei nicht albern. Federica hat ihm von den Kontrolluntersuchungen erzählt, und er hat sich nach den Ergebnissen erkundigt.«

»Hast du ihn auch gesehen? Habt ihr euch getroffen?«

»Hör mal, Giorgio, dein Vater ist mir egal! Verstehst du das? Du bist so eingenommen von deinem Hass, dass er alles andere verdrängt. Daraus besteht dein Leben, aus Arbeit und Hass!«

Er erkannte sie kaum wieder. Die Worte kamen ihr so selbstverständlich über die Lippen, als hätte sie sie wochenlang hin und her gewälzt. War das ihre Meinung über ihn? Dass er – wie hatte sie gesagt? – nur Arbeit und Hass war? Was wusste sie von Matteo Zevi?

»Denk, was du willst«, bemerkte Sara ungeduldig, »Hauptsache, du bringst mich weg von diesem scheußlichen Gestank. Ich muss gleich kotzen.«

Langsam fuhr Giorgio wieder an. Doch aus Versehen hätte er beinahe ein anderes Auto gerammt. Der Fahrer drückte auf die Hupe und gestikulierte wild. An der Ampel war Giorgio einen Moment lang versucht, auszusteigen und ihm die Meinung zu geigen. Zum Glück wurde es grün, und der Typ verschwand hinter einer Kurve.

»Ich mache dich darauf aufmerksam, dass du seit fünf Minuten von deinem Vater redest und mit keinem Wort das Kind erwähnt hast.«

Es war das erste Mal, dass sie es so nannte. Für gewöhnlich war es *er*. Manchmal *sie*. Oder das Häufchen, die Nervensäge, die Spinne, die Kaulquappe, unsers … Auf einmal sagte sie *das Kind*. Giorgio fragte sich, worauf dieses biologische Upgrade zurückzuführen war, auf die Entdeckung, dass es ein Junge war? Oder war Sara nun nicht mehr zu bremsen und bediente sich jedes Tricks, auch des schäbigsten, um ihn zu erpressen und an die Wand zu stellen?

»Siehst du, wie du es machst? Ich habe davon gesprochen, aber du hast angefangen, SMS zu verschicken.«

Sie schaute zur anderen Seite. »Bringst du mich nach Hause und gehst ins Lokal?«

Giorgio spürte noch einmal ihre Enttäuschung, weswegen er nicht antwortete, sondern noch eins draufsetzte: »Ich habe nicht kapiert, wann diese Furchtwasseruntersuchung sein soll.«

»Sie findet nicht statt.«

»Was heißt das, sie findet nicht statt?«

»Dass ich sie nicht machen lasse.«

Giorgio verschlug es den Atem.

»Mir ist nicht danach, wirklich«, versuchte sie zu erklären und erklärte damit rein gar nichts.

»Dir ist nicht danach, und deswegen wird es nicht gemacht?«

»Genau.«

»Wir müssen diese Sache durchstehen, ohne die Risiken abzuwägen, nur weil dir nicht danach ist?«

»Deshalb wollte ich nicht mit dir darüber reden.«

»Also gibst du zu, dass du es nicht wolltest?«

»Ja, das gebe ich zu.«

»Hör mal, ich erlaube niemandem, meinen Sohn solchen Risiken …«

»Jetzt ist es dein Sohn?«

Diese rhetorische Frage triefte so vor Sarkasmus, dass Giorgio fassungslos war.

»Wie zum Teufel soll ich ihn denn sonst nennen?«

Sara sah ihn streng an. Sie schien ihn zu bitten, die Stimme zu senken, den bösen Ausdruck, in dem sein Gesicht erstarrt war, abzulegen. Er verstand sie ja. In diesem Augenblick fürchtete er sich vor sich selbst.

Er parkte vor dem Haus, der Wohnung, die sie missbilligte. Es war sieben Uhr. Unter allen anderen Umständen hätte er sie abgesetzt und wäre ins Lokal geeilt. Sie hatten vor einer Woche wieder aufgemacht, und es gab viel zu tun. Aber etwas hielt ihn hier zurück, eine Art stilles Grauen. Die Irrationalität seiner sonst so rationalen Frau erschütterte ihn. Es war, als hätte Sara sich in einen entlegenen und uneinnehmbaren Bunker zurückgezogen, wo nur für sie und ihren Bauch Platz war, verbündet gegen ihn und entschlossen, ihm absurde und nachteilige Bedingungen zu diktieren.

»Hör zu, Liebste«, sagte er und wollte versöhnlich klingen, »erklär mir das wenigstens.«

»Ich will kein Risiko eingehen.«

»Aber das ist doch genau das, was ich auch nicht will. Siehst du, wir sind uns einig, und wenn ich Di Cave recht verstanden habe, ist es unter den gegebenen Umständen ein Risiko, diese Untersuchung nicht machen zu lassen.«

Sie öffnete die Wagentür und wollte aussteigen.

»Ich bitte dich, Sara, lass uns diese Sache ausdiskutieren.«

»Ich finde nicht, dass es da viel zu diskutieren gibt. Ich weiß, dass du das nicht gewohnt bist, aber das ist eine Entscheidung, die dir nicht zusteht.«

»Wem denn?«

»Mir.«

Ihre Verbohrtheit war so krass, dass er wieder Angst hatte, die Kontrolle zu verlieren.

»Ich will dich zu nichts zwingen, ich will nur verstehen. Möchtest du lieber alles dem Zufall überlassen? Möchtest du nichts wissen? Möchtest du nicht, dass *er* dieselben Chancen hat wie alle anderen Kinder?«

Er war von seinen eigenen Worten gerührt. Als er sie aussprach, spürte er, dass sie ihn angingen. Alles kehrte sich um, jetzt waren er und der Bauch verbündet gegen sie, protestierten er und der Bauch gegen ihren Leichtsinn.

»Er wird in jedem Fall auf die Welt kommen«, schrie sie und schlug die Wagentür hinter sich zu.

4

So bestürzend sie war, die Nachricht von Benny war eindeutig: Sie würden sich an diesem Nachmittag nicht sehen, die Verabredung platzte, es sei ihr etwas *dazwischengekommen.* Die SMS erreichte Martina, während sie Lorenzo und den Prof am Terminal 1 absetzte, und sie verlieh ihrer Inszenierung der jungen Frau, die über die Abreise des Ehegatten betrübt ist, Glaubwürdigkeit. Im Grunde war der Kummer echt, wenn auch von einer ganz anderen Katastrophe ausgelöst.

»Komm, was machst du denn für ein Gesicht? Übermorgen bin ich doch wieder da«, tröstete sie Lorenzo.

»Und wenn man bedenkt, dass deine Mutter, sobald ich wegfahre, die Fanfaren erschallen lässt«, murrte der Prof und versuchte, seinen Trolley aus dem Kofferraum zu hieven, wo er sich verkantet hatte.

»Ich hab dir doch gesagt, du sollst mitkommen«, bemerkte Lorenzo, während er dem Vater half. »Du warst es …«

»Es ist nur, dass … dass«, stammelte Martina und kramte verstohlen ihr Handy hervor, in Erwartung einer neuen Nachricht, die die vorherige revidieren würde. Sie küsste ihren Schwiegervater auf die Wangen und ihren Mann widerstrebend auf den Mund; sie stieg wieder in den Wagen und ließ den Motor an. Den Mini Cooper S hatte sie gerade erst waschen lassen, das British Racing

Green der Karosserie glänzte in der glühend heißen Septembersonne. Das Armaturenbrett in Wurzelholz und das senffarbene Leder der Sitze verströmten den Geruch eines billigen Deodorants.

Ihre Augen verweilten auf dem Display ihres Handys, hypnotisiert von den Worten »etwas dazwischengekommen«. Seitdem sie den Plan gefasst hatte, Lorenzos Abwesenheit zu nutzen und einen ganzen Nachmittag mit Benedetta zu verbringen, hatte sie jeden Augenblick ausgekostet. Vom Flughafen würde sie Benny direkt bei den Schwiegereltern abholen. Sie hatte in einer renommierten Vinothek für einen Imbiss reserviert. Danach Flanieren in der Gegend der Accademia di Francia, wie früher, wenn sie die Schule schwänzten. Und weiter zum Shopping und Spritz. Erst dann würden sie, rosig und beschwipst, bei Federica eintrudeln, die sie zum Abendessen erwartete.

Der Horizont, der bis vor Kurzem mit köstlichen Dingen angefüllt gewesen war, präsentierte sich jetzt wie ein Raum voller Langeweile, Bitternis und Verärgerung. Und das war nicht einmal das Schlimmste. Der Ton von Bennys Nachricht war typisch für jemanden, der versucht, die Enttäuschung des anderen zu mildern, indem er sie als die eigene ausgibt. Ganz zu schweigen von den Smileys und Herzchen, die die bittere Pille versüßen sollten, aber doch nur eine höfliche Art waren, jede Erklärung zu verweigern. Benny war »etwas dazwischengekommen«, und sie hatte sich gehütet, dieses Etwas näher zu bezeichnen.

Martinas Fantasie arbeitete daraufhin auf Hochtouren und kam auf immer unangenehmere und irritierendere Ideen. Eine harmlose Verpflichtung? Die Kosmetikerin, der Friseur, ein Kaffee mit der japanischen Freundin aus

Freiburg, die auf Durchreise in Rom war … Oder etwas Ernstes wie ein unvorhergesehener Arzttermin oder die Verabredung mit dem Typen, mit dem sie seit Anfang des Sommers ausging? Welche der beiden Optionen war verletzender? Worum auch immer es sich handelte, durch Bennys Zurückhaltung wurde es beunruhigend.

»Signorina, hier können Sie nicht halten!«, mahnte ein Verkehrspolizist. Martina war ihm dankbar, dass er sie nicht »Signora« nannte, ihr war nicht danach, sich als verheiratete Frau zu fühlen.

»Nur eine Minute«, flüsterte sie.

»Aber nicht länger«, kam ihr der Polizist entgegen.

Von den unzusammenhängenden Impulsen ihres Gehirns gesteuert, versuchte sie mit fahrigen Fingern, eine Antwort aufzusetzen, die schwer zu formulieren war. Man musste Benny die Schwere ihrer Verweigerung vor Augen führen und dabei doch von Beschuldigungen und Ressentiments absehen. Irrtümlich verschickte sie eine verstümmelte und unverständliche Nachricht, gefolgt von ein paar Berichtigungen, die noch konfuser waren. Sie hatte nicht den Mut, dies alles noch einmal zu lesen. Ihr war nicht danach, Worte abzuwägen, die ihr gegen ihren Willen herausgerutscht waren. Indem sie sie abgeschickt hatte, hatte sie eine noch gefährlichere Tür geöffnet, denn jetzt war sie es, die warten musste.

Das Schlimme an WhatsApp ist, dass du in Echtzeit weißt, wann deine Nachricht gelesen wurde, und dir daher einbildest, du könntest über den Empfänger Kontrolle ausüben, seine Bewegungen ausspionieren, seine Reaktionen steuern. Aber angenommen, er hat die Nachricht gesehen und zögert mit der Antwort. In dem Fall kannst du dich nicht mit den üblichen Ausreden aus der Affäre ziehen: Sie hat das Handy ausgeschaltet, ist nicht erreichbar, vielleicht hat sie es zu Hause vergessen. Es bleibt dir nichts anderes übrig, als dir eine höhere Gewalt herbeizuwünschen: Sie ist in einer Sitzung, auf einer Beerdigung, sie wurde soeben überfallen, sie ist in einen Kanalschacht gestürzt. Das ändert jedoch nichts am Kern des Problems, du hast geschrieben, und sie hat gelesen, du wartest, sie schweigt. Vielleicht meldet sie sich später. Vorerst kann oder will sie nicht. Was meistens egal ist. Es sei denn, sie ist Objekt deiner fieberhaften Gedanken, Grund für die Krämpfe auf der Höhe deines Zwerchfells, für die Gewissensbisse ob deiner ehelichen Heuchelei. Dann können dich ihre Nachlässigkeit, ihre mangelnde Promptheit und ihre Taktlosigkeit zur Verzweiflung bringen.

Martina schwor sich, dass sie sich nicht vom Fleck rühren würde, bevor sie nicht eine Antwort von Benny erhalten hatte. Sie starrte das Smartphone mit flehenden Blicken an, als könne sie es damit rühren. Ab und zu wandte sie den Blick ab in der Hoffnung, dass das verdammte Ding in diesem Moment ein Lebenszeichen von sich geben würde. Verzagt kehrte sie dann wieder dazu zurück, es anzustarren, bittere Enttäuschung im Mund.

»Ich habe Ihnen gesagt, hier können Sie nicht halten.« Diesmal ließ der Tonfall des Polizisten keinerlei Verhandlungsspielraum.

Angeekelt von ihrer Unfähigkeit, ihr Versprechen zu halten, fuhr sie los. Sie hatte mindestens zehn Kilometer Autobahn vor sich, um zu entscheiden, was nun aus ihrem Freitagnachmittag werden sollte. Die Vorstellung, sich zu Hause oder sonst irgendwo zu verschanzen, bereitete ihr Bauchgrimmen. Der einzige Ort, an dem sie sein wollte, war bei Benny, wo auch immer die sich aufhielt.

Auf dem Gipfel der Angst fuhr sie die Autobahnraststätte Magliana an und parkte vor dem großen und beruhigenden Schild des Autogrill.

Nun erwartete sie keine Antwort mehr und sah sich stattdessen die bisherige Unterhaltung an. Sie suchte keine nachträglichen Erklärungen für das, was geschehen war, aber ein wenig Trost für das, was nicht geschehen würde. Bis ihr Blick auf die Nachrichten fiel, die sie nach der Nacht in Sabaudia gewechselt hatten. Das emotionale Ungleichgewicht zwischen ihren und Bennys Botschaften war auffälliger, als es ihr vor drei Monaten erschienen war, angefangen bei der Länge der Nachrichten. So wortreich, überschwänglich und auf unbeholfene Art witzig sie schrieb, so nüchtern und wortkarg, fast abwehrend antwortete Benny. Martina hatte eine Verschworene gegen den ganzen Mogherini-Clan gesucht, gegen Lorenzo, die Schwiegermutter, sogar gegen den Prof und das Ehepaar von den Philippinen; doch Benny (Gott, wie klar das jetzt schien) hatte nicht mitgespielt. Dass Martina sich von der kindlichen Begeisterung über eine mit der Herzensfreundin unter freiem Himmel verbrachte Nacht hinreißen ließ, zeigte die Wichtigkeit, die sie Bennys Entscheidung beimaß, nicht sofort nach Deutschland zurückzukehren und wenigstens den Sommer in Rom zu verbringen. Sie hatte Benedetta sogar gebeten, sich bei ihr und Lorenzo einzurichten. Als die Schwägerin die Einladung abgelehnt hatte – sie wolle nicht die unliebsame Dritte sein und fürchte die Verärgerung des Bruders, vor allem aber den Zorn der Mutter –, hatte Martina, den Wink ignorierend, versucht, ihr zu versichern, Lorenzo sei ganz froh über ihr Kommen und mit der Schwiegermutter werde sie reden. Benny hatte ihr Drängen einfach übergangen, und damit war die Sache erledigt, der Wink nach wie vor unverstanden.

Doch jetzt erfasste Martina die ganze Scham, die sie damals hätte empfinden müssen. In den vierundzwanzig Jahren ihres Lebens hatte sie gelernt, den Neid der Freundinnen, die Avancen der Jungs und die Bewunderung gewisser Professoren in Schach zu halten. Gut war sie nur in der Rolle des netten Mädchens, das, wenn es jemanden abblitzen ließ, alles daransetzte, ihn nicht zu demütigen. Bei ihren Ablehnungen bediente sie sich einer wohldosierten Mischung aus Ironie, Höflichkeit und Boshaftigkeit. Aber nun, auf der anderen Seite der Barrikade, in der undankbaren Rolle der abgewiesenen Bewerberin, musste sie feststellen, dass sie unerfahren und schrecklich sentimental war.

Sie betrat die Raststätte. Sie musste aufs Klo. Die Leute trugen Ferienkleidung, saßen am Bartresen, verschlangen Panini mit idiotischen Namen. Als sie aus der Toilette kam, fühlte sie, wie ihr Handy in der Tasche vibrierte. Sie leerte den Inhalt auf den Boden und nahm ab, ohne hinzuschauen.

»Hallo, Schatz.«

»Mama.«

»Ist Benny schon bei dir?«

»Noch nicht.«

»Bist du dabei, sie abzuholen?«

»Ich glaube ja.«

»Was heißt das, ich glaube? Ja oder nein?«

»Ja, ich habe in der Vinothek reserviert.«

»Was macht ihr dann?«

»Pah, wir haben kein Programm.«

»Warum geht ihr nicht in das Lampengeschäft bei San Salvatore in Lauro? Wolltest du nicht den Lampenschirm auswechseln? Die geben sagenhafte Rabatte.«

»Ich weiß nicht, Mama. Das ist ganz schön weit.«

»Fünf Minuten zu Fuß von der Vinothek aus.«

»Ja, okay, aber wir gehen in die andere Richtung.«

»Eben hast du doch gesagt, dass ihr kein Programm habt?«

Je mehr – wenn auch vage – Informationen sie über den Nachmittag gab, den sie nie verbringen würde, desto mehr fühlte sie die Demütigung in sich aufkeimen. Je peinlicher das Verhör wurde, je mehr es sie mit dem Rücken an die Wand stellte, desto mehr war sie versucht, das Telefonat mit einer groben Bemerkung zu beenden.

Der Hinweis auf eine neue Nachricht machte ihr Hoffnung, und sie fand ihre Sprache wieder.

»Mama, ich muss Schluss machen, es ruft jemand an. Das muss Benny sein. Wir sehen uns bei dir. Vielleicht komme ich ein bisschen früher, um dir zu helfen.«

5

Es war keine Nachricht von Benny, sondern vom Provider: Ihr Guthaben gehe zu Ende.

Martina schleppte sich bis zum Bartresen. Ein freundlicher Barista fragte sie, was sie wünsche. Sie hatte seit dem Abend nichts gegessen.

»Hätten Sie vielleicht einen Wodka?«

Der Mann sah sie verwundert an. »Wäre es nicht besser, etwas zu essen? Wir haben ein neues Panino, mit Spargel und Brie, das Provençal. Einfach köstlich.«

»Danke, ich habe schon gegessen.«

Das zweite Glas wurde mit erneutem Zögern serviert. Eine schöne junge Frau in Prada-Sneakers, die dem Wodka frönt, ist ein interessantes Schauspiel. Zwei Typen kamen auf sie zu. Sie hatten wenig gemein mit den Menschen, mit denen Martina gewöhnlich verkehrte. Der Jüngere war hübsch, in der abstoßenden Weise eines Fußballspielers, rasierte Schläfen und ein Dutt oben auf dem Schädel, die Bräune ließ das Petroleumgrün seiner Augen schmachtend wirken. Leider war es nicht er, der sprach, sondern der entschieden Reifere der beiden, derjenige in kurzen Hosen und mit Gürteltasche. Er fragte sie, ob sie allein und mit dem Auto da sei. Die Frage erschien Martina ein unzulässiger Akt der Einmischung, als ob man sie gefragt hätte, welche Farbe ihr Slip habe oder wie oft am Tag sie sich die Zähne putze. Dennoch antwortete sie ungerührt, ja, sie sei allein und sie habe ein sehr schönes Auto, aber was gehe ihn das an? Der Jüngere fand ihre Offenheit wohl gut, während der andere weiterfragte: »Wie viele von denen hast du getrunken?« Dabei legte er seine ungepflegten Finger an ihr Glas. Martina hörte sich erwidern: »Willst du mir den nächsten ausgeben?«

»Ich habe dich nur gefragt, wie viele du getrunken hast, nicht, ob du noch einen willst.«

»Und ich will, dass du ihn mir ausgibst. Sonst bitte ich deinen hübschen Freund.«

Vielleicht dadurch ermuntert, fragte der Jüngere: »Wollen Sie uns wenigstens sagen, wie Sie heißen?«

Seine Ausdrucksweise war plump wie die Frisur, seine Stimme aber anmutig und kindlich wie die Gesichtszüge.

»Ich heiße Benny.«

Während sie das sagte, verspürte sie eine solche Einsamkeit. Als hätten alle sie verlassen. Nicht alle, sie hatte zwei neue Freunde. Ihr kam eine Sängerin in den Sinn, die in einer Talentshow Zweite geworden war und der vorgeworfen wurde, sich mit einem der Juroren eingelassen zu haben. Endgültig ins Aus hatte sie sich selbst dadurch katapultiert, dass sie zwei LKW-Fahrer wegen Vergewaltigung angezeigt hatte. Es war schwer zu beweisen gewesen, dass es sich nicht um ein einvernehmliches Verhältnis gehandelt hatte: Herr Anwalt, was machte Ihre Mandantin um halb vier Uhr früh an einer Tankstelle?

Martina wusste alles über diese Geschichte. Auf einmal schien es ihr, als könne sie die Beweggründe des unglücklichen Mädchens verstehen. Sich mit diesen beiden Gentlemen zurückzuziehen, wäre eine optimale Art, ihren Standpunkt zu bekunden und sich aus der Klemme zu helfen.

Sie stellte sich die freudige Überraschung vor, die ihre Großzügigkeit hervorrufen würde, und sie war den beiden dankbar für ihre Dankbarkeit.

»Hör mal, Benny«, sagte der Reifere, »willst du uns sagen, wo du wohnst?«

Warum nicht? Zu Hause ist perfekt. Keiner wird uns stören. Fügsam nannte Martina die Adresse.

»Wirklich schöne Gegend«, sagte er anerkennend. »Du bist ziemlich weit weg von dort. Was machst du hier?«

Die Frage hatte etwas Prophetisches. Ja, was machte sie hier? Das war ein drängendes und komplexes Problem. Darauf musste man einen trinken.

Diesmal zog der Barista, der das Geplänkel mit Besorgnis verfolgt hatte, es vor, eine Ausflucht zu suchen: »Es ist vielleicht an der Zeit zu bezahlen.«

»Glaubst du etwa, ich habe kein Geld?«, brauste Martina auf und bemerkte sogleich das Gekünstelte ihrer Erregung. Es war nicht die Wut, die an ihrer Stelle agierte, auch nicht der Alkohol oder die Verzweiflung, sondern die infantile Lust am Melodrama. Sie zog das Portemonnaie aus der Tasche und holte einen Packen funkelnagelneuer Banknoten hervor, wie beim Monopoly. Und war die Erste, die sich darüber wunderte. Dabei warf ihr ihr Mann doch so häufig vor, nie Bargeld bei sich zu haben. Entschlossen, Benny zu verwöhnen wie ein alter Millionär seine junge Geliebte, hatte sie am Abend zuvor Geld abgehoben.

»Ich bin lesbisch.«

Sie sagte das in der Gewissheit, dass es ihr unmittelbar Erleichterung verschaffen würde. Bei dem Kommentar des Reiferen: »Umso besser für dich«, wurde sie noch deprimierter.

Es ist immer so peinlich, Worte mit mehr oder weniger abschätziger Bedeutung auszusprechen, »Neger«, »Jude«, »Schwuler«. Vielleicht, weil man ihr ein Misstrauen gegen jede Form des Misstrauens eingeflößt hatte, angefangen bei den Ausdrücken für ethnische, politische und sexuelle Minderheiten. »Lesbisch« gehörte in die Reihe der lexikalischen Tabus, sie konnte sich nicht erinnern, dieses Wort je in der Öffentlichkeit verwendet zu haben.

Im Gymnasium hatte es in ihrem Jahrgang zwei Mädchen gegeben, die ab der zehnten Klasse ein Paar gewesen waren, ohne Dramen, Skandale und Vertuschungsversuche. Die Familien waren sofort darüber informiert worden, wie auch die Lehrerschaft und die Schulbehörde. Abgesehen vom ordinären Kommentar eines Hausmeisters – der sofort vom Dienst suspendiert wurde –, hatte es keine intoleranten Äußerungen gegeben. Martina gehörte zum Glück einer Generation an, für die lesbische Beziehungen von einer Perversion zu einer obligatorischen Etappe im Heranwachsen eines jungen Mädchens geworden waren, genauso wie Joints, Blowjobs und Sex mit exotischen Jungs. Der Großteil ihrer Freundinnen hatte sapphische Erfahrungen gemacht, angefangen bei Benny, vor allem Benny. Obwohl anderthalb Jahre vergangen waren, hatte Martina nie den Tag vergessen, an dem sie der Freundin das sensationelle Bekenntnis entlockt hatte.

Sie saßen auf der Terrasse einer Buchhandlungsbar unweit der juristischen Bibliothek. Den ganzen Vormittag hatten sie auf das schriftliche Rigorosum gelernt. Der Mai war so mild und voller Düfte, dass Benny die Idee vorgebracht hatte, zum Baden nach Sabaudia zu fahren. Von Martinas Pflichtgefühl abgewogen, wurde der Plan nach einigem Hin und Her verworfen.

»Warum machen wir nicht ein Spiel: Jede gesteht etwas, was sie noch nie jemandem erzählt hat«, hatte Martina zur Wiedergutmachung vorgeschlagen.

»Vielleicht, weil wir nicht mehr zwölf sind?«

»Ich habe das immer mit meinem Vater auf Skype gespielt.«

»Mit ihm war das bestimmt amüsant.«

»Nicht besonders, er hält sich für einen rechtschaffenen Menschen. Es war immer ich, die die Hosen runtergelassen hat.«

»Mein Leben ist makellos wie das des Dichters.«

Benny hatte angefangen, Matteo »den Dichter« zu nennen, nicht nur, weil er das Leben eines Bohemiens führte, sondern wegen der unbeirrbar unbekümmerten Art, mit der er es tat.

»Du bist reich, gelangweilt, du liebst den türkischen Film, Mangas, die Bücher von David Foster Wallace. Du bist das Aushängeschild der herrschenden Klasse eines korrupten und dekadenten Landes. Ich kann nicht, ohne zu erröten, an deine Geheimnisse denken. Wir Linken sind sehr puritanisch.«

Blödeleien mit eleganten Wendungen zu würzen war nicht nur ihrer beider Art, sich besonders zu fühlen, sondern auch eine bewährte Strategie, die Jungs in Verlegenheit zu bringen. Auf diesem Gebiet suchte Benny ihresgleichen.

»Wir Rechten lassen diesbezüglich auch nichts zu wünschen übrig.«

Sie beschrieben sich gern in Widerspruchspaaren, die Kommunistin und die Reaktionärin, die Jüdin und die Katholikin, die Dunkle und die Blonde.

»Ja, aber nur in der Öffentlichkeit, hinter den Kulissen dagegen …«

»Ich bin zu exhibitionistisch, als dass ich dir etwas hätte verheimlichen können.«

»Jeder verbirgt etwas, vor allem die Exhibitionisten.«

»Fang du an.«

»Warum ich?«

»Um mir Mut zu machen. Wie vor Gericht: Der Kläger hat das Wort!«

Martinas Geheimnis war ekelhaft und eröffnete keine neuen Einblicke in ihre Persönlichkeit. Bei ihrem ersten Date mit einem Jungen hatte sie sich in die Hose gemacht.

»Im übertragenen Sinn, hoffe ich.«

»Buchstäblich.«

»Und er?«

»Er was?«

»Wie hat er reagiert?«

»Er hat so getan, als merke er nichts, und hat meinen Kontakt vom Handy gelöscht. Ich hatte auch nicht den Mut, ihn noch mal anzurufen.«

»Ein schönes Scheißgeheimnis.«

»Komm, jetzt bist du dran.«

»Ich weiß nicht, ob ich dir trauen kann.«

»Es bleibt dir gar nichts anderes übrig.«

»Mittlerweile sind wir verwandt. Es ist, als würde ich alles meiner Schwester beichten. Du bist eine Mogherini.«

»Du sagst das, als würdest du von einer Rothschild reden.«

»So hört sich das bei meiner Mutter auch an.«

»Deine Mutter ist eine Snobistin.«

»Ich auch.«

»Ich weiß, aber auf andere Weise, feiner.«

»Und wie genau?«

»Wie eine von denen, die alles daransetzen, nicht als Snobs zu erscheinen.«

»Die wahren Snobs.«

»Genau.«

»Dann bist du die Königin der Snobs.«

»Lass mich aus dem Spiel und spuck die Kröte schon aus!«

Sie sagte das, ohne zu ahnen, dass dieser Frosch ihr im Hals stecken bleiben würde. Während eines Osterurlaubs in ihrem Haus auf Formentera hatte Benny die *Möse* einer englischen Freundin *geleckt* (so drückte sie sich aus, auf eine Art, die Martina nie wieder vergessen würde).

Sie verstummte. Sie konnte ihr nicht einmal ins Gesicht schauen. War sie verletzt? Später würde sie das so darstellen. Vorerst war sie nur verblüfft.

»Und?«

»Was soll ich sagen?«

»Dass ich schamlos bin, eine kleine Hure …«

»Fühlst du dich so?«

»Ich fühle mich prächtig.«

»Warum hast du mir das nie erzählt?«

»Du bist nicht mein Beichtvater.«

»Wie war es?«

»Seltsam und amüsant. Wie mein Dave sagen würde, eines von den Dingen, die ich nie wieder tun werde.«

»Und hast du es nie wieder getan?«

»Nein! Ich habe auch nicht die Absicht …«

»Es hat dir aber gefallen?«

»Wem würde das nicht gefallen?«

Von da an war alles eine Grübelei über diese grausame rhetorische Frage gewesen.

Bennys Möse lecken oder zulassen, dass Benny die ihre leckte – reduzierte sich darauf das Drama? Auf die bebende und lechzende Wissbegier des Neophyten? Beim letzten Mal, als Lorenzos Mund zwischen ihre Schenkel geglitten war, hatte Martina einen Moment lang gefühlt, wie die Geschwister Mogherini in ihr verschmolzen. Das war von atemberaubender Intensität gewesen. Der Traum einer vollkommenen Symbiose war jedoch von Lorenzos stacheligem Bart hinweggefegt worden. »Warum rasierst du dich nicht?«, hatte sie mit einer Verärgerung geflüstert, die sie ihm in letzter Zeit häufiger entgegenbrachte. »Ach, geh doch zum Henker«, hatte er hochrot und zerzaust erwidert und war auf seine Seite des Bettes zurückgekehrt. Die übliche Idiotin – jemanden ausschimpfen, den man anspornen sollte wie ein Pferd im Galopp.

Der unaufhaltsame Prozess, der von dem albernen Spiel der Geheimnisse in Gang gesetzt wurde, hatte seine Wurzeln in der Art, wie Benny und ihre Familie sie vor vielen Jahren aufgenommen hatten. Der Umgang mit ihnen hatte für Martina bedeutet, sich bewusst zu werden, dass die Welt ein romantischer Ort voller Annehmlichkeiten ist, sofern man den Geschmack am Leben an der Dringlichkeit der eigenen Wünsche bemisst. Jedes Mitglied der Familie – jeder auf seine Art und Weise – benahm sich so, als hätte er das zur Verfügung stehende finanzielle und geistige Kapital verdient, wenn nicht in diesem, dann in einem vorangegangenen Leben.

Das genaue Gegenteil der Zevis, die ständig irgendeine entlegene Schuld verbüßten. Sogar Matteo, der zeitweise überhaupt nicht bußfertig war, hatte die letzten sechzehn Jahre büßend verbracht. Ganz zu schweigen von Federica, die die Schuld verbüßte, ihn geheiratet und nie die Scheidung verlangt zu haben. Und Giorgio? Er hätte guten Grund gehabt, zufrieden zu sein. Selten wurden Talent und Einsatz in so eklatanter Weise belohnt. Doch ihr großer Bruder saß da, am Rand der tiefen Grube, die er sich selbst gegraben hatte. Kürzlich hatte

Sara ihr erzählt, dass sie ein Kind erwarteten und dass Giorgio es niemandem sagen wolle. Bei ihnen waren selbst frohe Ereignisse kompliziert.

Gab es eine schlimmere Komplikation als die, sich in Benny zu verlieben? Wie jede unglückliche Liebe zollte sie dem Neid ihren Tribut. Neid, der aus Verehrung entsprang. Seitdem sie ihr in der Schule begegnet war, in der sechsten Klasse, hätte Martina ihr Leben mit dem der Freundin tauschen mögen. Es lag etwas Kannibalisches in dieser Leidenschaft. Wenn sie gekonnt hätte, hätte sie sich Benny einverleibt. Das mimetische Begehren hatte einen kritischen Punkt überschritten, sie beneidete sie sogar um weniger faszinierende Dinge wie ihre blassen Augen, ihre Allergien, das leichte Stottern, das Benny zu vertuschen gelernt hatte, indem sie langsam sprach und jede Silbe einzeln betonte. Eine Zeit lang, ungefähr im zweiten Quartal der elften Klasse, hatte Martina diese Sprechweise nachgeahmt und damit bei allen eine gewisse Verwunderung hervorgerufen.

Ihre Hingabe war durch den tagtäglichen Umgang mit Benny genährt worden. Anfangs hatte sie den naiven Fehler begangen, die Wirkung von materiellen Gütern zu überschätzen. Bis sie begriff, dass die einzigen uneinnehmbaren Güter moralischer Natur sind. Benedetta Mogherini zu sein hieß, einen so selbstverständlichen Hochmut zu kultivieren, dass man nicht wusste, wie man ihn einsetzen sollte. Papas Liebling zu sein, die oberste Sorge der Mama, der Star im sozialen Umfeld, versetzt einen in die Lage, nicht zu wissen, was man sonst noch begehren könnte. Was würde aus Benny werden? Zu unbescheiden für die akademische Laufbahn, zu abgehoben, um die einträgliche väterliche Kanzlei zu übernehmen, zu arrogant, um mit einem Mann zu leben (ihn zu lieben, zu ehren und so weiter), würde sie wahrscheinlich in ihrer Extravaganz implodieren.

Wer zu viel hat, ist nie zufriedenzustellen.

Auch Martina hätte sich an einem verliebten und aufmerksamen Ehemann erfreuen können, sich von der Zuneigung der Schwiegereltern, von ihrer grenzenlosen Großzügigkeit verwöhnen lassen. Sie hätte das Einvernehmen mit der Schwägerin bewahren können. Stattdessen hatte sie sich vom Unmöglichen verführen lassen. Und das alles, um sich an dieser Autobahnraststätte wiederzufinden, halb besoffen und in der Gewalt zweier Übeltäter!

Ein paar Wochen nach dem Geständnis hatten sie sich geküsst. Wieder waren sie dort in der Bibliothek gewesen, um das Rigorosum vorzubereiten. Seit Tagen unterwarf Martina die Freundin krankhaften Verhören. Bis Benny sie in einer ihrer impulsiven Anwandlungen auf die Toilette mitnahm. Zuerst mit spitzen Lippen, nach und nach immer weiter und tiefer eindringend (mit List und der geheuchelten Scham, wie nur Frauen sie beherrschen). Wie viele Sekunden? In der Erinnerung variierte ihre Anzahl je nach Seelenlage. Jedenfalls lang genug, um in der aufgestörten Psyche einen unauslöschlichen Eindruck zu hinterlassen.

Auf diesen Kuss zu setzen war der letzte Fehler gewesen. In eine köstliche und vergängliche Frucht zu investieren – die einzige Art, die Benedetta hervorzubringen vermochte – kam einem Hasardspiel gleich. War es möglich, dass Martina das erst jetzt begriff? Eines stand fest, Benny hatte es sofort verstanden. Sie war kein schlechtes Mädchen (nur ein bisschen chaotisch). Sie hatte versucht, den Fehler wiedergutzumachen, und sich deswegen zurückgezogen, hatte alles darangesetzt, das Feuer zu löschen, das sie fast aus Versehen entfacht hatte. Ein Jahr lang war sie weg gewesen. Nach Hause zurückgekehrt, hatte sie nach der Nacht am Strand jede Gelegenheit des Zusammenseins vermieden. Ihre Zurückweisungen, die ihrer Absicht nach Martinas Leidenschaft ersticken sollten, hatten sie jedoch in krankhafter Weise angeheizt.

Als der Barista nun doch noch einmal nach der Flasche griff, sagte der Typ in kurzen Hosen: »Es reicht.« Daraufhin verstaute der Barista sie wieder unter dem Tresen.

»Komm, Benny, es ist Zeit, nach Hause zu gehen.«

Jetzt ist es so weit, dachte Martina.

Erstaunlich fügsam bezahlte sie die Rechnung und folgte ihren Vergewaltigern.

»Wo hast du die Autoschlüssel?«, fragte der Reifere. Sie gab sie ihm. Das Spiel hatte begonnen: Er bittet, ich gebe.

6

Dass sie im Begriff standen umzuziehen und Giorgio noch nichts davon wusste, brachte Sara in einige Verlegenheit. Sie war es gewesen, die die Initiative ergriffen hatte, ohne ihn zu informieren, indem sie den bestehenden Mietvertrag kündigte, um eine größere und teurere Wohnung in einem weniger bohemehaften Viertel anzumieten. Ein kühner Akt, eingegeben von der Kraft, die sich ihrer bemächtigt hatte und die an ihrer Stelle und gegen ihre Interessen handelte. Immer war sie überzeugt gewesen, dass Entschlusskraft mit intellektueller Klarheit einhergeht, und nun musste sie am eigenen Leib erfahren, dass Menschen besonders dann Entscheidungen treffen, wenn sie verwirrt und verzweifelt sind. Dass die ersten Schreie des Neugeborenen in einer Wohnung ohne Türen ertönen könnten, war ihr auf einmal so schrecklich erschienen, dass sie zu drastischen Maßnahmen gegriffen hatte. Tatsache war: Je mehr sich die Schwangerschaft, unter der sie sich Gott weiß was vorgestellt hatte, als chaotische und bedrohliche Angelegenheit entpuppte, umso mehr erfand sie neue Ziele, für die es sich zu kämpfen lohnte.

Sie parkte den mimosagelben Cinquecento in der zweiten Reihe vor dem Orient Express. Sie war zu früh dran. Die Verabredung mit Giorgio war um vier, die einzige Tageszeit, zu der man ihn loseisen konnte. Sie kommunizierten seit dem Nachmittag vor einer Woche nicht mehr auf zivile Art (wenn der Begriff bei Giorgios kriegerischem Naturell überhaupt einen Sinn hatte), als sie über Matteo, den neuen Haarschnitt und das Recht von Frauen, keine Fruchtwasseruntersuchung machen zu lassen, gestritten hatten. Seither hielten sie sich an den Verhaltenskodex von Paaren in der Krise, der darin besteht, die größtmögliche Anzahl an Informationen mit einem minimalen Aufwand an Worten zu übermitteln, eine Kunst, in der Sara ihresgleichen suchte.

An diesem Morgen hatte sie ihn gefragt: »Begleitest du mich heute Nachmittag wieder zum Arzt?«

Giorgio stand in der Küche, Jeans und militärgrünes Lacoste-Hemd, er goss den Kaffee in zwei gleiche, angeschlagene, cappuccinofarbene Tässchen. Auch wenn sie *zerstritten* waren, vergaß er doch nicht, das Frühstück mit einem gewissen Stil zuzubereiten.

»Habe ich das nicht schon letzte Woche getan?«, hatte er gemurmelt. Um gleich darauf fast unhörbar hinzuzufügen: »Eine denkwürdige Erfahrung.«

»Das hier ist ein anderer Arzt, Federica hat ihn ausfindig gemacht.«

»Worum handelt es sich diesmal? Um einen Hexenmeister oder einen Handleser?« Es war ihm daran gelegen, den Sarkasmus loszuwerden, der seit Tagen in ihm brodelte.

»Es ist ihr Gynäkologe«, hatte Sara geantwortet. »Eine zweite Meinung.«

Er hatte weiter seinen Kaffee getrunken, ohne das Schweigen zu brechen. Erst beim Hinausgehen, als sie schon jede Hoffnung aufgegeben hatte, brummte er: »Komm mich um vier abholen.«

Jetzt saß sie wirklich in der Patsche. Wann auf ihrem

Weg würde sie die Katze aus dem Sack lassen und bekennen, dass die Geschichte mit dem Arzt eine Lüge gewesen war? Sie waren unterwegs zu der Wohnung, die sie gemietet hatte, ohne ihn zu fragen. Erst die Szene mit ihrem Haarschnitt, nun der Umzug unmittelbar vor der Geburt und am Beginn der neuen Saison im Orient Express – wie würde er das aufnehmen?

Im Grunde, versuchte sie sich zu trösten, beklagte sich Giorgio ja schon seit Monaten über dieses Appartement, das für einen Single perfekt, für ein Paar mit Nachwuchs aber bedrückend eng war. Er tat das nach Art der Männer, er schimpfte und ergriff keinerlei Initiative, bis der Gegensatz zwischen seiner Effizienz im Beruf und der Unfähigkeit in häuslichen Dingen parodistische Züge annahm. Eines Nachts, als er es später werden ließ als üblich, war Sara ins Restaurant gefahren. Sie hatte ihn schmutzig und zerrauft dabei angetroffen, wie er die schadhafte Fritteuse reparierte. Sara hatte keine Zweifel gehabt, dass dieses verdammte Gerät bei Morgengrauen wieder intakt und funktionstüchtig sein würde. Ebenso sicher war sie, dass die Fensterläden im Bad der Wohnung, die er jeden Morgen zu reparieren versprach, bis in alle Ewigkeit kaputt bleiben würden.

Der Gedanke an Giorgios häusliche Tatenlosigkeit machte ihr Mut. Sie brauchte sich nicht zu schämen. Schließlich handelte sie aus Notwehr, zum Besten für alle. Mit ein bisschen Ehrlichkeit musste er das zugeben. Wie er auch einräumen musste, dass die schlimmste Immobilienkrise der letzten zwanzig Jahre Umzüge begünstigte. Die neue Miete kostete ein paar Hundert Euro mehr als die vorige, aber wesentlich weniger, als sie vor sechs Monaten gekostet hätte. Die Gegend war vornehm, gut angebunden, und ein renommierter Montessori-Kindergarten lag gleich um die Ecke.

»Bist du sicher, dass diese Zugluft ihm guttut?«, fragte Giorgio, während er ins Auto stieg.

Das galt der Klimaanlage. Seit dem Tag des Streits über die Fruchtwasseruntersuchung hatte er angefangen, sich um den Zustand des Kindes zu sorgen, auf das wirklich Rücksicht zu nehmen er im Übrigen ernsthafte Schwierigkeiten hatte. Seine Sorgen waren so allgemein, dass sie abgedroschen und formal klangen wie das Gesundheitsprogramm eines Komitees, das sich für die Mülltrennung in öffentlichen Parks einsetzt.

»Noah hat es warm«, versicherte sie ihm.

»Heißt er heute so?«

»Gefällt dir der Name?«

»Mit Sicherheit wird er Bibi Netanjahu gefallen.«

Das war ihr Zeitvertreib: Am Tag suchte sie einen Namen aus, er verwarf ihn nachts. Zum Glück stand die Sonne hoch, und Giorgio schien, zumindest nach den Standards der letzten Zeit, gut aufgelegt und umgänglich.

Noah, wie war sie darauf gekommen! Einer dieser pompösen biblischen Namen, die jetzt in jüdischen Kreisen sehr angesagt waren. Wenn sie etwas gemeinsam hatten, dann war das die Abneigung gegen jedes religiöse Sektierertum und gegen die Zurschaustellung des Jüdischen. Ein Attentat in Tel Aviv betraf sie nicht mehr – oder weniger – als ein Massaker in Istanbul oder Bagdad.

Giorgio fing an zu husten, seit Wochen schleppte er diese Bronchitis mit sich herum.

»Lass das Fenster ruhig runter, wenn du willst«, sagte sie konziliant. Er erwiderte nichts, reagierte nicht, als hätten sich seine Reserven an ehelichem Humor und Vaterliebe erschöpft. Stattdessen war er in Trägheit versunken, die ihn immer dann befiel, wenn er nicht arbeitete, eine geistige Haltung, die ihn außerstande setzte, irgendwelche Ausflüchte zu erkennen und zu verurteilen. Es war, als verfügte er über zwei Gehirne, zwei Gesichter, zweierlei Lächeln. Die einen – sprühend, brillant und voller Einfallsreichtum – befähigten ihn, einen komplexen Betrieb wie das Orient Express voranzubringen, die anderen – trist und trübe – dienten dazu, der Langeweile der verbleibenden Zeit zu begegnen, die man optimistischerweise »häusliches Leben« nennen würde.

Er schloss die Augen und schlief ein. Nach wenigen Sekunden waren seine Atemzüge tief und regelmäßig. Sicher hatte er eine seiner schrecklichen Nächte hinter sich, geplagt von Albträumen und eingebildetem Telefonklingeln. Sara fühlte sich verantwortlich. Man konnte nicht behaupten, dass sie ihm das Leben leicht machte. Angefangen bei der Hartnäckigkeit, mit der sie sich weigerte, eine Untersuchung machen zu lassen, die alle anderen (und allen voran ihr Arzt) für erforderlich hielten; dann diese extravagante Idee, mit Matteo SMS zu schreiben; und nun zog sie ihm sein schönes Junggesellenappartement unterm Hintern weg, um ihn in eine Wohnung zu führen, die er nicht einmal in Augenschein hatte nehmen können. Das war ausreichend Stoff für einen Ehekrach von unerhörtem Ausmaß, vielleicht sogar noch etwas mehr, für einen Bruch?

Und doch nannte man das »guter Hoffnung sein«. Mehr als alles andere war es anstrengend, entwürdigend, unverständlich, eine Menge Dinge also, bloß keine *gute Hoffnung*.

Vor einer Einfahrt fand sie einen Parkplatz. Sie waren in einem der bürgerlichen Viertel im Norden der Stadt, die in den Fünfzigerjahren rings um einen großen Park entstanden waren. Schmale Gehsteige, vollgeparkt mit SUVs, Stadtautos und Rollern; Jugendstilvillen wechselten sich ab mit großen Mehrfamilienhäusern mit Portierslogen, die zum Großteil unbesetzt waren. Die Gärten voller Palmen und Magnolien lagen im Schatten, darin grau verwitterte schmiedeeiserne Tischchen.

»Sind wir da?«, fragte er.

Sie waren schon seit ein paar Minuten da, doch sie hatte ihn nicht wecken wollen.

»Nicht wirklich.«

»Warum bist du dann stehen geblieben?«

»Wir sind tatsächlich da, aber nicht dort, wo du meinst.«

»Das heißt?«

»Nicht bei Federicas Arzt.«

»Hör auf mit dem Ratespiel.«

»Ich habe eine Wohnung gemietet.«

»Verlässt du mich?«

»Ach komm, Dummkopf. Sie ist für uns.« Dabei zeigte sie auf den Haupteingang ein Haus weiter.

Sie hatte es geschafft. Sie hatte es ihm gesagt. Er schien weniger verdutzt und wütend als befürchtet. Wie dieser Mann doch voller Überraschungen war! Er konnte toben, weil im Paprikahuhn nicht genügend Paprika war, und wenn du meinst, er würde mit Strenge reagieren, zeigt er sich von der nachsichtigen Seite.

»Aber wie ist das möglich?«, fragte er, als könne er es nicht glauben, ja, nicht einmal verstehen.

Es war der *Hummelflug*, der die absurde Feierlichkeit dieses Moments unterbrach. Das Klingelzeichen des Orient Express. Das erste Mal, dass es sie bei etwas Aufregendem gestört hatte, war im Hotelzimmer in Schanghai gewesen, als sie miteinander schliefen. Kurz zuvor war das Restaurant eröffnet worden. Durch die brutale

Geschicklichkeit, mit der ihr Mann sich von ihr losgemacht hatte und zum Telefon gestürzt war, hatte sie sich gedemütigt gefühlt. Seither konnte sie sich an keine intime Situation erinnern, die nicht von diesem drohenden Ruf zu den Waffen übertönt worden wäre, und auch an kein einziges Mal, bei dem Giorgio gegen den Impuls angekämpft hätte, dem aufgeregten Summen der Violinen, das aus seinem Smartphone drang, nachzugeben.

Jetzt schien er ihr sogar erleichtert. Ohne um Erlaubnis zu bitten, als handle es sich um ein Recht, nein, eine Pflicht, zog er sein Handy aus der Jeanstasche und sagte die verhängnisvollen Worte: »Was ist los?« Das erste Gehirn arbeitete wieder. Giorgio verlangte von seinem Gesprächspartner Einzelheiten und spielte dabei nervös mit dem Knopf des Fensterhebers.

Während die glühende Hitze des Nachmittags in das Innere des Fahrzeugs drang, überließ sich Sara dem engherzigsten aller Gefühle. Neidisch zu sein auf den Klingelton eines Handys war das Lächerlichste, was ihr je begegnet war. Aber was konnte sie dagegen tun, wenn ihr die Feststellung, dass es bei der Wahl zwischen ihr und dieser Melodie nie ein Zaudern gegeben hatte, eine herbe Enttäuschung bereitete. Deshalb hatte sie ihm nichts von der Wohnung erzählt, deshalb hatte sie ihn in eine Falle gelockt. Von wegen Angst vor seinem Zorn. Was sie gefürchtet hatte, war die Abwesenheit von Zorn, war das, worauf sie wirklich gestoßen war, diese unerquickliche Mischung aus Trägheit und Ergebung.

Warum hatte sie sich Illusionen gemacht? Schließlich wusste sie doch, wie gewisse Männer der Tat ticken. Sie war Tochter eines Stoffgroßhändlers, der im Zeitraum von fünf Jahren vom Wohlstand zur Armut, von der Jovialität zur Depression, vom Optimismus zum Selbstmord gelangt war. Und nun zeigte ihr das Leben mit Giorgio, dass zwischen einem ruinierten und einem aufstrebenden Mann auf emotionaler Ebene kein Unterschied besteht. Es war nur normal, dass für Sara, frühzeitig betroffen vom tragischen Bankrott des Vaters, die Erfolge ihres Partners einen gewissen Trost darstellten. Doch wegen ebendieser Vorgeschichte konnte sie nicht zulassen, dass sich noch einmal eine wirtschaftliche Unternehmung, so erfolgreich sie auch sein mochte, zwischen sie und den geliebten Mann schob, zwischen den Traum vom Glück und dessen Verwirklichung.

Sie war sicher, das erkannte sie am Ton seiner Stimme, dass Viola am anderen Ende der Leitung war, noch keine vierundzwanzig und schon Giorgios rechte Hand. Sichtlich in den Chef verliebt, ließ sie keine Gelegenheit aus, ihn zu streifen, ihm kleine Stupser zu versetzen, und oft schmiegte sich die kleine Schlampe mit der Koketterie einer jüngeren Schwester in seinen Arm. Es gab also reichlich Gründe, ihr übelzuwollen. Angefangen bei der schmalen Taille eines Topmodels. Sie kannte Giorgios Schwäche für magere Frauen. Es war ihr immer wie Hohn erschienen, dass ein Mann, der die Menschen von Berufs wegen zum Essen anhielt, so großen Wert auf eine schlanke Linie legte (seine eigene und die der Menschen um ihn herum). War es Zufall, dass er sie nicht mehr berührte, seit sich die erste leichte Wölbung an ihrem Bauch bemerkbar gemacht hatte? Doch wenn sie es recht bedachte, hatte die Eifersucht auf Viola wenig Fleischliches; sie beschränkte sich auf die Telefongespräche, die die beiden zu jeder Tages- und Nachtzeit miteinander führten. Er hatte keine Hemmungen, sie um drei Uhr nachts anzurufen, wenn ihm Änderungen an der Speisekarte für den Herbst einfielen oder er plötzlich Zweifel an der Ehrlichkeit eines Lieferanten hegte. Sie war immer da, wach, und hatte die richtige Antwort parat.

Sara fackelte nicht lange. Sie war nicht bereit, sich demütigen zu lassen und dem Vater ihres Sohnes zu erklären, dass – egal, welche Katastrophe sich da gerade ereignete – das sicher weniger wichtig war als ihr Kind, ihr Zuhause, ihre Familie. Als ihr Leben. Sie ließ den Motor an, fuhr denselben Weg zurück und setzte Giorgio an derselben Stelle ab, an der sie ihn zwanzig Minuten zuvor abgeholt hatte.

7

Seinerzeit hatte Federica Martina mit ihrer Liebe zu Schreibwarengeschäften angesteckt. Vor jedem Schuljahresbeginn nahmen Mutter und Tochter den Bus ins Zentrum und verbrachten zwei heitere Stunden im Kaufhaus La Rinascente. Die Tüten voll mit linierten Heften, Bleistiften und Spitzern, gönnten sie sich im Tazza d'Oro eine Granita di caffè ohne Sahne.

Das Idyll hatte angehalten, bis Martina gleich nach dem Abitur an die Ostküste der USA aufgebrochen war, um ihr Englisch aufzubessern. In diesen Monaten hatte Federica zusammen mit dem sommerlichen Sonnenschein auch eine Epoche ihres Lebens zu Ende gehen sehen. Die Tochter brauchte keine Hefte, keine Bleistifte und kein Eis mehr. Sie war auf der anderen Seite der Welt (genau wie ihr Vater, der flüchtige Gesetzesbrecher) und scherte sich nicht um die Unfähigkeit der Mutter, es mit den Tücken der Sommerzeit und mit der Leere der kurzen und regnerischen Tage aufzunehmen.

Damals hatte Federica es sich zur Gewohnheit gemacht, ihre Lieblingsromane immer wieder zu lesen. In ihnen wimmelte es von Aufsteigern im Frack, zerlumpten Waisenkindern und Ehebrecherinnen in der Gewalt von Abenteurern, und damit boten diese dicken Schmöker ihr Zuflucht in einer entlegenen und unwahrscheinlichen Welt, in der die Pferde nicht müde wurden zu wiehern und die Dampfschiffe nicht aufhörten, Dampf auszustoßen. Immer gab es da ein Pariser Boudoir, in dem Intrigen gesponnen wurden, die Gassen von London eigneten sich besser für Verfolgungsjagden, Petersburger Dachkammern für philosophische Dispute. Federica hatte eine Schwäche für Landgüter und Erbstreitigkeiten.

Wenn man ihr zeitgenössische Werke schenkte, las sie sie gewissenhaft, aber ohne jedes Feuer. Sie lagen ihr einfach nicht. Unflätige Reden, einsame Detektive, verschwundene Kinder (die gewöhnlich ordentlich zerhackt wiederauftauchten) waren nichts für sie. Galt es, die jüngsten Neuerscheinungen, die in aller Munde waren, zu kommentieren, konnte sie vorsichtige Begeisterung oder begründete Zweifel äußern. Aber nichts davon glich den Romanen von Dickens, Tolstoi oder Flaubert, die sie jeden September dem Staub ihrer Regale entriss, um den dunklen und unverständlichen Abgrund in sich zu füllen.

An diesem Nachmittag stimmte etwas nicht. Ein Buch in der einen, die Zigarette in der anderen Hand, verweilte Federica beim Erwachen Tony Buddenbrooks im Haus der Schwarzkopfs am Meer. Obwohl sie die Stelle fast auswendig kannte, konnte sie weder Genuss noch Trost aus dieser Szene ziehen. Tonys Begeisterung für die romantischen Gelegenheiten ihrer achtzehn Jahre war zu romanhaft und süßlich für eine Frau, die das Leben auf so stürmische Weise wiederentdeckt hatte.

Sie hatte mit Matteo geschlafen. Da sie seit einer Weile über das Alter von Flirts hinaus war, hatte sie beim zweiten Vorstoß nachgegeben, ohne große Ziererei. Immerhin war er noch ihr Mann, wenn schon nicht mehr ihr alleiniger Besitz, so doch in Teilzeit.

Als die Abstinenz wegfiel, waren auch die Gründe hinfällig geworden, die sie ausgelöst hatten, und die Illusionslosigkeit, mit der sie versucht hatte, sie aufrechtzuerhalten. Wohl hatte es nach Matteos Flucht zwei Begegnungen gegeben. Zwei Männer im Abstand von wenigen Monaten, einer jünger als sie, der andere entschieden älter. Die Erbärmlichkeit dieser Erfahrungen hatte sie dazu bewogen, es nicht mehr zu versuchen, und sie davon überzeugt, dass diese Sache für sie fortan gestorben sei.

Sie war munter und quicklebendig, allen Tony Buddenbrooks zum Trotz, die meinen, bestimmte Dinge könnten einer Frau mit neunundvierzig Jahren nicht mehr passieren.

Seitdem es geschehen war, war sie ständig außer Atem, als wäre ihre Lunge nicht in der Lage, das Mehr an Luft, das sie eingeatmet hatte, zu verarbeiten. Es gab keine spiegelnde Fläche, die nicht ihren vertrauensvollen Blick angezogen hätte. Der Schlaf war ruhig, das Traumleben abenteuerlich, das Erwachen verheißungsvoll. Im Büro sahen die jüngeren Kollegen sie mit Blicken an, die etwas mehr als Wohlwollen ausdrückten. Sie fühlte sich ständig so, als hätte sie zwei Gläschen getrunken.

Dieses Wohlbefinden bekam nun, da ihr bewusst war, dass Matteo, Martina und Benny in ein paar Stunden zum Abendessen kommen würden, eine festliche Note. Obwohl alles bereitlag, konnte sie sich nicht entspannen. Sie ließ das Buch aufs Sofa fallen, ohne sich die Seite zu merken, und ging noch einmal in die Küche, um zu kontrollieren, ob alles in Ordnung war. Die Parmigiana mit Zucchini stand unter Frischhaltefolie im Kühlschrank. Die große Auflaufform war voll mit duftenden und bunten Zutaten, dem Rot der Tomaten, dem Grün der Zucchini und des Basilikums, dem Weiß der Mozzarella. Abgesehen vom gehackten Knoblauch, den sie wegen Bennys Unverträglichkeit weggelassen hatte, hatte sie sich gewissenhaft an das Rezept von Lia Zevi gehalten. Nur mit dem Majoran hatte sie ein bisschen übertrieben, Matteo hatte eine Schwäche dafür.

Mit einer Tasse grünem Jasmintee kehrte sie ins Wohnzimmer zurück und streckte sich wieder auf dem Sofa aus. Neugierig schaute sie zum Tisch hinüber, als ob jemand anderer ihn gedeckt hätte: Platzsets aus Bambus, Teller mit Blumenmuster, uneinheitliche Gläser, Alltagsbesteck. In einer flachen Glasschale schwammen rote Gerbera und setzten in der warmen Ruhe des Nachmittags einen Farbakzent. Sie nahm das iPad und kontrollierte noch einmal ihre Nachrichten, während das Fernsehen von einem Mädchen schwätzte, das in einer Provinz im Nordwesten ermordet worden war. Martina hatte gesagt, sie würde etwas früher kommen, um ihr zu helfen, doch es war ratsam, nicht zu fest damit zu rechnen.

Seit einer Weile war ihre Tochter unzuverlässig. In diesem Sommer hatte sie mehr Unheil angerichtet als in ihrem ganzen übrigen Leben. Die Flucht aus der Villa am Meer, die Nacht am Strand, der Streit mit den Schwiegereltern, die ehelichen Scharmützel, schlechte Laune, Appetitlosigkeit. War das der Tribut, den die Wiederkehr des Vaters forderte? Sie hätte ihr näher sein, ihr zuhören müssen. Aber wie konnte sie das, wenn Matteos Anwesenheit sie selbst vor allen anderen verwirrte?

Gott allein wusste, wie sie sich im Lauf der Jahre bemüht hatte, in Martina keinen Groll aufkommen zu lassen! »Warum muss ich jeden Tag mit Papa reden?«, hatte sie aufbegehrt, als Federica sie wieder einmal gebeten hatte, ihn anzurufen. Sie war eben vierzehn geworden und zeigte erste Anzeichen der Unwilligkeit gegenüber kindlichen Pflichten. »Weil es ihn freut«, hatte Federica, ohne zu zögern, geantwortet. »Aber wir haben uns nichts zu sagen. Er fragt mich immer dasselbe.« »Hör mal, Schatz, wenn du es nicht seinetwegen und auch nicht deinetwegen tun willst, dann tu es für mich.« »Okay, Mama, aber ich verstehe es nicht.«

Das war sie, ihre Tochter: Obwohl immer zum Nachgeben bereit, beanspruchte sie doch das Recht, Widerwillen und Abneigung gegen jede Form der Irrationalität zu bekunden. Als wäre alles ungerecht und falsch, was sie nicht verstand. Unlängst hatte sie gehört, wie Martina gegen Lorenzos Idee, im August zum Hochseefischen nach Kalifornien zu fahren, in ähnlicher Weise protestiert hatte. »Stell dir vor, Mama, nach Kalifornien. Seit Jahren schlage ich ihm das vor, um Papa dort zu überraschen. Nie ist er darauf eingegangen. Jetzt, wo Papa hier ist, will er mich zum Fischen nach Kalifornien mitnehmen. Ausgerechnet dorthin!« Auch da hatte Martina letztlich nachgegeben, doch es war Lorenzo teuer zu stehen gekommen. Sie hatten nur gestritten und den Urlaub vorzeitig abgebrochen. »Was ist los mit dir, Schatz? Was ist es diesmal, was du nicht verstehst?«

Federica hatte sich vorgenommen, mit Matteo darüber zu reden, aber als Gelegenheit dazu war, hatte sie es doch lieber aufgeschoben. Vielleicht fürchtete sie, dass praktische Notwendigkeiten den Traum von der Versöhnung, in dem sie lebte, zunichtemachen könnten. Während des Sommers waren sie wie junge Verliebte durch die Stadt gestreift. Neue Viertel und neue Lokale zu entdecken (sie, die sonst so selten ausging), sie mit den Augen eines Heimkehrers zu sehen war gewesen, wie wieder zum Kind zu werden. Das Glück ist zerbrechlich, es bedarf des Schutzes. Umso mehr, als eine Rückkehr nach Amerika nicht so bald bevorzustehen schien; zumindest hatte

Matteo aufgehört, davon zu reden. Sandrine, seine junge Frau, hatte er nicht mehr erwähnt. Er sprach lieber über Tati und Ada Almagià. Seit ein paar Wochen wohnte er bei ihnen, und trotz seiner Bemühungen fand er dieses Zusammenleben immer schwieriger. Federica wagte nicht, ihm anzubieten, bei ihr zu wohnen, und doch, wie sie im Jahr zuvor noch von einer anderen Zukunft für Tony Buddenbrook geträumt hatte, obschon sie wusste, dass es unmöglich war, so hoffte sie jetzt, dass zwischen ihr und Teo … Dieser Abend musste einfach perfekt werden, das Essen, der gedeckte Tisch, die Gäste. Sie war froh, dass Lorenzo seinen Vater zu einem Kongress nach Lübeck begleitete; nicht, weil Federica diesen Jungen nicht gemocht hätte (einen besseren Schwiegersohn konnte man sich gar nicht wünschen), sondern weil es ohne ihn leichter war, die intime häusliche Atmosphäre von einst wiederherzustellen. Jetzt, da ihr das gestohlene Gut zurückgegeben wurde, jetzt, da alles dort weiterging, wo es vor fast zwanzig Jahren so jäh unterbrochen worden war, wollte die zweite Signora Zevi den im Laufe der Jahre herangereiften, durch ihre Umsicht vermehrten Kredit kassieren, mit Zins und Zinseszins. Sie wollte alles zurück, alles, bis auf den letzten Cent.

8

Ein Einsatz der NAS, der polizeilichen Gesundheitsbehörde, hatte Viola am Telefon gesagt. Doch im Orient Express erwartete ihn kein Szenario des Verbrechens, kein Wachposten am Eingang, keine Spurensicherung mit Mundschutz und Latexhandschuhen auf der Jagd nach Beweisen. Es war alles so, wie er es verlassen hatte. Im rötlichen Septemberlicht funkelten die Tabletts des Afternoon Tea voller Scones und Tramezzini, während ein alter Song von Sam Cooke die Gemüter der Gäste wärmte. Im ersten Moment dachte er, es handle sich um einen Scherz. Aber wer war so dumm, nicht zu wissen, dass Scherze an diesem Ort nicht zulässig waren?

»Er wartet auf dich«, sagte Viola und huschte aus dem kleinen Raum, in dem Giorgio sonst die Lieferanten empfing. Sie trug eines ihrer geblümten Kleider zu den obligaten Stiefeln. Der für ihr Kindergesicht etwas zu auffällige Lippenstift passte gut zu dem Tattoo eines zugedröhnten Lou Reed an ihrem Handgelenk.

»Wer?«

»Der Typ von der NAS.«

»Einer allein?«

»Er will den Geschäftsführer sprechen.«

»Was hast du ihm gesagt?«

»Dass du unterwegs bist.«

Obwohl er mindestens genauso verwirrt war wie sie, musste er die Rolle des Unerschütterlichen spielen.

»Wie sieht er aus?«

»Normal.«

»Hast du ihm einen Kaffee angeboten?«

»Natürlich.«

»Hast du in der Küche Bescheid gegeben?«

»Wie denn, wenn ich bei ihm war«, brauste sie auf mit der Impulsivität von jemandem, der es nicht gewohnt ist, dass man ihm Vorwürfe macht. Trug man die Patina von jugendlicher Frechheit ab, lagen darunter bloß Aufregung und Unerfahrenheit.

»Gut, ich kümmere mich darum. Das hast du gut gemacht.«

Giorgio und Viola lächelten, sie wie das kleine Mädchen, das eben aufgehört hat zu weinen, er wie der Papa, der so tut, als ob das Schlimmste vorüber wäre.

Der Mann trug Sandalen und kurze Socken. Unter dem blassblauen Hemd zeichnete sich ein Kettchen mit einem Kruzifix daran ab. Die geröteten Wangen, überzogen von einem gepflegten Bart ohne Schnurrbart, zeigten erste Anzeichen von Erschlaffung, wie alles Übrige auch. Er wirkte wie einer der Zwerge aus dem Märchen.

»Guten Tag, was kann ich für Sie tun?«

Giorgio versuchte, eine höfliche Gefälligkeit in seine Stimme zu legen.

»Ich bin inoffiziell hier.« Und wie um eine so entgegenkommende Äußerung zu widerlegen, hielt der Besucher ihm seine Dienstmarke unter die Nase.

»Ich stehe zu Ihrer Verfügung und bin ganz Ohr.«

»Alle sagen, Sie seien ein nichtswürdiger Mensch.«

»Bitte, was sagten Sie?«

»Ich sprach von Ihrem exzellenten Lokal.«

»Danke sehr.«

»In der Tat haben Sie die Visage eines Verbrechers.«

»Ich habe nicht verstanden.«

»Ich sagte, Sie können stolz darauf sein.«

»Also, all diese Komplimente …«

»Sie haben sie verdient. Leider sind Sie hier in der Gegend nicht sehr beliebt.«

»Bin ich das nicht?«

»Nein, ganz und gar nicht.«

Diesmal hatte er richtig gehört.

»Finden Sie?«

»Sehen Sie, ich will Sie ja nicht beleidigen. Das war das beste Lob, das ich Ihnen aussprechen konnte. Ich bin in diesem Viertel aufgewachsen. Glauben Sie mir, man liebt hier weder Sie noch Ihr Lokal.«

»Ich wusste nicht, dass ich ein solcher Glückspilz bin.«

»Spielen Sie nicht den Bescheidenen. Alle reden von Ihnen.«

»Eher schlecht, wie es scheint.«

»Die Leute sind neidisch und provinziell.«

Er sagte das auf eine gewinnende, nicht förmliche Art, an die Giorgio sich unwillkürlich zu gewöhnen begann.

In der Tat hatte der Besitzer des gegenüberliegenden Hauses sie wegen nächtlicher Ruhestörung angezeigt. Das kam nicht von ungefähr, er war der Schwager des Inhabers der Konditorei an der Ecke. Giorgio vergeudete seine Zeit nicht damit, gewisse Leute zu bekämpfen, er begnügte sich damit, sie zu verachten. Und nicht so sehr wegen der Illoyalität ihrer Sabotageakte als vielmehr wegen der Trägheit und Ungeschicklichkeit, mit denen diese ausgeführt wurden. Er träumte von Gegnern, die seiner würdig waren.

»Da kommt einmal ein junger Mann mit modernen, innovativen Ideen, und denen fällt nichts Besseres ein, als schlecht über ihn zu reden. Dabei weiß doch jeder, dass es bei Geschäften keiner mit euch aufnehmen kann.«

Auf die unangenehm rassistische Note dieser Bemerkung hinzuweisen wäre vergeudete Zeit gewesen und hätte Giorgio einem anderen antisemitischen Vorurteil ausgesetzt, dem der Empfindlichkeit. Aber langsam reichte es ihm. Er hatte viel zu tun. Er dachte an Sara, dachte daran, wie sie auseinandergegangen waren (weswegen eigentlich?); er verspürte eine Mischung aus Schuldgefühl und Zärtlichkeit, das sie seit einiger Zeit in ihm wachrief. Und gleich darauf die übliche Wut (warum schloss sie ihn von so wichtigen Entscheidungen aus?).

»Sie haben mir noch nicht den Grund für Ihren *inoffiziellen* Besuch verraten.«

»Und ob ich ihn verraten habe!«

»Sie müssen verzeihen, aber ich habe nicht verstanden.«

»Ich wollte Sie vor der Bösartigkeit der Leute warnen.«

Eine der Schattenseiten des geschäftlichen Erfolgs, auf die dich niemand vorbereitet, ist die Unzahl von Verrückten, die sich berechtigt fühlen, dir Steine in den Weg zu legen. Das droht, deinen Blick auf den Nächsten radikal zu verändern, indem es alle deine Mitmenschen zu potenziellen Schnüfflern macht.

»Ich verspreche Ihnen, dass ich auf der Hut sein werde. Ich danke Ihnen. Kann ich Ihnen etwas anbieten?« In einer einzigen Bewegung stand Giorgio auf und drückte zugleich den Knopf des Haustelefons, um Viola zu rufen.

»Vielleicht habe ich mich nicht deutlich genug ausgedrückt, Dottor Zevi.«

»Doch, die *Bösartigkeit der Leute*. Alles klar.«

»Ja, aber ich habe den Eindruck, Sie nehmen meine Worte nicht mit dem gebotenen Ernst auf.«

»Warum sagen Sie das?«

»Hören Sie, ich wollte Sie nicht beunruhigen, aber da Sie sich so unvernünftig zeigen …«

»Ich bin ganz und gar nicht unvernünftig.«

»Sehen Sie, meine Frau hat eine Freundin, eine sehr distinguierte Person, sie wohnt gleich hier in der Nähe. Sie ist ein großer Fan von Ihnen. Oder besser, sie war es. Bis vor kurzer Zeit sprach sie von Ihrem Lokal und von Ihnen selbst natürlich nur in den höchsten Tönen. ›Ihr müsst unbedingt hingehen‹, wiederholte sie immer wieder allen gegenüber. ›Es ist das beste Restaurant in Rom.‹ Es handelt sich um eine Person, die gesellschaftlich sehr engagiert ist, vor ein paar Jahren hat sie sich sogar zur Wahl aufstellen lassen. Es fehlten ihr nur eine Handvoll Stimmen. Entschuldigen Sie, wenn ich etwas weiter aushole, aber ich will Ihnen die Situation veranschaulichen, damit Sie begreifen.«

»Hören Sie«, unterbrach ihn Giorgio, ohne seine Ungeduld zu verbergen.

»Lassen Sie mich ausreden, ich bitte Sie. Jetzt komme ich zum Punkt. Von einem Tag auf den anderen hat sie ihre Meinung geändert. ›Der Erfolg ist ihnen zu Kopf gestiegen‹, fing sie an zu sagen. ›Ich weiß nicht, was passiert ist.‹ Einmal habt ihr sie nicht Platz nehmen lassen, weil noch einer der Tischgenossen fehlte, das hat sie euch übel genommen. Ein andermal habt ihr ihr einen lauten Tisch zu nahe bei den Herdplatten gegeben. Sie musste danach ihre Jacke reinigen lassen.«

Giorgios Ungeduld war dabei, in Ungehaltenheit umzuschlagen, als die Erzählung eine gefährliche Wendung nahm: »Neulich morgens kommt sie zu mir ins Büro. Außer sich. Sie sagt, sie und ihre Tochter hätten wegen einer Vergiftung die Nacht im Krankenhaus zugebracht. Anscheinend hatten sie hier gegessen, ich weiß nicht, vielleicht rohen Fisch. Wir haben lange miteinander geredet, bis sie mich fragte, ob nicht Grund für eine Anzeige bestehe.«

Plötzlich hatte Giorgio einen schlechten Geschmack im Mund, wie von fauligen Kirschen. Obwohl er keinen Hunger hatte, war ihm schwindlig. In der Tat hatte er heute außer zwei Kaffees und ebenso vielen Keksen noch nichts zu sich genommen. Ein heftiger schleimiger Hustenanfall überkam ihn und raubte ihm fast den Atem.

»Aber Ihnen geht's nicht gut!«, rief der Besucher merkwürdig bemüht.

Giorgio versuchte, sich zu fangen, und entschuldigte sich mit dünner Stimme.

»Ist es wegen dem, was ich Ihnen gesagt habe? Sehen Sie, deshalb wollte ich es nicht direkt aussprechen. Die Leute hören ›Anzeige‹ und bekommen einen Herzinfarkt. Das ist ein Fehler. Man muss Vertrauen in die Justiz haben, Vertrauen in das Gesetz. Wenn Sie das verstehen, wird es Ihnen viel besser gehen. Um die Signora brauchen Sie sich keine Sorgen machen, sie ist unter Kontrolle.«

Obschon in keiner Weise bedrohlich, hatten die Worte des Zwergs wegen der Vagheit der Absichten, die darin mitschwangen, doch einen unangenehmen Klang. Wenn er sich wenigstens an den Verhaltenskodex der Profiteure, die Schmeichelei, gehalten hätte. Dagegen schien das Schmierige hier im Dienst einer höheren Sache zu stehen, ein Ruf zu den spirituellen Waffen: Gesetz, Justiz … Vielleicht war er wirklich gekommen, um ihn zu warnen. Aber vor wem? Vor was? Es war, als wäre eine himmlische (oder satanische) Instanz in die unwahrscheinliche Rolle eines Wanderers geschlüpft, um Rechenschaft über Vergehen zu fordern, von denen Giorgio weder eine Idee noch eine Ahnung hatte.

Um einen weiteren Hustenanfall zu verhindern, benetzte er seine Lippen mit Wasser und erklärte, es tue ihm außerordentlich leid, dass die Freundin sich nicht wohlgefühlt habe. Er werde ihr bei nächster Gelegenheit ein schönes, frisches Sashimi anbieten. Ohne die guten Absichten der Signora anzweifeln zu wollen fand er es dennoch seltsam, dass sie sich in einem seiner Restaurants vergiftet zu haben meinte. Sicher, bei dem täglichen Umsatz an rohem Fisch war es unmöglich, das Risiko auf null zu reduzieren. Aber Hygiene hatte bei ihm oberste Priorität. Sie verwendeten nur Fisch, der noch auf den Fangschiffen tiefgefroren wurde. Es gab keinen Thunfisch oder Lachs, der nicht ausgenommen und sofort in den Schockfroster gesteckt worden war. Jede Nacht nach Schließung des Lokals übernahm er es persönlich, die Arbeitsflächen zu desinfizieren und die Temperatur der Kühlräume zu überprüfen.

Giorgio vertraute darauf, dass ihm die Nennung so präziser und unanfechtbarer Details Erleichterung verschaffen würde. Doch der einzig mögliche Trost schien von der Reaktion des Beamten der NAS auszugehen.

»Wie ich bereits sagte, bin ich weder offiziell hier, noch, um Ihnen eine Predigt zu halten. Es ist klar, dass Sie Ihr Metier verstehen. Ich sage es noch einmal: Das Problem sind nicht Sie, es ist die Welt, in der wir leben. Diese Stadt ist voller Neider und korrupter Menschen. Nun, ich will Ihnen nicht weiter Ihre Zeit stehlen. Ich weiß, dass Sie verstanden haben, was zu verstehen war.«

Der Abgang des Mannes kam Giorgio nicht weniger

unvermittelt vor als sein Erscheinen. Als würde sich ein Gespenst in Luft auflösen. Er bereute es, ihn nicht gefragt zu haben, wie er ihn erreichen könne.

Noch immer durchflutete die warme Nachmittagssonne die Räume. Ihre Unterredung war ihm lang vorgekommen, doch die wenigen Gäste saßen noch beim letzten Tee oder dem ersten Aperitif. Sara kam ihm wieder in den Sinn. Sollte er alles stehen und liegen lassen und zu ihr fahren? Er sah sie vor sich, auf dem Sofa, bewehrt mit ihren unerforschlichen Plänen. Nein, er konnte nicht von Bord gehen, ausgerechnet am Freitag, umso weniger, da der Kahn, seit er wieder auf hoher See war, an allen Ecken und Enden leckte. Alle machten alles falsch, als litten sie noch unter den Folgen der Sommerpause. Das neue Personal war noch nicht eingearbeitet, und die alte Garde fand nur mühsam wieder in ihre Rollen (oder hatte er die Kontrolle über das Steuerrad verloren?). Er hatte den Verdacht, auch das Publikum habe sich verändert. Die blonden, angenehmen, soliden Familien aus dem Norden Roms waren einer kriminellen Halbwelt gewichen, mit kräftigen Bizepsen, den dazu passenden Mädchen und großen Platten von rohem Fisch. Das kam zwar dem Geschäft zugute, gewiss, es ging aber auf Kosten der Reputation. Seit er diesen Beruf ergriffen und sein Leben damit in geordnete Bahnen gelenkt hatte, spürte er zum ersten Mal die schwere Last der Dinge, die er getan hatte, und der Dinge, die zu tun blieben. Saras Immobilienpläne, ihre Stimmungsschwankungen, das seltsame Wesen, das sie in sich trug; die ständigen Vorstöße von Tati und Federica, die ihn mit seinem Vater versöhnen wollten; die Depression der Mutter, die sich verschlimmert hatte, seit Matteo sie besucht hatte, und jetzt auch noch die mysteriösen Weissagungen dieses Gnoms von der

NAS, irgendwo zwischen Drohung und Beschwichtigung. Er hatte all dies aufgebaut, um frei zu sein, und fühlte sich mehr denn je als Sklave.

Unter dem Vorwand, die eben angelieferten Rinderviertel inspizieren zu wollen, und gelenkt von einem Wunsch nach Eiseskälte, zog er sich in den großen Kühlraum zurück.

9

Federica kämpfte noch immer mit Thomas Mann, nahm ihn mühsam zu sich wie den lauwarm gewordenen grünen Tee, als es stürmisch an der Tür klingelte.

Eine Stimme fragte, ob sie die Mutter von Benedetta Zevi sei. Der Vorname der Schwägerin gefolgt vom Familiennamen der Tochter brachte sie durcheinander.

»Was sagen Sie?«

»Sind Sie die Mutter von Benedetta Zevi?«, wiederholte die Stimme ungeduldig.

»Entschuldigen Sie, mit wem spreche ich?«

»Polizei, Signora.«

»Meine Tochter heißt Martina. Benedetta ist ihre Schwägerin, deren Nachname lautet aber Mogherini, nicht Zevi.«

Sich selbst an der Sprechanlage so detaillierte genealogische Auskünfte geben zu hören wunderte Federica. Sie hielt die Luft an, als sie vernahm, wie Martina ihr wild entschlossen widersprach: »Ich heiße Benny.«

Doch das war nichts im Vergleich zu der bestürzenden Szene, die sie auf der Straße erwartete. Ihre Tochter weigerte sich, zwei Männern in Strandkleidung ihren Personalausweis zu zeigen. Vor etlichen Jahren hatte Federica widerstrebend an Studentenkundgebungen teilgenommen, die in Straßenkämpfe ausgeartet waren. Die Frechheit, mit der Martina jetzt den Polizisten begegnete, erinnerte sie an die radikalsten ihrer damaligen Freundinnen. Sie war sarkastisch, ruppig, aufgebracht und dabei in gewisser Weise schön. Nur trugen die Polizisten anstelle der Kampfanzüge eben Shorts, und sie kämpfte, statt für das Recht zu studieren, für das Recht, mit dem Namen ihrer Schwägerin angesprochen zu werden.

»Das ist nicht nötig«, schaltete Federica sich ein, die immer mehr durcheinandergeriet. Und fing wieder an mit der genealogischen Leier: Sie heiße Federica Zevi, sie erwarte ihren Mann Matteo. Dies hier sei ihre Tochter Martina. Sie wisse nicht, warum Martina das nicht zugeben wolle, aber so heiße sie.

Da spürte sie Martinas betrunkenen Blick auf sich. Es lag Enttäuschung darin, Groll und Empörung über den Verrat.

»Hört nicht auf sie«, schrie sie. Es schien, als wolle sie noch viel mehr sagen. Doch sie schwieg.

Sie hätten Martina an der Bar einer Autobahnraststätte gesehen, erklärte der Ältere. Sie habe nicht aufgehört zu trinken. In der Befürchtung, sie könne sich ans Steuer setzen, hätten sie beschlossen einzugreifen, obwohl sie von ihren Familien am Meer erwartet würden. Martina hätte sie hierhin und dorthin gelotst. Zu Hause war niemand gewesen, nicht einmal die Haushälterin. Zum Glück hatten sie am Schluss aus ihr herausbekommen, wo die Mutter wohnte.

»O mein Gott, ich bin wirklich …«

»Wir wollten sie schon in die Zentrale bringen. Sie beschimpft uns, redet Unsinn, und jetzt müssen wir feststellen, dass sie auch falsche Personalien angegeben hat.«

»Ich versichere Ihnen … Sie ist eine so … eine so …«

Während sie noch nach Worten rang, wurde Federica

klar, dass sie zwei Unbekannte von der moralischen Integrität ihrer Tochter zu überzeugen suchte. Etwas in ihr riet ihr zu größerer Vorsicht. Seit den Streiks in der Schule hegte Federica ambivalente Gefühle für die Polizei. Während ihre stark politisierten Freunde ihr plausible Gründe geliefert hatten, weshalb man die Polizei verabscheuen solle, hatte sie sich lange dafür geschämt, das nicht im rechten Ausmaß zu tun. Federica spürte vergessene Impulse in sich aufsteigen, die sie verwirrten. Sollte sie die beiden Männer hinaufbitten und ihnen etwas anbieten, sie überzeugen, dass sie sich täuschten, dass sie und die Tochter liebenswürdige und respektable Personen waren? Oder sich auf Martinas Seite schlagen, mit dem Anwalt drohen, ihnen Übergriffe und Amtsmissbrauch vorwerfen? Einen Mittelweg zu wählen schien die vernünftigste Taktik. Sie dankte ihnen und entschuldigte sich nochmals. Der Jüngere bat sie um ihre Telefonnummer, und sie diktierte sie ihm.

Noch bevor sie das Bad erreichten, erbrach sich Martina. Während Federica alles aufwischte, hörte sie, wie sie sich auf ihr altes Bett warf.

Den ganzen Tag über hatte Federica es sich versagt, Matteo anzurufen, obwohl sie den Impuls dazu verspürt hatte. Genau betrachtet, verbot sie es sich schon seit vielen Tagen, mehr oder weniger seit sie wieder miteinander im Bett gewesen waren. So groß war ihre Angst, er könne die Einladung zum Abendessen vergessen haben, dass sie nicht einmal den Mut aufbrachte, ihn daran zu erinnern. Nun fühlte sie sich auf einmal dazu berechtigt. Ihre einzige Tochter war in Schwierigkeiten. Diesen letzten Auftritt konnte man nicht als einfache Steigerung ihrer vorherigen Extravaganzen auffassen, er war eine Art Qualitätssprung, den gewissenhafte Eltern nicht ignorieren durften. Sie hielt es für ein Glück, dass Martinas Vater in der Nähe war, just wenn die Tochter ihn brauchte.

Leider gehörte Matteo zu der Sorte von irritierenden Individuen, die das Telefon läuten lassen, anstatt dranzugehen. Es war schon halb acht, der Ofen war bereit für den Auflauf, der Merlot atmete im Dekanter, Gerbera und die noch unberührten Kerzen standen in allen Ecken des Wohnzimmers, im Übrigen aber schien alles schiefzulaufen. Was war schlimmer? Martinas Zustand? Matteos Fernbleiben? Oder das Bewusstsein, dass ihr Abendessen voller Patzer sein würde, eine Parodie dessen, was sie sich vorgestellt hatte? Eine bessere Mutter hätte dieses Abendessen jetzt abgesagt, die Tochter erst einmal unter die Dusche gestellt, ihr einen doppelten Espresso verpasst und sie dann einem Kreuzverhör unterzogen, wenn nötig bis zum Morgengrauen. Federica dagegen stand benommen herum und fragte sich, warum ihr in die Jahre gekommener Liebhaber ihre Anrufe nicht beantwortete. Was hatte sie diesmal falsch gemacht? Der Stolz der gekränkten Geliebten brach sich an dem Verdacht, eine schlechte Mutter zu sein.

Ihr Innenleben funktionierte immer noch wie ein Schwurgericht, das dazu berufen war, die Verbrechen der Angeklagten zu verurteilen. In ihrer Kindheit hatte sie sich nach dem verfrühten Tod der Mutter lange Zeit verantwortlich gefühlt für die mangelnde väterliche Bereitschaft, emotionale Bindungen einzugehen. Wer sonst sollte schuld sein, wenn ein so attraktiver Witwer abstinent lebte? Etwas in ihr sagte ihr, dass ihre eigene Enthaltsamkeit nach Matteos Flucht die Strafe dafür war, dass sie den Vater daran gehindert hatte, glücklich zu sein, und dass sie einer anderen Frau den Ehemann ausgespannt hatte. Nun spekulierte sie über einen ursächlichen Zusammenhang zwischen den wollüstigen Freuden, denen sie sich hingegeben hatte, und dem Zustand Martinas. Es gibt kein Glück, das nicht mit Zins und Zinseszins zurückerstattet werden muss.

»Wen rufst du an?«

Die Stimme der Tochter klang neugierig und gebieterisch. Federica, die sie nicht hatte kommen hören, schreckte zusammen.

»Niemand«, antwortete sie ausweichend und steckte ihr Handy zurück in die Tasche. »Was hältst du von einer Dusche?«

Nachdem sie Martina betrunken erlebt hatte, musste sie jetzt das traurige Spektakel ihrer Verwahrlosung mit ansehen. An der Spitze eines ihrer Schuhe klebte noch immer Erbrochenes.

»Keine Lust. Ich hab Hunger.«

»Warten wir nicht auf unseren Gast?«

»Waren es nicht zwei Gäste?«, fragte Martina zurück. In ihrer Stimme schwang ein unpassender Ton der Bangigkeit mit.

»Was? Ich dachte, du weißt es!«

»Ich weiß gar nichts mehr«, murmelte Martina.

»Benny kommt nicht. Sie hat vor einer Stunde angerufen. Sie hat gesagt, es ist ihr was dazwischengekommen.«

»Hat sie dir wenigstens erklärt, was zum Henker ihr dazwischengekommen ist?«

»Entschuldige mal, wart ihr nicht zusammen?«

»Diese blöde Kuh!«

»Habt ihr gestritten?«

Martina antwortete nicht, und Federica wagte nicht nachzufragen.

»Hoffen wir, dass dein Vater die Moral der Truppe hebt«, sagte sie stattdessen, um irgendetwas zu sagen.

»Hoffen wir, dass auch er nicht kommt.«

»Er hat dir doch nichts getan.«

»Ach nein?«

»Er hat sich so auf euer Wiedersehen gefreut«, log Federica und fragte sich sogleich, ob sie auch diese Lüge würde büßen müssen.

Als sie die Auflaufformen aus dem Kühlschrank holte, fiel ihr Blick auf den Merlot. Gott, wie sie den jetzt brauchte, aber es war besser ohne.

Die folgende Stille glich auf fast unerträgliche Weise der, die sich nach Matteos Flucht über die Wohnung gelegt hatte. Das Betragen der neunjährigen Martina damals war untadelig gewesen. Vielleicht weil ihr Abschied vom Vater eher hastig als herzzerreißend verlaufen war. Matteo hatte sie umarmt und ihr wer weiß welche magischen Worte zugeraunt. Kurz darauf hatte Martina aus dem Fenster geschaut und zugesehen, wie der Vater ins Taxi stieg. Erst dann hatte sie sich einem stillen, nicht krampfhaften Weinen überlassen. Die schlimmsten Tage ihres Lebens. Federica war beschämt gewesen bei der Vorstellung, die Schwere der wirtschaftlichen Probleme ihres Mannes verkannt zu haben. Unverzeihlich, dass sie ihm nicht hatte helfen können, terrorisiert von den nächtlichen Drohanrufen, die ihren leichten Schlaf störten.

Und dann war da ihr Häschen, das sich darauf versteifte, die Antworten, auf die es ein Recht gehabt hätte, nicht zu erwarten: Wohin ist Papa gefahren? Warum hat er uns verlassen? Ist er böse auf uns? Kommt er wieder? Wann? Schließlich war es Federica, die die Mauer des Schweigens durchbrach, hinter der sich ihre Tochter verschanzt hatte, und ihr die kleine Ansprache hielt, die vorzubereiten sie so viel Zeit gehabt hatte. »Ich verstehe das nicht«, hatte Martina gesagt, und Federica war den Verdacht nicht losgeworden, sie sei böse auf sie.

Sechzehn Jahre waren seitdem vergangen. Mittlerweile war Martina eine jung verheiratete Frau mit einem ausgezeichneten akademischen Curriculum. Dennoch verhielt sie sich in schwierigen Momenten entschieden unreifer als das gefasste kleine Mädchen von damals. Und wieder einmal wusste ihre Mutter weder ein noch aus. Vielleicht, weil sie sich im Unterschied zur Tochter nicht verändert hatte. Sie war die übliche feige Nuss geblieben, die der Wahrheit lieber aus dem Wege ging.

Fast neun Uhr mittlerweile. Sie saßen wieder im Wohnzimmer. Ab und zu ging Federica in die Küche und kontrollierte, wie weit die Parmigiana war. Zum Überbacken hatte sie den Grill angestellt, und sie hatte Angst, der Auflauf könne verbrennen. Sie konnte nicht still sitzen, zündete die Kerzen an, knipste die Lichter aus, verrückte den Sessel, stellte Bücher ins Regal, schloss ein Fenster, öffnete ein anderes.

Schließlich hatte sie ihre Tochter doch überzeugen können zu duschen. Der Pullover und die Jeans, die sie ihr lieh, waren Martina zu weit, aber alles in allem würde es schon gehen. Danach lag sie barfuß auf dem Sofa und war in wer weiß welche unzusammenhängenden und unwilligen Gedanken vertieft.

»Warum hast du dich so angezogen?«

»Wie, so?«

»Herausgeputzt.«

»Aber doch nicht besonders.«

»Du hast dich auch geschminkt.«

Wollte Martina sie demütigen, wollte sie, dass sie sich lächerlich fühlte?

»Vielleicht habe ich versucht, mir einen gewissen

Touch zu geben«, sagte sie selbstironisch. »Es ist lange her, dass ich jemanden eingeladen habe.«

»Stimmt doch gar nicht. Diesen Sommer hast du ein Essen für deine Kollegen gemacht. Und dann kommt da auch immer dieser Architekt. Apropos, was ist denn aus deinem Architekten geworden?«

»Er ist ganz und gar nicht *mein* Architekt. Er ist ein lieber Freund. Vielleicht ein bisschen langweilig, aber sehr seriös.«

»Und die Seriösen magst du nicht«, sagte Martina, als spräche der Großvater aus ihr.

War es möglich, dass jedes Mal, wenn sie das Recht gehabt hätte, sich über jemanden aufzuregen, dieser Jemand sich über sie aufregte?

»Dieser Ton gefällt mir nicht, Martina.«

»Welcher Ton?«

»Der sarkastische Ton.«

»Wenn Feststellungen verboten sind, dann halte ich eben den Mund.«

»Ja, vielleicht besser so.«

Dass die Weltmeisterin in langem und beharrlichem Schweigen ihr Zurückhaltung vorwarf, war wirklich zu viel. Aber wieder entschied sich Federica, nichts zu entgegnen. Eine innere Stimme bat sie inständig, die Provokation nicht anzunehmen. Noch immer zählte sie auf Matteos Kommen. Bald würde seine Jovialität die Wohnung erhellen und die Konflikte glätten. Der Einfluss, den dieser Mann auf ein Mädchen hatte, das er so selten sah, das er kaum kannte – es war erstaunlich.

Ich bitte dich, Matteo, ruf an, komm und rette uns, wenn nicht mir zuliebe, so doch für deine Tochter.

Seit ein paar Minuten zwang sie sich, nicht alle drei Sekunden auf die Uhr zu schauen. Als Martina den Fernseher einschaltete, ging sie ins Bad. Wie ein verschämtes junges Mädchen, wie eine billige Ehebrecherin stahl sie sich davon, um den Geliebten anzurufen. Der Anrufbeantworter schaltete sich ein, und ihr wurde klar, dass Matteo nicht kommen würde. Sie schminkte sich so weit ab, dass man nicht erkannte, dass sie sich abgeschminkt hatte. Sie legte das verlogenste Lächeln, dessen sie fähig war, auf ihre Lippen und kehrte ins Wohnzimmer zurück, mitten hinein in die Schlacht.

»Papa hat angerufen«, sagte sie, »er kommt ein bisschen später. Was meinst du, soll ich inzwischen die Crostini auftragen?«

Martina antwortete, indem sie den Fernseher ausschaltete und sich auf ihren angestammten Platz setzte, mit dem Rücken zu dem großen Eckfenster.

»Sie sind knusprig, so wie du sie magst«, fügte Federica hinzu.

»Ich hab nicht viel Hunger.«

»Aber du hast doch gesagt …«

»Ich weiß, was ich gesagt habe. Aber ich bekomme Migräne, und mir ist schlecht.«

Sie war froh, dass sie der Versuchung widerstanden hatte, formell aufzudecken. Im Grunde, sagte sie sich – und wären da nicht die zwei leeren Plätze gewesen –, schien es wie eines der vielen Abendessen, die sie während der langen Zeit ihres Zusammenlebens gemeinsam eingenommen hatten.

Beim ersten Bissen stellte Federica fest, dass es einer gewissen Willensanstrengung bedurfte, die Crostini voll dampfend heißer Mozzarella, Origano und Sardellensoße hinunterzuwürgen. Ihre Zunge war ein sattes, träges Walross, die Speiseröhre ein Schlauch ohne Ausgang, der Magen eine unzugängliche Höhle.

Je länger das seit Tagen angekündigte Gewitter auf sich warten ließ, desto stickiger und drückender wurde die Luft. Sie konnten sich auf eine weitere schlaflose Nacht in feuchten Laken einstellen.

»Sollte man nicht den Ofen ausstellen?«, fragte Martina mühsam kauend.

»Schon geschehen.«

»Mit der Parmigiana warten wir auf Papa?«

Ihr Tonfall ließ erkennen, dass der Verdacht, er werde nicht kommen, auch Martina befallen hatte.

»Iss jetzt, dann sehen wir weiter.«

Das Quietschen des Aufzugs, der einen Stock höher hielt, ließ sie zusammenfahren.

»Ich glaube, ich komme ganz nach dir«, sagte Martina und ließ die Gabel mit einer resignierten Geste auf den Teller fallen.

Das hörte sich nicht nach einem Kompliment an, aber Federica hatte keine Lust, sich auf eine Selbsterforschungssitzung einzulassen. Also ging sie nicht darauf ein.

»Wir sind auf der Welt, um massakriert zu werden«, fuhr Martina fort.

»Wirklich!«

»Die Leute demütigen uns, und wir wissen nicht, wie wir reagieren sollen. Wir erleichtern ihnen das Leben, und sie meinen, sie könnten über uns verfügen. Sie verlieren den Respekt vor uns.«

Das war der geeignete Moment, um von Martina Rechenschaft über das Geschehene zu verlangen, um zu erfahren, warum sie in diesem Zustand aufgekreuzt war, in Begleitung der Polizei wie eine Kriminelle, älter und zynischer als sie ihren Jahren und dem Familienstand nach hätte sein dürfen.

»Wir sind wirklich übel zugerichtet«, sagte Federica lächelnd.

»Ich merke das wenigstens, Mama. Du hingegen kannst nur Witze darüber machen.«

Einmal hatte der Therapeut, zu dem sie drei Jahre nach Matteos Flucht gegangen war, zu ihr gesagt: »Signora, Ihr Problem ist, dass Sie Konflikte hassen.«

Problem? Warum Problem? Seit wann ist der Wunsch, Konflikte beizulegen, Unstimmigkeiten und Meinungsverschiedenheiten auszuräumen, ein Problem?

»Signora, indem Sie den anderen das Recht verwehren, böse auf Sie zu sein, machen Sie sie nur noch wütender.«

Nun, das hatte sie wirklich wütend gemacht, und so hatte sie noch am selben Tag die Therapie beendet.

»Schatz, wenn du meinst, ich nehme dich nicht ernst, dann bitte ich dich um Entschuldigung.«

»Ich brauche keine Entschuldigungen.«

»Dann sag mir, was du brauchst.«

»Antworten.«

»Ich würde dir ja gern welche geben, wenn ich die Frage verstanden hätte.«

»Warum hast du nie die Scheidung verlangt?«

Das war sie, die Frage. Ihr Vater stellte sie ihr seit sechzehn Jahren fast täglich; manchmal stellte sie sie sich in den langen nächtlichen Selbstgesprächen auch selbst. Aus Martinas Mund erhielt sie allerdings eine so dringliche und dramatische Autorität, dass sich jede Antwort erübrigte. Die roten Gerbera verwelkten in ihren Vasen, die Kerzen verbogen sich, die Dünste eines nicht enden wollenden Sommers trübten die Fensterscheiben und verbargen die Geister.

Warum verlange ich nicht die Scheidung? Warum habe

ich sie nie verlangt? Warum verlange ich sie auch diesmal nicht, nach dem x-ten Affront?

Besser, man liebt ein Leben lang den falschen Mann, als dass man überhaupt niemanden liebt.

10

Wiederaufgetaucht aus der Gefrierkammer des Todes, hatte Giorgio sich vom freitagabendlichen Trubel erfassen lassen. Er hatte die üblichen Konflikte gelöst, die üblichen Rüffel verteilt, die üblichen Komplimente erhalten.

Gegen halb elf fand er in seinem Büro etwas Ruhe. Auf dem Schreibtisch erwartete ihn ein Teller mit Zucchini-Röllchen, gefüllt mit Wolfsbarsch, ein Gericht, das er auf die Speisekarte für den Winter zu setzen erwog. Viola hatte es dort hingestellt, zusammen mit einer mittlerweile lauwarmen Flasche Menabrea-Bier.

Um den Blutgeschmack im Mund loszuwerden, den der lange vernachlässigte Husten immer häufiger hinterließ, verschlang er das Essen hastig, fast ohne zu kauen. Nebenher übertrug er die offenen Rechnungen in sein MacBook. Beim Blick auf den Teller sah er, dass zumindest da die Rechnung nicht aufging: Dort hätten vier Zahnstocher liegen sollen, es waren aber nur drei. Er suchte auf dem Tisch und am Boden. Wo war der vierte hin? Ein beunruhigender Verdacht ließ ihn zusammenfahren. Hatte er ihn verschluckt?

Über das Haustelefon rief er Viola. Sie fragte ihn, wie es möglich sei, einen Zahnstocher unbemerkt zu verschlucken. Vielleicht, mutmaßte er, war er in einem länglichen Bissen hinuntergerutscht. Wie ekelhaft, kommentierte sie, mehr ungläubig als angeekelt. Er bat sie, sich doch beim Koch nach der Anzahl der auf den Teller gelegten Zucchini-Röllchen zu erkundigen. Viola erinnerte sich ganz genau, vier gebracht zu haben. »Na, frag ihn trotzdem«, wiederholte er. Unterdessen machte sich auf der Höhe seines Brustbeins ein unangenehmes Gefühl breit. Ein paar Minuten später bestätigte ihm Viola, was sie beide bereits wussten: Es waren vier Zucchini-Röllchen gewesen.

»Dann habe ich ihn verschluckt!«, stieß er fast tonlos aus.

»Und wenn schon? Es ist doch bloß ein Stückchen Holz.«

»Was, wenn er etwas durchbohrt?«

Jetzt war es an Viola und dem Kassierer, auf allen vieren nach dem verlorenen Zahnstocher zu suchen. Giorgio sah es nicht ähnlich, aus privaten Gründen Personal aus dem Service abzuziehen oder andere zu zwingen, zu seinen Füßen zu kriechen. Doch jetzt, da ihm ein ungesunder Schweiß auf die Schläfen getreten war, hatte er jede Klarheit und jede Achtung vor seinen Nächsten verloren.

»Hier ist nichts«, sagte der Kassierer.

»Er kann sich doch nicht in Luft aufgelöst haben!«

»Hier unten ist auch nix zu sehen!«, ergänzte Viola.

»Wenn du willst«, schlug der Kassierer vor, »gehe ich die Campingtaschenlampe holen.«

»Nicht nötig, ich habe doch Licht am iPhone«, erinnerte sich Viola.

Das fehlte noch, die Campingtaschenlampe und das Licht irgendeines iPhones! Er ließ sie zu ihren Aufgaben zurückkehren und rief Doktor Arbib an. Er war ein Hausarzt der alten Schule, den so leicht nichts aus der

Fassung brachte und der gewissenhaft und schlaflos genug war, dass man ihn auch mitten in der Nacht stören konnte. Eine Weile lang war er ein wichtiger Verbündeter in Giorgios Kampf gegen Lia Zevis Hypochondrie gewesen. Auch deswegen war er verwundert, dass Arbib ihm nach ein paar allgemeinen Ratschlägen wie zum Beispiel, sich mit Brot vollzustopfen, empfahl, sich untersuchen zu lassen.

»Wahrscheinlich ist es nichts. Aber wenn du dich dann sicherer fühlst, ist eine Röntgenaufnahme schon sinnvoll.«

»Um diese Zeit?«

»Dazu gibt es ja die Ambulanz.«

»Ich würde das lieber vermeiden.«

»Dann gehst du morgen früh auf eigene Rechnung in eine röntgenologische Praxis.«

»Und was mache ich heute Nacht?«

»Ich sag's dir noch einmal, Giorgio, es ist wahrscheinlich nichts, aber wenn du ganz sichergehen willst, bleibt nur die Ambulanz.«

Er erreichte das nächstgelegene Krankenhaus, als Böen eines heißen afrikanischen Windes das Unwetter ankündigten, das die gesamte Stadt seit Wochen herbeisehnte. Ein starker Geruch nach Ozon kitzelte ihm in der Nase, aber die ersten säuerlich stinkenden Regentropfen verpesteten die Luft und steigerten die Hitze nur noch.

Die Ambulanz lag im Kellergeschoss eines riesigen, heruntergekommenen Gebäudes und war zehnmal so groß wie die, in der Lia Zevi die letzten Minuten ihres Lebens verbracht hatte. Von LED-Leuchten erhellt und von Keimen verseucht, war es dort bereits sehr voll. Obwohl alles nur zur Flucht und zum Davonlaufen einlud, war Giorgio nicht nach Flucht zumute. Die Nacht war zu lang, um sie in Erwartung eines blutigen Todes zu verbringen. Er bekam keine Luft mehr, als hätte der Zahnstocher seine Luftröhre durchbohrt, und ab und zu fühlte er, wie er die zarten Darmwände zerriss.

Die Frau an der Aufnahme glich eher einem Kühlschrank als einem menschlichen Wesen. Giorgio versuchte, ihr die Situation zu erklären, und verspürte dabei die Scham dessen, der sich freiwillig der Lächerlichkeit preisgibt.

»Wie groß war er?«

»Standardgröße«, hörte er sich sagen, als ob das einen Sinn ergäbe.

»Haben Sie Schmerzen?«

Manchmal ja, brennend und nicht zu unterdrücken. Wenn der Schmerz Ruhe gab, trat dafür Übelkeit auf. Ausgehend von einem nicht näher bestimmbaren Punkt im Bauch strahlte sie überallhin aus, bis sie die ganze Menschheit erfasst hatte. Aber wie sollte man das einem Kühlschrank erklären?

»Schmerzen? Es ist eher ein Unwohlsein.«

»Kategorie weiß.«

»Wie bitte?«

»Sie gehören zur Kategorie weiß. Nehmen Sie Platz, wir rufen Sie gleich auf.«

Enttäuscht über seine Haltung, über seine Unfähigkeit, sich Geltung zu verschaffen, setzte er sich auf eine Bank in der Nähe des Eingangs, gerade als der Schmerz im Magen erneut einsetzte und ihn quälte. Anstatt nach unten zu wandern, wie es natürlich gewesen wäre, drängte ein Klumpen nach oben und wollte hinaus.

Die Zeit zerfloss. Das spezifische Gewicht der Sekunden schwankte wie ein Aktienkurs an der Börse; in den Momenten, in denen die Magenschmerzen nachließen, konnte Giorgio wieder durchatmen, wenn ihn hingegen die Stiche plagten, hatte er Lust zu weinen. Leute, denen es wesentlich weniger schlecht ging, kamen nach ihm und wurden vor ihm aufgerufen, was eine unfassbare Ungerechtigkeit war. Als ein Junge mit einem aufgeschlagenen Knie vor ihm drankam, fragte er seinen Nachbarn, ob er wisse, was »Kategorie weiß« genau bedeute. »Dass du nicht vor morgen früh hier rauskommst.«

»Mama ... Mama ... Mama ...«

Die heiseren und klagenden Rufe kamen von einer halb nackten Alten, die mitten im Raum auf einer Bahre lag. Wegen der Feuchtigkeit rang sie nach Luft. Wie war sie hierhergelangt? Sie war allein.

Bei einem Blick auf sein iPhone stellte Giorgio drei Dinge fest: Es gab kein Netz, es war mitten in der Nacht, und er hatte Sara noch nicht Bescheid gegeben. Vielleicht hatte sie im Restaurant nach ihm gefragt. Vielleicht auch nicht, nachdem sie heute so auseinandergegangen waren. Er musste sie anrufen. Seinen Platz aufzugeben war allerdings riskant. Sicher würde man ihn aufrufen, sobald er draußen war. Aber was konnte er anderes tun?

Es regnete in Strömen. Durch den ungesunden Dunst hindurch war das Gespenst einer riesigen Palme zu erkennen, die in unregelmäßigen Abständen vom Licht der Blitze erhellt wurde. Das Wasser rauschte in Bächen über die Simse herab. Er fand Zuflucht unter einem Vordach.

Sara antwortete beim zweiten Klingeln. Sie beschwerte sich, dass er sie geweckt habe. Wie spät es um Himmels willen denn sei? Giorgio entschuldigte sich, dann erklärte er ihr alles, fast alles. Er erwähnte etwas von einem Unfall in der Küche. Das Ganze würde jedenfalls länger dauern, und er riet ihr, nicht auf ihn zu warten. »Hatte ich auch nicht vor«, sagte sie, doch in ihrer Stimme schwangen Erleichterung und Rührung mit.

Auf dem Weg zurück in den Wartesaal begegneten ihm zwei Männer im Jogginganzug, die einen Sarg trugen. Genau da hörte er, wie sein Name aufgerufen wurde.

Er hatte sich immer vorgestellt, wie die Dinge auf der anderen Seite der Barrikade funktionierten, jenseits der Türen, hinter denen er Lia Zevi so oft hatte verschwinden sehen. Er hatte sich Defibrillatoren, grüne Kittel und blutgetränkte Tupfer vorgestellt. Doch diese Art von Ambulanz, bestehend aus einem Korridor, der sich in ein Labyrinth von engen Kämmerchen verzweigte, war nichts weiter als die ideelle Fortsetzung des Purgatoriums, in dem er schon so viele Stunden geschmort hatte. Hier gab es keine Begleitpersonen, nur Patienten (im eigentlichen Sinn des Wortes). All jene, von denen er sich so ungerecht hintangesetzt gefühlt hatte, waren hier und warteten. Die einen dösten auf der Bank, andere jammerten auf einer Bahre. Fügsam wie eben von der Front heimgekehrte Soldaten, verletzt am Fleisch und am Geiste. Giorgio schlief in einem Rollstuhl ein.

Geweckt wurde er von einem Hustenanfall und einer Stichflamme in seinem Bauch. Der Husten war real, der Brand war Einbildung. Einige Leidensgenossen schienen mittlerweile verschwunden zu sein. Doch da war wieder die Alte, die weiterhin unablässig nach ihrer Mama rief.

Immer beunruhigter dachte Giorgio an den offenen Sarg, der an ihm vorbeigetragen worden war. Vielleicht war er für diese Frau bestimmt. Vielleicht auch für ihn. Er dachte ans Leichenschauhaus. An die Kühlzellen, in die die Leichen geschoben wurden. Lia Zevi musste mittlerweile ein fortgeschrittenes Stadium der Verwesung erreicht haben. Würde er zu ihr kommen? Er verspürte das Grauen der Blindheit und bekam erneut keine Luft, seine Gliedmaßen gehorchten ihm nicht mehr. Er sah die gerade Linie des EKG, das Besteck für die Autopsie vor sich. Nachdem der glänzende Zahnstocher mehrere innere Organe verletzt hatte, fischte man ihn aus dem Blut seines Darms. Vor Angst stieß er ein leichtes Stöhnen aus, das niemand bemerkte.

Er hätte weinen mögen, war aber zu verschreckt. Das Unwetter rüttelte mit erbarmungsloser Gewalt an den Rollläden, während der Zahnstocher in ihm erneut alle empfindlichen Stellen plagte, Kehle, Darm, Prostata. Und niemandem machte es etwas aus. Er hätte beten mögen wie seit seiner Bar-Mizwa nicht mehr, und auch damals hatte er es ohne Überzeugung getan. Wie üblich war Matteo nicht zur Feier erschienen, obwohl er es versprochen hatte, und zusammen mit diesen unverständlichen hebräischen Formeln hatte Giorgio den Geschmack der Demütigung des Waisenkindes im Mund gehabt.

Er dachte an Sara, an das Erwachen, das sie erwartete, an Federica und das Abendessen (ob sie ihn vermisst hatten?), sogar an den Vater, an Martina und Tati. Alle fehlten sie ihm. Nicht ohne Wollust und Selbstmitleid stellt er sich ihre erschütterten Gesichter vor, wenn sie von seinem Tod erfuhren. Rührung erfasste ihn beim Gedanken an den eigenen Tod, als beträfe dieser einen alten Freund, den er gerngehabt hatte. Dann sah er zum ersten Mal die Augen seines Kindes vor sich und hörte seine Stimme, die nur so vor Sympathie und Vitalität sprühte. Armer Kleiner, es erwartete ihn ein Schicksal schlimmer als sein eigenes, eine Kindheit ohne Vater. Matteo war immerhin bis zu einem bestimmten Zeitpunkt da gewesen. Er hatte Giorgio sogar die Zeit gelassen, seine Verwandlung vom

Helden ohne Fehl und Tadel in einen sentimentalen Clown mitzuerleben.

Endlich holte ihn ein Pfleger. Er begleitete ihn zum Aufzug. Nachdem er wie für ein Kind oder einen Behinderten den Knopf für ihn gedrückt hatte, ließ er ihn dort mit einer Patientenmappe allein zurück.

Die Langsamkeit dieses klapprigen Aufzugs schürte bei Giorgio den Verdacht, die Röntgenabteilung befinde sich in der Erdmitte. Die Türen öffneten sich auf einen stillen und eisigen Flur, als würde dort immer Winter herrschen. Diesmal war der Hustenanfall so schauderhaft, dass er Angst bekam, seine eigene Lunge auszuspucken.

»Was für ein Scheißhusten!«

Der Kommentar kam aus dem Nebenzimmer.

»Wie bitte?«, fragte Giorgio und hustete noch immer.

»Wirklich ein Scheißhusten«, insistierte die Stimme.

»Ich muss eine Röntgenaufnahme machen lassen.«

»Das scheint mir das Minimum.«

Der kleine Mann, der hinter einem Paravent zum Vorschein kam, passte perfekt in dieses unterirdische und eiskalte Universum. Zierlich und blass, trug er so dicke Brillengläser, dass sie sogar einem Maulwurf zu viel gewesen wären.

Giorgio reichte ihm die Mappe.

»Die brauche ich nicht. Ich weiß, wo ich nachschauen muss.«

»Ich bin nicht wegen des Hustens hier.«

»Und warum dann?«

»Ich habe einen Zahnstocher verschluckt«, sagte Giorgio ernst. Auf einmal schämte er sich nicht mehr, als hätte er den richtigen Gesprächspartner gefunden und den geeigneten Ort, um eine so ausgefallene Angst zum Ausdruck zu bringen.

»Sie wollen mir sagen, Sie husten wegen des Zahnstochers? Das ist das Absurdeste, was ich je gehört habe!«

Entnervt suchte Giorgio nicht nach einer Erwiderung. Der Mann forderte ihn auf, das Polohemd auszuziehen, sich neben die große durchsichtige Platte zu stellen und die Arme zu heben. Dann richtete er das Röntgengerät auf ihn und ließ ihn vor Kälte und Ärger zitternd dort stehen. Giorgio rief die letzten Reserven an Stoizismus in sich wach. Es war der einzige Verbündete, den er noch hatte.

Als der Vorgang zu Ende war, wies der Radiologe ihm ein anderes Zimmer an.

»Wie lange wird das dauern?«

»So lange wie nötig.«

»Sollte ich nicht besser oben warten?«

»Nein, den Befund kriegen Sie hier.«

Ein Stich in der linken Seite ließ ihn zusammenzucken. Dieses verdammte Stückchen Holz hörte nicht auf, ihn zu plagen. Sah so das Sterben aus? Allein, vergessen, in Eiseskälte, des Tageslichts und des Lächelns der anderen beraubt.

Steif vom Sitzen sah er wieder die Rinderviertel vor sich, die er vor ein paar Stunden inspiziert hatte. Die Gemeinsamkeit mit diesen sanften, gemarterten Kreaturen überwältigte ihn. Er fragte sich, wie viele Tiere er nach zehn Jahren des Restaurantbetriebs auf dem Gewissen hatte. Im Grunde war nicht viel an ihnen genießbar; alles, was nicht auf dem Teller landete, füllte einen Müllsack nach dem anderen: Knochen, Fett und sogar die so zutraulichen, so sanften Augen. Arme Tiere, hingemetzelt, um in ein Zwanzig-Euro-Gericht verwandelt zu werden. Dazu diente ihr Leben. Und seines? Letztlich war es ein großer Vorteil, an der Spitze der Nahrungskette zu stehen. Seinen Überresten würde man die Ehre erweisen, die ihnen gebührte; Respekt vor dem menschlichen Leben, eine würdevolle Bestattung. Genügte das, um sein Leben besser zu machen als das eines Rinds, eines Lamms oder einer Languste?

Nichts, wofür er sich abgerackert hatte, erschien ihm noch sinnvoll. Und im Übrigen hatte er keine Vorstellung, was er aus der Zeit, die ihm blieb, machen sollte. Er verspürte eine vage, allgemeine Sehnsucht nach etwas, das ebenso vage und allgemein war. Der Horizont war so bedrängend nah, dass ihn klaustrophobische Anwandlungen überkamen. War sein Mund voller Metall und Blut, so war der Rest erschöpft, benommen, erschreckt. Während er derart grübelte, fiel das Licht aus. Generalprobe für die Ewigkeit. Er kauerte sich, so gut es ging, in Embryonalstellung auf ein kleines Sofa. Es durchströmte ihn das unbestimmte Behagen dessen, der im Begriff steht, in Tränen auszubrechen.

»Mama … Mama … Mama …«

War die Alte hier oder träumte er? Als das Licht wieder anging, wusste er, dass es kein Traum war. Man hatte Erbarmen gehabt und eine Decke über sie gebreitet. Zu dieser Stunde musste der Schweiß auf ihrem Gesicht zu einer eisigen Maske geworden sein. Giorgio näherte sich ihr. Er nahm ihre Hand. Sie war wärmer als erwartet.

»Signora, hören Sie doch auf. Jetzt rufen wir jemanden.«

Es war, wie mit einem Stuhl zu sprechen. Er kam sich verrückt vor. Sie dagegen schien die Berührung zu spüren und sich darüber zu freuen. Sie drückte seine Hand. Und sah ihn voller Dankbarkeit an: »Mama.«

»Ich bin da«, sagte Giorgio, »ich bin hier.«

An der Tür wartete eine Ärztin auf ihn. Giorgio zog

die Hand mit einer gewissen Vorsicht zurück, strich die Decke der Alten glatt und versuchte, sich selbst in Ordnung zu bringen.

»Wir haben den Befund.«

»Danke. Sagen Sie, kann man nicht etwas für diese Frau tun?«

»Keine Sorge, wir kümmern uns darum. Jetzt folgen Sie mir bitte.«

Giorgio fragte sich, ob ihr Ton ruhig und beschwichtigend oder eher entschlossen und alarmierend war. Er empfand eine merkwürdige Scham. Er hielt sich immer topfit, war jemand, der auf seine Erscheinung Wert legte. Nach einer albtraumhaften Nacht in diesem physischen und emotionalen Zustand vor einer schönen jungen Frau zu stehen, die entschieden gebildeter war als er, kränkte sein Selbstwertgefühl so sehr, dass er sie nicht ansehen konnte.

Sie klemmte die Aufnahmen vor einen beleuchteten Bildschirm und sagte sofort, dass da nichts zu sehen sei. Kein Fremdkörper. Rein gar nichts. Freilich könne nur eine Magenspiegelung ihm absolute Sicherheit geben, aber sie rate ihm davon ab.

»Ich würde das sein lassen. Ich glaube nicht, dass man einen Zahnstocher hinunterschlucken kann, ohne es zu bemerken. Außerdem hätten Sie ihn jetzt bereits verdaut.«

Er stellte sich vor, dass sie frisch promoviert war und aus einer Medizinerfamilie stammte. Ihr Ton war knapp und höflich, die Haare von einem Haarreif gehalten, die große Brille verkleinerte kaum merklich ihre dunklen Augen voller Klugheit und Strenge.

»Dafür haben Sie einen Bronchitisherd. Ich würde Ihnen Antibiotika verschreiben.«

»Und der Zahnstocher?«

»Wie gesagt, von dem ist keine Spur.«

»Kann ich also gehen?«

»Aber sicher.«

Die Oleanderbüsche rings um den Parkplatz hatten dem Unwetter getrotzt, auch wenn am Boden Gefallene in Form von weißen und rosa Blüten lagen. Das Wasser lief durch tiefe Risse im Asphalt. Der blank gefegte Himmel hatte die bronzefarbene Helligkeit des ausgehenden Sommers. Die Luft war frisch und würzig.

Er hatte Hunger, er träumte von einer Dusche und einem Kaffee. Auf dem Lungotevere herrschte viel Verkehr, das war ihm nicht unangenehm; er stand still da und betrachtete die Stadt, wie sie zum Leben erwachte. Dann kaufte er zwei Hörnchen in der Bäckerei in der Via Trilussa, die Sara so gern mochte. Er war entschlossen, ihr entgegenzukommen, angefangen bei der Wohnung und allem Übrigen. Es konnte kein Glück für ihn geben, das nicht bei ihr, bei ihnen seinen Anfang nahm.

Sie war noch im Bett. Der zerwühlte Zustand der Laken ließ darauf schließen, dass auch hier drinnen die Nacht nicht die einfachste gewesen war. Sie musste länger auf ihn gewartet haben, als sie den Mut hatte zuzugeben. Es gab nichts, was Giorgio mehr liebte als ihre duftende Wärme unter der Decke.

»Wir müssen die Steppdecken herausholen«, murmelte sie, während sie spürte, dass er sie von hinten umarmte. »Ist dir nicht kalt?«

»Noah ist ein schöner Name«, sagte er zu ihr. »Das klingt gut, Noah Zevi.«

Dritter Teil

Die Ängste des Aufbruchs

I

An diesem Nachmittag kam Tati früher als gewöhnlich nach Hause, streckte sich auf dem Bett aus und verkündete seiner Frau, dass er nicht zur Weihnachtsfeier im Orient Express gehen werde.

Ada war gerade im Bad und schminkte sich ab. Sie schaute kurz hinaus, eben lange genug, um festzustellen, dass er die Schuhe nicht ausgezogen hatte, und ihn zu fragen, ob er den Verstand verloren habe.

Als hätte er nur auf diese Frage gewartet, erwiderte er: »Bin nie mehr bei Verstand gewesen.«

»Darf man erfahren, was du hast?«, fuhr sie ihn an, als sie in Morgenmantel und Pantoffeln aus dem Bad kam.

»Es wundert mich, dass du mich das fragst«, sagte er seelenruhig und holte eine Toscano aus der Hemdtasche hervor.

Während Rauchwolken aufstiegen, fragte sich Ada nicht ohne Zynismus, ob die charakterliche Veränderung, die in jüngster Zeit in ihrem Mann vorgegangen war, nicht auch seine allseits bekannte Empfänglichkeit für moralische Erpressung betraf.

»Hast du wieder angefangen zu rauchen?«

»Ich habe nie aufgehört.«

»Im Schlafzimmer?«

»Immer noch besser als der Geruch dieser Creme, mit der du ins Bett kommst.«

Ihn auszuschimpfen, war nicht mehr so befriedigend wie früher. Jetzt, da er ihr handfeste und zahlreiche Gründe lieferte, ihn zu verabscheuen, trauerte Ada der Zeit nach, da sie ihn grundlos verabscheut hatte. Ach, die schönen Zeiten, als Tati der perfekte Ehemann gewesen war, für jede Frau außer für seine eigene! Tatsache war, dass sie die Sanftheit ihres Gatten immer mit der Vorstellung von dem großartigen Vater assoziiert hatte, der er hätte sein können, wenn die Natur ihm nur Gelegenheit dazu geboten hätte.

Sie hatten sehr jung geheiratet und ein beträchtliches Vermögen angehäuft für einen Erben, der sich nicht einstellen wollte. Als das Adoptionsverfahren schon auf der Zielgeraden war, wurde bei Tati auf der Höhe des rechten Schulterblatts ein Melanom festgestellt. Es wurde schnell entfernt, machte ihn aber, zumindest nach den geltenden strengen gesetzlichen Regelungen, für die Vaterschaft ungeeignet. Seither mied das Leben das Haus der Almagià. Jeden Morgen zitterte das Sonnenlicht fröstelnd bei der Berührung mit dem Marmor seiner Fußböden, ohne das Leid zu lindern. Es wurde sogar noch verschärft durch die Schlaflosigkeit der Frau und die Ruhelosigkeit des Mannes.

Um diese Leere zu füllen, hatten sie Exodus gegründet, einen gemeinnützigen Verein, der diskriminierte oder auf andere Weise in Schwierigkeiten geratene Juden bei der Auswanderung nach Israel unterstützte. Der einzige diskriminierte und in Schwierigkeiten geratene Jude, über den sie sich nie einig werden konnten, war Matteo. Tatis Einsatz zugunsten seines Freundes hielt sich mit Adas Abneigung die Waage. Welche Erleichterung, als Matteo vor sechzehn Jahren das Feingefühl besessen hatte, sich aus dem Staub zu machen! Von wegen Israel, nach Alaska hätte sie ihn geschickt oder gleich ins All. Kalifornien war ein akzeptabler Kompromiss gewesen.

Seit Anfang des Sommers gezwungen, ihn bei sich zu beherbergen, nutzte Ada jede Gelegenheit, ihren Mann zu fragen, ob man denn darauf hoffen dürfe, ihn früher oder später wieder loszuwerden. Mit anbrechendem Herbst waren Tatis Antworten immer einsilbiger und ruppiger geworden: »Er bleibt hier, solange es nötig ist.«

Nötig wozu? Das war die Frage, die zu stellen Ada nicht den Mut hatte, aus Angst vor den zu erwartenden ausweichenden und feindseligen Antworten ihres Mannes.

Matteo war in ihr Leben getreten, und Tati hatte den Verstand verloren.

»Willst du mir erklären, warum?«

»Ich gehe nicht hin und fertig.«

»Aber wenn doch alle dort sind!«

»*Fast* alle.«

»Aha, das ist es also?«, fragte sie und tat so, als würde sie es erst jetzt begreifen.

»Natürlich ist es das. Giorgio übertreibt wirklich. Es war schon eine schöne Gemeinheit, ihn nicht zur Brit Mila seines Sohnes einzuladen! Aber heute Abend? Das wäre die ideale Gelegenheit für eine Geste der Versöhnung.«

Während er sprach, sah er ihr unverwandt in die Augen (eine weitere unangenehme neue Angewohnheit), die Hände auf dem wieder prosperierenden Bauch. Die streng makrobiotische Diät, die man ihm nach seiner Krankheit verordnet hatte, war von den Leckerbissen, die Matteo zubereitete, zunichtegemacht worden. Schade, dass ihr Gast den Pflichten der Dankbarkeit nur in Form der Zubereitung von lukullischen Mahlzeiten nachkommen konnte oder wollte. Jeden Abend sah sich Ada, die seit jeher gegen eine feste Hausangestellte gewesen war, genötigt, die in ein Schlachtfeld verwandelte Küche aufzuräumen. Als ob das nicht genügte, schauten die beiden Freunde gern und oft in der berühmten Pizzeria oder in der Eisdiele ihrer Jugend vorbei, um zu überprüfen, ob die Crostini der einen und das Pistazieneis der anderen noch auf der Höhe ihres Rufs und ihrer nostalgischen Erinnerungen waren.

Warum mischte Tati sich weiterhin ein? Was sollte er noch für Matteo und Giorgio tun, bis die beiden lernten, allein zurechtzukommen? Im Übrigen hatte Tati als Gesellschafter des Orient Express auch schlicht und ergreifend die Pflicht, an der Feier teilzunehmen. Dachte er nicht an die Freunde, die sie eingeladen hatten?

Sie geriet in Fahrt. Mit einer beredten Handbewegung bedeutete er ihr, die Stimme zu senken: Die Gitarrentöne und die kehligen Countrylaute, die in ihrer Wohnung Einzug gehalten hatten, zeigten an, dass Matteo in seinem Zimmer war.

»Wie soll er uns denn hören, wenn er brüllt wie John Denver?«

Die Musik hinderte sie jedoch nicht daran zu bemerken, dass es an der Tür läutete. Ada ging und öffnete.

»Sara! Was machst du denn hier? Ist etwas passiert?«

»Alles in Ordnung. Ja, entschuldige, wenn ich so ohne Vorankündigung hereinplatze. Ich müsste mit Matteo sprechen, wenn es möglich ist. Ich habe versucht, ihn anzurufen, aber er geht nicht ran.«

»Ich weiß, er geht nie ran. Hörst du ihn? Er ist in seinem Zimmer. Nimm Platz. Soll ich dir einen Kaffee machen?«

»Vielleicht ein Glas Wasser, bitte.«

Ada hatte eine Schwäche für Sara. Sie hatte sie auf die Welt kommen sehen und hatte die Tragödie, die mit sechzehn über sie hereingebrochen war, von Nahem miterlebt, wie auch die nicht eben vorbildliche Geschichte ihrer Ehe. Sie war froh, dass sie mit Giorgio zusammen war und dass sie gemeinsam ein wenig Zufriedenheit gefunden hatten. Schließlich war sie es gewesen, die die beiden miteinander bekannt gemacht hatte.

»Sag bloß, du hast deine beiden Männer allein zu Hause gelassen«, sagte Ada und reichte ihr ein Glas Wasser.

»Noah ist bei Mama, Giorgio im Lokal.«

»Du siehst gut aus.«

Das war keine bloße Floskel. Das Kind hatte ihnen zu schaffen gemacht. Vorzeitig durch einen Kaiserschnitt zur Welt gekommen, hatte es die zum Überleben nötigen Pfunde zugelegt, während die Mutter ihre überflüssigen losgeworden war. Und jetzt sieh sie dir an, strahlend wie ein junges Mädchen!

»Ich hätte nicht gedacht, dass ein Kind zu haben …«, begann Sara, verschluckte jedoch das Weitere.

Die Vergeblichkeit des Versuchs sich fortzupflanzen, bringt eine Reihe von sozialen Nachteilen mit sich, angefangen beim Mitleid der anderen. Sie hätte es vorgezogen, wenn Sara spontan von den Freuden und Leiden der Mutterschaft erzählt hätte, statt sich hinter einer förmlichen Zurückhaltung zu verschanzen.

»Ich habe gehört, Giorgio ist überglücklich«, spornte Ada sie an.

Sara erzählte, in den schwierigsten Zeiten habe Giorgio die Arbeit vernachlässigt, um am Inkubator zu stehen. »Und auch jetzt«, schloss sie, »kümmert er sich um alles. Wenn er könnte, würde er ihn stillen.«

Ada hörte nicht zum ersten Mal von diesen Männern, die durch die Vaterschaft wunderbar verwandelt wurden. Das Leben ohne Kinder enthält dir eine wesentliche Etappe in der Entwicklung vor. Eines Abends gehst du jung und hoffnungsfroh ins Bett, und am nächsten Morgen wachst du auf und bist alt und nutzlos wie ein VHS-Rekorder.

»Tati und ich, wir fanden, diese Brit Mila war wirklich eine bewegende Sache«, sagte sie, um ihre melancholischen Gedanken zu verscheuchen.

»Ich danke dir.«

»Eine der schönsten, die ich je erlebt habe.«

Es sei Giorgio gewesen, der großen Wert darauf gelegt habe, erklärte Sara. Er wolle, dass Noah eine ernsthaftere religiöse Erziehung erhalte als er selbst.

»Eine schöne Sache, oder?«

»Ich bin eine Frau der Wissenschaft«, witzelte Sara über sich selbst, und um auch ihren Partner zu verspotten, setzte sie hinzu: »Es sieht ganz so aus, als würde mein künftiger Mann alles sehr ernst nehmen.«

»Ihr heiratet? Wirklich?«

»Ich habe die Scheidung eingereicht«, sagte Sara errötend und zeigte ihre von einem Brillanten geschmückte Hand vor.

»Aber das ist ja wunderbar. Und wann?«

»Nächsten Sommer, glaube ich.«

Seit ein paar Minuten hatte Matteo aufgehört, Gitarre zu spielen.

Ada kam um vor Neugier, sie wollte die Gründe für Saras Besuch erfahren, wusste aber nicht, wie sie die Frage formulieren sollte.

»Schaffst du es, heute Abend zu kommen?«

»Sicher. Ich würde auch gern Noah mitbringen …«

»Im Ernst? Wie schön. Auch wenn bei dieser Kälte … Pass auf, pack ihn gut ein.«

»Entschuldige Ada, was ist mit Matteo?«

»Ich mit meinem dummen Gerede. Ich sage ihm Bescheid.«

2

Der Streit mit Sandrine via Skype stellte Matteos ohnedies schon wankenden Glauben an eine mögliche Verständigung zwischen den Geschlechtern auf eine harte Probe. Seine junge Frau, die vierte, verlangte, dass er in ein Flugzeug nach Los Angeles stieg, sofort, unverzüglich! Ob sie eine Vorstellung habe, was Flüge an Weihnachten kosteten? Diese Frage – sein letzter Trumpf – kam für sie nicht unerwartet. Sie hatte für vierhundert Dollar auf seinen Namen einen Flug bei Air Lingus gebucht, einer von den Linien, die einmal um die Welt fliegen, bevor sie ihr Ziel erreichen.

»Mein Rücken ist nicht mehr in dem Alter für zwei Tage Flug.«

»Für zehn Jahre Gefängnis aber schon?«

Sandrine sprach das korrekte, affektierte und irritierende Englisch der gebildeten Pariserin. Und der Umstand, dass sie sinnvolle Dinge sagte, machte ihre Argumente nur noch unerträglicher. In der Tat, er spielte mit dem Feuer. Das war schon mit Pamela, seiner Frau aus Pasadena, so gewesen, die ihn in der schwierigsten Zeit seines Exils in ihrem Ehebett aufgenommen und aus ihm einen ehrbaren Mann und amerikanischen Bürger gemacht hatte. Aber die Geschichte mit Sandrine war schmutziger. Damit er sie heiratete, hatte sie ihm zwanzigtausend Dollar gezahlt, von denen Matteo seit fast einem Jahr lebte. Und nun war der übliche schnüfflerische Angestellte des Immigration Office aufgetaucht, misstrauisch gemacht durch die lange Abwesenheit des Mannes und die Langmut der Frau, und hatte sie ins Visier genommen.

»Ich weiß nicht mehr, was ich ihm sagen soll. Ich habe ihm alle möglichen Geschichten aufgetischt. Dass du Probleme in der Familie hast, Geschäfte zum Abschluss bringen musst … Aber er hat es durchschaut. Ich habe ihm versprochen, dass wir Silvester zusammen verbringen werden.«

»Silvester?«

»So machen das Frischvermählte.«

»Komme ich dir wie ein Frischvermählter vor?«, fragte er und näherte sein Gesicht der Kamera.

Sandrine hatte recht, aber er war so sehr daran gewöhnt, im Unrecht zu sein, dass er beschloss, sich nicht darum zu scheren und auf seinem Standpunkt zu beharren. Er bat sie, Zeit herauszuschinden, schwor bei seinen Kindern, dass er den ersten Flug im Januar nehmen würde, und nach einer Weile gelang es ihm, sie zu beschwichtigen, wer weiß wie. Er war immer wieder überrascht von seiner verblüffenden Fähigkeit, die Frauen zu beruhigen, und fragte sich, ob eine solche Macht als Gabe oder als Verhängnis zu betrachten war.

»Was machst du an Weihnachten?«, fragte sie entspannter.

»Du vergisst, dass ich Jude bin.«

»Vielleicht weil die Juden in meiner Umgebung reich und rechtschaffen sind.«

»Und du? Was hast du vor?«

»Übermorgen kommen meine Eltern. Wir machen einen Ausflug ins Napa Valley.«

Ah, ein schönes Wochenende zwischen Hügeln und Weinbergen! Gott, wie er sie beneidete.

»Grüß sie von mir, auch wenn ich sie nicht kenne.«

»Ich glaube nicht, dass du der Schwiegersohn ihrer Träume bist.«

»Hast du ihnen erklärt, dass du es warst, die um meine Hand angehalten hat?«

»Nein, und ich habe auch nicht die Absicht, es zu tun. Ich möchte ihre Geringschätzung mir gegenüber nicht noch vergrößern.«

Nachdem er die Verbindung beendet hatte, ging er ins Bad, um nach dem Wasser zu sehen. Ergonomische Badewanne, separate Dusche, Fußbodenheizung, ein Luxus-WC, von den Almagiàs für den Sprössling eingerichtet, als sie noch glaubten, einen haben zu können. Dass Matteo in den Genuss der Früchte dieser Bemühungen kam, musste für Ada ein ständiger Stein des Anstoßes und Grund zur Empörung sein. Was für ein Aufheben um ein Kind! Kinder werden überbewertet. Seine eigenen hatten keine Skrupel gekannt, ihm die Ferien zu vermiesen. Das abweisende Benehmen Martinas konnte ja noch angehen, aber Giorgios Ostrazismus war eine echte Schweinerei. Der Junge trieb es wirklich zu bunt, ihn von dem Kind fernzuhalten, ihn von der Beschneidungszeremonie auszuschließen. Grausamkeit um ihrer selbst willen. Und jetzt? Zu seinem Scheißfest in seinem Scheißlokal hatte er die ganze Welt eingeladen – außer seinen Vater, den armen Mann, der bald wieder abreisen musste.

Er hatte schon einen Fuß im Wasser, als es an der Tür klopfte.

»Entschuldige, Matteo, ich bin's.«

Das war Adas Stimme. Was hatte er denn jetzt schon

wieder falsch gemacht? Er ließ den Aschenbecher voller Kippen verschwinden, versprühte überall Eau Sauvage, ging und öffnete die Tür.

»Oh, entschuldige, ich wusste nicht …«, sagte sie mit gespielter Betroffenheit.

»Macht nichts. Was ist?«

»Legst du Parfüm auf, bevor du badest?«, fragte sie misstrauisch.

Wenn es etwas gab, was er an Ehefrauen hasste, an ausnahmslos allen Ehefrauen, dann war es dieses Sherlock-Holmes-Syndrom.

»Sara ist im Wohnzimmer.«

»Sara? Was du nicht sagst. Ist sie allein?«, fragte er in der Hoffnung, sie möge es nicht sein.

»Kommst du rüber?«

Nein, er würde sie in seinem Reich der Düfte empfangen.

Er hatte sie nur ein einziges Mal in Los Angeles gesehen, als sie und Giorgio gekommen waren, um ihn zu besuchen. Nur ein paar Worte hatte er mit ihr gewechselt, aber sie hatte ihm sehr gefallen. Sie hatte nichts gemein mit den arroganten Schicksen, mit denen Giorgio gewöhnlich verkehrte. Keine Spur von Affektiertheit bei ihr. Sie sprach wenig, dafür freimütig. Ohne Giorgios Wissen hatte sie ihn über die Wechselfälle der Schwangerschaft auf dem Laufenden gehalten und ihm die ersten Fotos von Noah innerhalb und außerhalb des Inkubators geschickt.

»Entschuldigen Sie die Störung.«

Sie siezte ihn sogar. Wenn man es recht bedachte, war sie eine der wenigen Personen, die ihm mit Respekt begegneten.

»Aber nicht doch, mein Schatz. Was für eine schöne

Überraschung, dich zu sehen! Du siehst fabelhaft aus. Ich muss mich entschuldigen. Ich war eben dabei, ein Bad zu nehmen. Meine müden Knochen!«

Nicht einmal im entferntesten streifte Matteo der Gedanke, Saras Verlegenheit könne von der Intimität der Situation herrühren. Ein Siebenundfünfzigjähriger empfing sie in seinem Schlafzimmer, und jetzt stand er vor ihr, barfuß im weißen Bademantel, unter dem makellose, unbehaarte Knöchel so dünn wie Selleriestangen zum Vorschein kamen. Im Zimmer herrschte Chaos, als gehöre es einem Teenager oder wäre soeben geplündert worden. Ein paar karierte Boxershorts lagen am Boden und bedrohten Saras Fuß; die Gitarre lehnte schief am Heizkörper; die Spitze eines Turnschuhs schaute unter dem Bett hervor; das Tellerchen auf der Kommode quoll über von Pistazienschalen.

»Darf ich?«, fragte er und zündete sich eine Zigarette an.

»Aber selbstverständlich.«

»Wäre ich bei mir zu Hause, würde ich dir etwas anbieten, aber hier ist es wie im Straflager.«

»Machen Sie sich keine Sorgen, Ada hat schon …«

Matteo hatte eine Schwäche für diese wohlerzogenen und bescheidenen jüdischen Mädchen.

»Es freut mich wirklich, dich zu sehen«, sagte er, nunmehr vollkommen in seinem Element. »Eine schöne Überraschung.« Dann erkundigte er sich nach dem Befinden des Babys. Sara zeigte ihm die neuesten Bilder auf ihrem Handy. Matteo, der Babys vergötterte (eine meist erwiderte Regung), erkannte zu seiner Erleichterung, dass dieses Kind wirklich ein Wunderwerk war, schön, verschlafen und vor allem blutsverwandt. Das verschärfte seinen Groll auf Giorgio, wie bei einer alten Kriegsverletzung während eines Gewitters.

»Ich habe gehört, die Mila war wunderschön.«

Sara wandte den Blick ab und stotterte: »Ihr Sohn hat großen Wert darauf gelegt … Es ist, als ob er seit einer Weile … seit Noah da ist … Das religiöse Gefühl …«

»Ich weiß, ich weiß, nach dem ersten Sohn entdecken alle den Abraham in sich«, bemerkte er sentenziös und mit unverhohlenem Sarkasmus. Dieser so angenehme Besuch begann, ihm die Laune zu verderben, und schlechte Laune war für ihn eine Zeitverschwendung.

»Ich habe gehört, dass Sie abreisen«, sagte sie endlich.

»Sieht so aus.«

»Für wie lange?«

»Wer weiß? Ich muss mich neu sortieren. Nicht alle haben das Glück, ein Mädchen wie dich an ihrer Seite zu haben.«

Obwohl das ein Kompliment war, hatte es geklungen wie ein Vorwurf. Sara errötete, und Matteo fragte sich, ob das Geheimnis seines Erfolgs bei den Frauen in der Art lag, wie er sie in Verlegenheit zu bringen wusste.

»Anfang Januar breche ich meine Zelte ab. Ich habe das Ticket schon gekauft«, log er, als hätte er einen Moment lang Sara und Sandrine verwechselt, obwohl Letztere schöner und jünger war als die schöne und junge Schwiegertochter.

»Ich bedauere das Verhalten Ihres Sohnes aufrichtig. Schon oft habe ich mit ihm darüber diskutiert. Ohne viel Erfolg, wie man sieht. Dann habe ich gestern Abend von Federica erfahren, dass Sie nach Los Angeles zurückkehren, und ich habe es Giorgio gesagt. Um es kurz zu machen: Es würde uns freuen, wenn Sie heute Abend zu dem Fest kämen.«

»Wenn du *uns* sagst«, brachte Matteo die Silben einzeln

betonend vor, »meinst du damit, dass es auch *ihn* freuen würde?«

»Ich will Sie nicht belügen. Es ist schwierig gewesen, Sie wissen, wie starrsinnig er ist. Sagen wir, es ist mir gelungen, ihn zu überzeugen. Ich glaube nicht, dass ihr heute Abend Gelegenheit haben werdet, euch auszusprechen. Aber ich lege Wert darauf, dass ihr euch seht. Das Einzige, worum ich Sie bitten würde, wenn Sie Lust haben, dabei zu sein, ist, dass Sie ein bisschen früher kommen. Ich habe beschlossen, Noah mitzunehmen, wir werden aber bald heimgehen müssen. Es wäre schön, wenn er seinen Großvater kennenlernen würde.«

Schließlich ist es, schien in Saras Satz mitzuschwingen, der einzige Großvater, den er hat.

3

Selbst in der dritten Reihe hatte Lorenzo Mogherini Schwierigkeiten gehabt, vor dem Bahnhof einen Parkplatz zu finden. Seine Schwester hatte ihm eben Bescheid gegeben, dass der Zug, mit dem sie kam, zehn Minuten Verspätung hatte. Er war in Bürokleidung und hatte feuchte Haare; sie nach zwei Stunden Tennis nicht zu trocknen, war Teil des Vergnügens, die Arbeit zu schwänzen und mitten am Nachmittag in den Klub zu eilen. Er dachte an seinen Partner im Doppel, der ihm unter der Dusche erzählt hatte, dass er das letzte Match in der Wohnung einer Escort-Lady gesehen habe. Er habe den Service bezahlt, aber sie hätten nichts gemacht. Stattdessen hätten sie sich mit einem Teller Nudeln vor den laufenden Fernseher gesetzt. Mit welchem Überschwang er sie umarmt habe, als ihr Team die Aufholjagd gewann!

In früheren Zeiten hätte Lorenzo über diese Anekdote gelacht. Doch seit einer Weile wurden ihm diese Geschichten von Massagen und Huren, eine wahre Obsession seiner Freunde, immer unerträglicher. Er hütete sich wohl, sie zu verurteilen, das nicht, aber er achtete noch mehr darauf, sich nicht anstecken zu lassen. Für ihn war die eheliche Treue eine ernste Angelegenheit. Andere Frauen nicht anzurühren machte die Gelegenheit, die eigene zu berühren, kostbar, umso mehr, als Martina ihm dies gerade nicht gestattete.

Und es war nicht das Einzige, was sie ihm verwehrte. Seine Frau entwickelte ein wahres Talent, ihm das Leben schwer zu machen. An diesem Morgen, um nur ein Beispiel zu nennen, hatte sie ihm vorgeschlagen, in den Urlaub zu fahren. Im ersten Moment hatte ihn das gefreut, bis er feststellen musste, dass sie *sofort* meinte, noch vor den Feiertagen.

»Und was soll ich meinen Eltern sagen?«

»Du könntest auch einmal etwas tun, ohne sie zurate zu ziehen.«

»Aber du weißt doch, wie großen Wert meine Mutter darauf legt, uns an Heiligabend bei sich zu haben.«

»Das heißt, wir werden ihr schon wieder Kummer bereiten, und wie üblich werde ich die Schuld dafür bekommen.«

Ihn verletzte weniger ihr Sarkasmus – man gewöhnt sich an alles – als das, was dahintersteckte. Martina war unglücklich, und er wusste nicht, was er dagegen tun konnte. Sie hatte das Festessen an Heiligabend immer geliebt. Warum jetzt nicht mehr? Wen wollte sie büßen lassen? Ihn? Seine Familie? Die ganze Welt?

Alles hätte er sich träumen lassen, aber nicht, dass er eines Tages zwischen seiner Frau und seiner Familie würde wählen müssen. Doch genau dahin brachte ihn Martina, beherrscht von derselben Unduldsamkeit, die sie dazu trieb, jedes Freizeitvergnügen systematisch zu sabotieren, sei es der Kinobesuch am Freitagabend oder der romantische Segeltörn am Wochenende.

Lorenzo hatte noch eine Rechnung mit der Trägheit der Mädchen seines Milieus offen, diesen blöden Zicken, die sich in Begeisterungslosigkeit überboten, mit ihren »ich weiß nicht«, »ich habe keine Lust«, »nicht jetzt«. An seiner Frau liebte er die Heiterkeit und Leichtigkeit, die sich früher an Weihnachten noch gesteigert hatten. In sechs Jahren Ehe war es immer sie gewesen, die die Initiative ergriffen und sich um den Baum gekümmert hatte, den Schmuck, die Geschenke; einmal hatte sie die Tanne zu nah an den Heizkörper gerückt (Anfängerfehler), ein andermal hatte sie sich eine Krippe in den Kopf gesetzt, ohne überhaupt den Unterschied zwischen den Heiligen Drei Königen und dem Heiligen Josef zu kennen. Eines Tages hatte sie ihm lachend gestanden, dass man den Zauber von Weihnachten als Tochter eines abtrünnigen Juden und einer eingefleischten Kommunistin als exotische Angelegenheit zu schätzen wisse. Wo war sein witziges und selbstironisches Mädchen geblieben?

An diesem Morgen war die Diskussion ausgeartet. Lorenzo, des Ertragens und Erduldens müde, hatte ihr alles vorgeworfen, ihre schlechte Laune, ihre Nachlässigkeit, ihre Trägheit, ihren Sarkasmus, ihre Fluchten, die sexuelle Abstinenz. Zunächst hatte Martina nichts erwidert, hatte dann in aller Ruhe angefangen, sich auszuziehen, Pullover, Bluse, Schuhe, Strümpfe, BH ... Lorenzo hatte ihr entsetzt zugesehen, als fände dieser methodische Striptease nicht in der Intimität des ehelichen Nests statt, sondern auf offener Straße. Schließlich hatte sie nur noch den Slip an, zornig und fröstelnd. »Los, worauf wartest du noch? Ist es nicht das, was du willst? Das Einzige, was dich interessiert? Aber mach schnell, ich muss in die Bibliothek, und es ist nicht gesagt, dass es eine Wiederholung geben wird.«

Lorenzos Abgang war von klassischem Türenknallen begleitet gewesen. Den ganzen Tag lang hatte ihn das Bild seiner halb nackten Frau gequält, die sagte, eine Wiederholung gebe es nicht. Was meinte sie damit? Dass sie nicht mehr miteinander schlafen würden? Dass sie sich von ihm trennen wollte? Noch Schlimmeres, das Lorenzo sich gar nicht auszumalen wagte?

Das waren die ersten Fragen, die er Benny stellen wollte, vorausgesetzt, er brachte den Mut auf, ihr etwas so Intimes und Demütigendes zu gestehen.

Warum gerade ihr? Weil sie seine Frau besser kannte als jeder andere. Weil sie die Intelligenzbestie in der Familie war und Lorenzo angefangen hatte, seine Unfähigkeit, Martina zu verstehen, auf einen Mangel an Intelligenz zurückzuführen. Und vor allem, weil die Dinge sich überschlugen und er verzweifelt war.

Um sechs Uhr war schon der Abend über die Stadt hereingebrochen. Der Nordwind hatte die Luft gereinigt, die Gehsteige verschmutzt und die Römer dazu bewegt, Schals und Daunenjacken hervorzuholen.

Benny schlüpfte rasch ins Auto, in der Hoffnung, Schutz zu finden vor der Kälte, die absurd war für eine subtropische Stadt. Doch sie wurde von einem noch beißenderen Frost empfangen. Alles im Wageninneren, sogar die Wärme der Heizung, war eine Hymne auf den Winter, angefangen bei Lorenzo, der finster dreinblickte wie bei einem Beerdigungszug.

Schroff fragte er sie, was sie in Mailand gemacht habe, und Benny antwortete, da habe es einen Kongress gegeben – so hatte sie beschlossen, den verheirateten Mailänder zu nennen, mit dem sie schlief. Gewöhnlich war er es, der sie in Freiburg besuchte, aber diesmal war sie zu ihm gekommen. Zum Glück forschte der Bruder nicht weiter nach.

»Wann müssen wir dort sein?«

»Nicht vor acht, glaube ich.«

»Kommen Mama und Papa auch?«

»Alle kommen.«

Nach dem Wochenende in Mailand fand sie Rom ein bisschen verlottert. Weihnachten war hier keine große Sache. Die teils nicht funktionierenden Lichter zeugten vom Zynismus und der Schlamperei derer, die sie der Ordnung halber angebracht hatten. Eine Befana beschimpfte den Betreiber einer senegalesischen Garküche. Ein Mädchen im Dufflecoat stampfte mit dem Fuß auf und zeigte auf die Tablets und Smartphones in einem Schaufenster, ohne dass seine Mutter ihm Beachtung geschenkt hätte.

»Stört es dich, wenn ich ein bisschen aufmache?«

»Oh, entschuldige. Zu warm?« Er drehte an den Knöpfen am Armaturenbrett.

»Gehst du so?«

»Ich setz dich ab und ziehe mich dann zu Hause um.«

»Ich würde mein Leben dafür geben.«

»Wofür?«

»Nicht hingehen zu müssen. Ich träume von einer Dusche, einem Kräutertee und meinem Somerset Maugham«, jammerte Benny (um nichts in der Welt hätte sie das Fest versäumen wollen).

»Fang du nicht auch noch an!«

Er sagte das mit erregter Stimme, voller Groll. Und Benny begriff, dass sie nicht die Erste in der Familie war, die Zicken machte. Vielleicht spielte Lorenzo auf die Mutter an, für die die einzig vorstellbare Form von Mondänität die war, bei der sie die Opulenz ihrer Gastfreundschaft zur Schau stellen konnte.

»Mama?«

»Nein, Mama hat nichts damit zu tun.«

Dann musste es Martina sein. Was hatte sie jetzt schon wieder angestellt?

»Hast du in letzter Zeit mit meiner Frau gesprochen?«, fragte er vorsichtig.

»Ein paar Mails«, log sie schon wieder. Es waren erheblich mehr gewesen.

»Ich weiß, ich sollte dich nicht fragen … Oder vielleicht doch«, er unterbrach sich, fuhr dann aber fort: »Hat sie dir zufällig von unseren Problemen geschrieben? Eigentlich ist ja sie es, die Probleme hat, mir geht es prächtig. Jedenfalls würde es mir prächtig gehen, wenn sie …«

»Ist etwas passiert?«

»Nur, dass sie mich hasst.« Unzufrieden über dieses Geständnis, versuchte er es zu korrigieren. »Oder zumindest erträgt sie mich nicht mehr. Sie lässt keine Gelegenheit aus, mir zu zeigen, wie lästig ich ihr bin. Du solltest sehen, wie sie mich anschaut.«

»Wie?«

»Wie jemanden, der alles falsch macht. Gestern hat sie es fertiggebracht, sich darüber aufzuregen, wie ich den Salat esse. Sie sagt, ich mache dabei ein Geräusch, das einem in die Knochen fährt. Daraufhin versuche ich, langsamer zu essen, ohne Lärm zu machen. ›So ist es noch schlimmer.‹ Ich lasse die Gabel auf den Teller fallen und sage ihr, dass ich keinen Appetit mehr habe, und sie entgegnet mir, sie ertrage es nicht, wie ich mich zum Fußabtreter mache.«

»Und du?«

»Ich habe ihr gesagt, sie kann mich mal.«

Mittlerweile ertrage ich nicht einmal mehr, wie er sich das Hemd auszieht. So begann eine der ellenlangen Mails, die Martina ihr regelmäßig schickte, seit Benny Anfang November nach Freiburg zurückgekehrt war. Wortreiche, traurige Mails, die sie fünfmal hintereinander las, die zu beantworten sie sich aber wohl hütete, in denen Martina sich preisgab, mit Wollust von ihrem Selbsthass sprach, von ihrer Abneigung gegen Lorenzo und von der Liebe zu ihr.

Er macht nur die oberen beiden Knöpfe auf, zieht es über den Kopf wie ein Polohemd und lässt es neben dem Bett liegen. Ich habe ihm tausendmal gesagt, dass man das nicht macht. Dass es respektlos ist. Dass man die Hemden bis zum letzten Knopf aufknöpft und in den Korb im Badezimmer wirft. Nichts zu machen, er schert sich nicht darum. Du solltest sehen, wie er Hotelzimmer zurichtet, nasse Handtücher, Colaflaschen und leere Erdnusspäckchen überall. Ich schäme mich dermaßen, dass ich dort morgens kurz aufräume und die Bettdecken glatt ziehe. Es ist eine Frage des Respekts. So hat meine Mutter es mir beigebracht …

Lorenzo hatte einen Umweg vom Bahnhof zum Haus seiner Eltern eingeschlagen. Als er in die Via della Conciliazione einbog, bot der Petersdom genau das Spektakel von Majestät und Größe, auf das er angelegt war, die Kolonnade, die Kuppel, der imposante Baum, die lebensgroße Krippe, Panzerfahrzeuge des Militärs, alles leuchtete.

Und dann ist er nie zu Hause. Wenn ich ihn anrufe, ist er immer bei seiner Mutter. Was macht er da, verdammt noch mal? Wenn nicht bei dir, ist der einzige Ort, an dem ich sein möchte, mein Zimmer, in dem wir geschlafen haben, wenn du bei mir übernachtet hast. Ich schließe mich dort ein mit meinen Sachen, den Fotos, den Postern, den Büchern, den Plüschtieren, den Aufzeichnungen zu Mathematik und Latein, deinen Geschenken, den

Buttons von Konzerten, den Tassen von unseren Reisen. Ich will nichts anderes, ich begehre nichts anderes, ich habe nichts anderes.

»Hast du versucht, sie zu fragen …«

»Sie fragen? Du machst wohl Witze! Ich habe Komplexe wegen meiner Stimme bekommen. Wenn ich den Mund aufmache, wird sie wütend, wenn ich still bin aber auch. Ich verstehe das nicht. Sie ist in eine Art Schweigestreik getreten. Fast zwei Wochen lang hat sie kein Wort mit mir geredet. Ich bin fast verrückt geworden.«

»Was macht sie so?«

»Sie schreibt, ihre Doktorarbeit, glaube ich. Obwohl sie mir gestern gesagt hat, dass sie nicht sicher ist, ob sie den Abgabetermin wird einhalten können.«

Es ist schon erstaunlich, wie resistent ein gewisser Typ von gut aussehenden Ehemännern gegen Verdachtsmomente ist. Launenhaftigkeit, Sabotage, Unleidlichkeit konnten nur eines bedeuten: Martina hatte sich in einen anderen verliebt und ging mit ihm ins Bett. Die Tatsache, dass der andere eine andere war und sie nicht mit ihr ins Bett ging, war letztendlich nicht von Belang. Ausschlaggebend war Lorenzos Unfähigkeit, diese Schlüsse zu ziehen. Keine Frau, selbst die mit dem größten Selbstbewusstsein, dachte Benny, hätte das Offenkundige so hartnäckig ignorieren können.

Dann überkam sie ein merkwürdiges Wohlgefühl. Was würden der Vater und vor allem die Mutter von dem Lieblingssohn denken, der das schwarze Schaf der Familie um Rat fragte? Was würden sie von diesem Schauspiel halten, sie, die vor so langer Zeit schon darauf verzichtet hatten, Benny verstehen zu wollen, als sie mit sechzehn gebeten hatte, den üppigen Busen chirurgisch verkleinern zu lassen? Sie hatten sich geweigert, das Geld und ihre Einwilligung dazu zu geben. Was würden diese beiden rückwärtsgewandten Spießer angesichts der Wahrheit empfinden, die Lorenzo so hartnäckig leugnete?

Ich wäre versucht, heute Abend nicht zu kommen. Die Vorstellung, dich nach all diesen Monaten wiederzusehen und mit so vielen unnützen Menschen teilen zu müssen, macht mir große Angst. Wenn ich könnte, würde ich mit einem Film und einer Flasche Wodka zu Hause bleiben. Aber das übersteigt meine Kräfte. Ich habe keine Kraft mehr, weder Stolz noch Würde. Ich hoffe nur, dass du nicht wieder fliehst. Noch einmal vergeblich warten zu müssen würde ich nicht ertragen. Ohnehin hasse ich es von allen Dingen am meisten, auf dich zu warten. Ich habe es zu oft getan und bin müde. Ich weiß, was ich begehre, ist unmöglich. Ich kann nichts von dir verlangen. Aber ich betrachte es als mein Recht, dich zu sehen, mit dir zu reden, den Klang deiner Stimme zu hören. Ich beschwöre dich, nimm mir nicht das bisschen Sauerstoff, das ich zum Leben brauche.

4

Federica stand eingezwängt in einem Autobus im Weihnachtsverkehr, sie war zu spät dran. Sie hatte das Büro früher als gewöhnlich in Richtung Zentrum verlassen. Die gewonnene Zeit hatte sie in einem kleinen Strumpfgeschäft vor drei Paar Strümpfen der Marke Philippe Matignon vertan, unentschlossen, ob sie alle drei nehmen sollte, nur ein Paar oder ganz verzichten. Wäre sie imstande gewesen, in weniger konfliktgeladener Manier shoppen zu gehen, hätte sie nicht so herumgestanden und sich mit dem Für und Wider einer Anschaffung herumgeschlagen, die ihren Budgetrahmen sprengte. Die Strümpfe waren wunderschön, mit Kaschmir, ideal für Beine, auf die sie insgeheim immer stolz gewesen war, und zweifelsohne perfekt für einen besonderen Anlass. Blieb die Tatsache, dass sie fünfmal so viel kosteten wie die, die sie gewöhnlich trug. Großzügig, wenn nicht gar verschwenderisch bei Geschenken für andere, legte Federica, wenn es darum ging, sich selbst etwas Gutes zu tun, eine Sparsamkeit an den Tag, die an Knausrigkeit grenzte.

Schließlich hatte sie – das Herz klopfte ihr, als beginge sie ein Verbrechen – zwei Paar genommen, ein schwarzes und ein bordeauxrotes. Und war weitergegangen, um das nach dem letzten Chanel-Modell gearbeitete eng anliegende Kleid abzuholen. Die Schneiderin, bei der sie es in Auftrag gegeben hatte, besaß zwar nicht die Klasse der Pariser Modeschöpfer, war aber für Federicas Ansprüche geschickt genug. Sie war entschlossen, ein Outfit zusammenzustellen, das dem letzten Geburtstagsgeschenk ihrer Tochter und ihres Schwiegersohns, einer Handtasche und einem Schal von Hermès, in nichts nachstand.

Apropos, vor ein paar Wochen als Fünfzigjährige zu erwachen, hatte bei ihr nicht die Niedergeschlagenheit ausgelöst, die sie befürchtet hatte. Der sechsundachtzigste des Vaters, Matteos siebenundfünfzigster und Martinas fünfundzwanzigster waren entschieden aufsehenerregender gewesen.

Der Ast einer Platane blockierte das Haustor, der Aufzug war defekt. Als sie die sechs Stockwerke hochstieg, spürte sie, wie der ungewöhnliche Frost am Nachmittag ihrem Ischiasnerv zugesetzt hatte.

Ein wenig hoffte sie, dass Martina fertig war, ein wenig befürchtete sie es. In letzter Zeit besuchte sie sie oft und blieb zum Abendessen. Nie hatten die von der Tochter angeführten logistischen Gründe mehr wie Vorwände geklungen als diesmal. Lorenzo kam direkt vom Klub aus zu dem Fest; für sie, die den ganzen Tag in der Bibliothek verbrachte, sei es bequemer, nicht zu Hause vorbeizufahren.

»So brauchen wir nicht so viele Autos«, hatte sie am Telefon erklärt.

»Und das Kleid? Das Schminkzeug?«, hatte Federica eingewandt.

»Nehme ich mit in die Bibliothek. Kein Problem!«

In der Wohnung herrschte düsteres Schweigen. Vorsichtig machte sie das Licht an, wie eine Diebin. Sie rief nach Martina. Ihre Zimmertür war geschlossen. Widerstrebend klopfte sie an und bekam keine Antwort. Das waren die Momente, in denen ihre dramatische Vorstellungskraft auf Hochtouren zu arbeiten begann. Mit angehaltenem Atem und weichen Knien öffnete Federica die Tür weit genug, um erkennen zu können, dass der wie ein Tier starr auf dem Bett zusammengekauerte Körper einem schlafenden Mädchen gehörte und nicht der Selbstmörderin ihrer Fantasie.

»Schatz, bist du noch nicht so weit?«

Das protestierende Murren war überhaupt nicht ermutigend. »Willst du einen Kaffee?«, fragte sie, in Erinnerung an die guten alten Zeiten.

»Mhm … eine Decke«, murmelte Martina und steckte den Kopf zwischen das Kissen und die Wand.

»Es ist schon sehr spät.«

»Eben.«

»Eben was?«

In dem Zimmer stand die Luft längst vergangener Morgen, als die Tochter noch nicht mit den Prinzipien der persönlichen Körperhygiene vertraut gewesen war, der Geruch einzelner Socken, von Pubertät und erquickendem Schlaf. Wie damals kam Federica sich grausam vor bei der Vorstellung, sie aus dem Bett zu holen.

»Soll ich dir ein Bad einlassen?«

»Ich will, dass du gehst und mich schlafen lässt«, knurrte Martina.

Sie fragte sich, ob das Show war. Wie die ungeschickt simulierten Krankheiten, mit denen sie sich früher vor den Lateinarbeiten hatte drücken wollen. War das ein weiterer Versuch, die Aufgabe zu umgehen, ihr Eheleben in Ordnung zu bringen?

Sie so auf dem Bett ihrer Kindheit zu sehen verursachte Federica denselben Schmerz, den sie verspürte, wenn ihr die Welt wieder einmal zu groß und eisig vorkam, um es allein mit ihr aufzunehmen. Es war unsinnig, Martina aus dem Bett zu werfen und zu etwas zu zwingen, was sie selbst allen voran gern vermieden hätte. Und doch trieb sie ihre mütterliche Fürsorge dazu. Die bloße Vorstellung, sich schick herzurichten, es mit dem Verkehr und der schlechten Witterung aufzunehmen, um auf ein in jeder Hinsicht peinliches Fest zu gehen, bereitete ihr Ekel.

Um sich Mut zu machen, sagte sie sich, dass dies eine der letzten Gelegenheiten für sie und Martina war, vor Matteos Abreise etwas konventionell Angenehmes mit ihm zu teilen. Sie legte noch eins drauf und überlegte sich, dass ihr Fernbleiben Giorgio sehr kränken würde. Blieb die Tatsache, dass sie bestimmte Events hasste und der Ansicht war, dass der Abschied von Matteo einen intimeren Rahmen verdiente. Sie war sich sicher, dass Giorgio dies verstehen würde.

Schade nur, dass die Pflichten die Rechte in ihrem persönlichen Moralhaushalt bei Weitem überwogen. Sie ging unter die Dusche und kochte im Anschluss einen schönen starken Tee. Den brauchten sie jetzt beide.

Doch sie fand ihre Tochter so vor, wie sie sie verlassen hatte, den Rücken an ein Kissen gelehnt, die Beine angezogen, gebannt auf etwas am Fenster starrend.

»Bist du immer noch nicht weiter?«

»Es ist eisig kalt.«

»Heute Morgen habe ich den Hausverwalter angerufen. Er sagt, ich muss die Fensterläden austauschen lassen.«

»Hör mal, Mama, warum gehen wir nicht einfach zu unserem Inder?«

Ihre Stimme war kindlich, flehend.

»Bei dem, was ich ausgegeben habe?«, fragte Federica in

möglichst munterem Tonfall. »Apropos«, sie zog die Strümpfe aus der Tasche ihres Bademantels, »welche willst du?«

»Wow, Philippe Matignon!«

Gepeinigt von den üblichen Gewissensbissen der Armen, überkam sie kurz eine unangenehme Empfindung, irgendwo zwischen Verlegenheit und Schuldgefühl.

»Du weißt nicht, wie oft ich fasten muss für dieses Vergnügen. Nur gut, dass wir heute Abend umsonst essen«, sagte sie in dem Versuch, witzig zu sein, erleichtert über die Geschwindigkeit, mit der Martina ihr die noch ungeöffneten Päckchen aus der Hand riss.

»Wozu ziehst du sie an?«

»Enges schwarzes Kleid.«

»Also bordeaux, weihnachtlich.«

»Das dachte ich auch. Willst du die anderen?«

Sie musste etwas Falsches gesagt haben, denn das Interesse der Tochter erlosch ebenso schnell, wie es aufgeflammt war. Wieder fesselte das Fenster ihre ganze Aufmerksamkeit. Gequält wie damals, wenn sie um die Erlaubnis bat, eine Stunde länger aufbleiben zu dürfen wegen des Zeichentrickfilms, den alle in der Klasse sahen, fragte sie: »Hast du was dagegen, dass ich ein Weilchen hier wohne?«

»Hier?«

»Bei dir.«

»Wie meinst du das?«

Martina sah sie an, wie um zu sagen: Du hast ganz genau verstanden.

Sie war jetzt ungefähr so alt, wie Federica selbst gewesen war, als sie Matteo dort in der Skihütte begegnete und ihr erwachsenes Leben begann. Und auch wenn die Dinge dann in unvorhergesehener, in vieler Hinsicht unerfreulicher Weise verlaufen waren, was soll's. Nicht einmal in den schwärzesten Momenten war sie versucht gewesen, die Entscheidung von damals zu hinterfragen. Zehn Jahre lang hatte sie ihren Spaß gehabt, immerhin. Wer konnte das schon von sich behaupten? Genauso wie sie sagen konnte, Martina sei zugleich die Krönung und die Folge dieses ganzen Glücks gewesen. Hatte sie sie deshalb verwöhnt wie eine Prinzessin? Ihre Fehler bei der Erziehung waren nicht auf einen Mangel an Fürsorge zurückzuführen, eher auf das Gegenteil. Die im Verkehr zugebrachten Stunden, um sie vom einen Ende der Stadt ans andere zu kutschieren, die Nachmittage beim Kinderarzt, beim Zahnarzt, am Rand eines Tennisplatzes. Die Opfer, um sie jeden Sommer auf Studienreisen schicken zu können. Die schlaflosen Nächte, weil Martina vergessen hatte, von Exeter oder Torquay aus anzurufen …

Federica fragte sich, ob die Tochter sich, nachdem sie diese Bombe da im Zimmer hatte platzen lassen, von ihr eine bekümmerte Moralpredigt über die Verantwortung in der Ehe, über die Tragweite der eingegangenen Verpflichtung erwartete.

Das wäre zumindest das Richtige gewesen. Doch sie hatte keine Lust darauf. Sosehr sie Predigten in Romanen liebte, so verlegen war sie angesichts der ernsten Vorträge, zu denen das Leben uns allzu oft zwingt. Sie fand sie dermaßen pompös, dass sie die ihren, wenn sie jemandem einen halten musste, spontan mit ein paar Witzen auflockerte. An diesem Abend verfügte sie jedoch weder über Ironie noch über Leichtigkeit. Sie fühlte sich schwer wie ein alter Bauernschrank voller überflüssiger Dinge. Die letzten sechs Monate waren eine derartige Katastrophe gewesen! Die Träume von Einigkeit waren an der Reizbarkeit ihrer Lieben zerschellt. Warum wollten immer alle streiten? Immer klarstellen, widerlegen, zurechtweisen. Welchen Sinn hatte es, das Leben mit Hassen zuzubringen?

Wie üblich war sie die Naive, die idealistische Karmeliterin gewesen. Was für ein riskantes Spiel, ihr Scherflein Träume auf Matteos Heimkehr zu setzen! Die Hoffnung, Vater und Tochter könnten diese Gelegenheit in vernünftiger und liebevoller Weise nutzen, hatte sich als absurd und sentimental entpuppt. Sie hatten lediglich ein paarmal miteinander gegessen. Es war klar, dass weder der Ehemann noch die Tochter den Dialog wiederaufnehmen wollten, der an jenem Nachmittag unterbrochen worden war, als Matteo in ein Taxi gestiegen und für sechzehn Jahre verschwunden war. Geschwächt von den Entbehrungen, von der Einsamkeit, vom Überlebenskampf, hatte Matteo jede Fähigkeit eingebüßt, seinem Nächsten zuzuhören. Als wäre seine Selbstgenügsamkeit im Exil pathologisch geworden.

Dreimal war er mit Federica im Bett gewesen, mit abnehmender Begeisterung. Regrediert auf die Altersstufe, da die Freunde wichtiger sind als die Mädchen, zog er die Gesellschaft Tatis der seiner beflissensten Ehefrau vor; im Übrigen war die Wut über den Ostrazismus seines Sohnes wesentlich heftiger als der Wunsch, mit seiner Tochter zusammen zu sein. Was verhängnisvoll gewesen wäre, wenn Martina Wert auf seine Gesellschaft gelegt hätte. Aber so verhielt es sich nun einmal, der so egoistischen wie chaotischen Signorina war es egal.

Und mittendrin stand *sie*, Federica, Ball in einem Flipper, einem Spiel ausgeliefert, über das sie, wenn sie sie denn je gehabt hatte, die Kontrolle verloren hatte. Hatte sie sich dafür so verausgabt? Damit der Mann, auf den sie so viele Jahre gewartet hatte, einen Rückzieher machte und nach Los Angeles zurückkehrte, zu einer Frau, die genauso alt war wie seine Tochter? Oder um der Zerstörung von Martinas fabelhafter Ehe mit einem seriösen und obendrein liebevollen, steinreichen jungen Mann beizuwohnen? Statt die Dinge zu verändern, stellte Matteos Rückkehr ihren früheren Zustand wieder her: der Ehemann erneut im Aufbruch, die Tochter erneut zu Hause.

Sie war erschöpft, als spürte sie mit einem Mal das Gewicht eines halben Jahrhunderts Leben.

»Tu mir einen Gefallen, steh auf und lass diesen Quatsch.«

5

Es hatte viel Geduld erfordert und eine ganze Nacht gedauert, die zweitausenddreihundert Glühbirnen, die die Deckengewölbe des Restaurants schmückten, mit ingwerfarbenem Lack zu überziehen. Beinah hätte sich Giorgio dabei den Nacken verrenkt, aber die Mühe hatte sich gelohnt. Das Netz aus Glühbirnen, das ihm, als es angebracht wurde, eher für einen Operationssaal als für ein In-Lokal geeignet schien, verbreitete nun das richtige, weihnachtlich warme Licht – Weihnachten, eines der wenigen Dinge, um die er die Christen wirklich beneidete.

Das Glück machte ihn unruhig. Er lief durch alle Räume, noch immer auf der Suche nach etwas Unvollkommenem. An einem Dutzend Inseln konnten sich die Gäste selbst bedienen und ihre Teller nach eigenem Geschmack zusammenstellen, eine individuelle Reise durch exotische Küchen und eine Idee, die sich schon beim sonntäglichen Brunch bewährt hatte.

Er erinnerte sich an den Nachmittag, als er zum ersten Mal diese heruntergekommenen Räume mit den hohen Deckengewölben und den massiven Wänden besichtigt hatte. Jahrzehntelang, bis Mitte der Neunzigerjahre, war hier ein Schlachthof untergebracht gewesen. Eine neue Nutzung zu finden gestaltete sich schwierig. »Hast du eine Vorstellung, wie viele Unternehmen hier schon Pleite gemacht haben?«, sagte Tati immer wieder. »Stadtrandlage, schlecht angebunden, warum sollte jemand zum Essen hier rauskommen?«, setzten die anderen Gesellschafter noch eins drauf. Sie zu überzeugen war aber noch das geringste Problem gewesen. Wesentlich schwerer war es, unter den tausend Plänen, die ihm im Kopf herumgingen, Klarheit zu schaffen.

Einmal hatte er in einer Zeitschrift gelesen, das Schöne sei nie kohärent, sondern eklektisch und aus heterogenen Elementen zusammengesetzt. Daran hatte er sich erinnert, als ein Architekt ihm die Idee unterbreitete, sich die Waggons eines Luxuszugs aus dem neunzehnten Jahrhundert zum Vorbild zu nehmen. So hatte er die Eleganz der Kolonialzeit entdeckt. Es hatte ihm Spaß gemacht, die Eichenvertäfelung auszusuchen, die Jugendstilbeschläge, Tigerfelle als Teppiche, Lampenschirme in Tulpenform, Chesterfield-Sofas, indonesische Kredenzen, sogar einen Billardtisch, einen von den wuchtigen mit Intarsien. Der Spaß hatte vierhundertfünfzigtausend Euro gekostet, eine völlig verrückte Summe, die jedoch, seine optimistischsten Erwartungen noch übertreffend, früher als gedacht wieder hereingekommen war.

Das Fest sollte an fünf erfolgreiche Jahre erinnern und auf eine möglichst ebenso prosperierende Zukunft vorausweisen. Neben Freunden, Verwandten und Stammgästen wurde jede Menge Prominenz erwartet (leider nicht nur erstklassig).

So der offizielle Anlass, und wie häufig war dieser weniger zwingend als der inoffizielle Grund, der so intim war, dass er nicht eingestanden werden durfte. Der letzte Herbst war für Giorgio ein hartes Training gewesen. Seit der Nacht im Krankenhaus auf der Jagd nach dem Zahnstocher war er wohl noch ein Dutzend Mal zu Boden gegangen und wieder aufgestanden. Sara in der Notaufnahme, der Kaiserschnitt, die Lungenprobleme des Kleinen, durchwachte Nächte im Wartezimmer und vor dem Inkubator, die Kaffees, die Befürchtungen, die Flüche, das erleichterte Aufatmen bei der Rückkehr nach Hause … Von einem Tag auf den anderen hatte Giorgio seine ganze Sorge auf ein Wesen konzentriert, das den Großteil seiner Zeit mit Schlafen, Nuckeln, Weinen und der Absonderung von Exkrementen zubrachte. Um jede dieser Lebensfunktionen kümmerte er sich gern und mit Liebe. Beklemmt und gerührt von der mangelnden Autarkie seines Sohnes, konnte er es nicht erwarten, ihm zu Hilfe zu eilen. Eine Haltung, die nicht unbemerkt geblieben war, sowohl im Geschäft als auch zu Hause. So zerstreut und ungewöhnlich nachsichtig er im Restaurant war, so viel Geduld und Eifer legte er daheim an den Tag.

Aus Rücksicht auf Noahs fragilen Gesundheitszustand hatten sie die Beschneidung um ein paar Wochen verschieben müssen, ein Aufschub, der Giorgio nicht unlieb gewesen war. Die Vorstellung, dass ein scharfes Skalpell die Scham seines Sohnes bedrohte, raubte ihm den Schlaf. Doch noch einmal musste er sich eines Besseren belehren lassen. Zu sehen, wie die beiden Rabbiner sich des Kleinen annahmen, hatte ihn elektrisiert. Erst angesichts dieses Schauspiels hatte er begriffen, wie sehr das Glück, das Noah ihm schenkte, alle oberflächlichen Freuden überstrahlte. Schließlich war dieses blutige, fast bestialische Ritual im Anfang der Zeiten verwurzelt. Es war eine hygienische Maßnahme, schön und gut, aber auch eine an das Neugeborene und seine Angehörigen gerichtete Mahnung: Wisset, dass euch von nun an nichts erspart bleiben wird. Giorgio hatte nie eine entspannte Beziehung zur Religion im Allgemeinen und zu seiner Religion im Besonderen gehabt. Angesteckt von Matteos Agnostizismus und peinlich berührt von der Bigotterie der Mutter, hatte er die Heuchelei der Freunde verspottet, die sich zu Hause so fromm gaben und dann draußen herumhurten wie die Affen. Dieses Kind jedoch erweiterte seinen Horizont und gab seiner ganzen Existenz im Rückblick einen Sinn. Einen neuen Sinn, tief und geheimnisvoll. Und das wirklich Merkwürdige war, dass dieser Sinn nicht anderswo lag, in fernen Galaxien, sondern hier, zwischen schmutzigen Windeln und hauchzarten Puderwolken.

Kurzum, obwohl keiner der geladenen Gäste dies auch nur ahnen konnte, war das Fest Noah gewidmet, seiner Ankunft in der Welt, dem Licht, das jedes Weinen und jedes Lächeln von ihm verströmte. Giorgio wollte, dass sein Sohn eines Tages stolz sein konnte auf seinen Vater, so stolz, wie er es auf den seinen nie hatte sein können.

»Du wirst in der Küche verlangt«, sagte Viola zu ihm.

»Ist dir nicht kalt?«, fragte er, überrascht von ihrem Minischottenrock.

»Spürst du denn nicht, wie warm es hier drinnen ist?«

»Wirklich? Mich fröstelt.«

»Hat er euch heute Nacht auch wieder auf Trab gehalten?«

»Wer redet von heute Nacht? Was glaubst du, wer all diese Glühlampen angestrichen hat?«

»Du? Wirklich?«

»Jede einzelne.«

»Du bist verrückt.«

»Wie läuft's in der Küche?«

»Alfredo will dich sprechen.«

Das knisternde Feuer in den Kaminen war nicht nur anheimelnd, es passte auch zum Piano von Oscar Peterson, der in der typisch lässigen Manier des Jazz ein Weihnachtslied verfremdete. In der Küche war die Hitze noch größer. Er zog das Jackett seines Zweireihers aus und krempelte die Ärmel seines blütenweißen Hemds hoch.

»Was ist?«

Alfredo, der Souschef, sagte ihm, er habe eben einen Anruf von seiner Schwiegermutter bekommen: Bei seiner Frau hätten die Wehen eingesetzt.

»Nicht heute Abend«, flehte Giorgio.

»Ich hatte dir gesagt, dass das passieren kann.«

Bis vor ein paar Monaten hätte er insistiert, hätte seine Überzeugungskünste, jeden Anreiz und jede Einschüchterung eingesetzt. Jetzt aber ließ er es bleiben. Er dachte an Noahs Beine, weich, fett und duftend. Dass Sentimentalität schlecht fürs Geschäft ist, war ihm bewusst, aber was konnte er machen, wenn ihm das Glück zu Kopf stieg?

Also beruhigte er die Jungs. Wenn nötig, werde er Alfredos Stelle einnehmen. Und kehrte in den Gastraum zurück.

»Draußen sind Tati und Ada und ein Herr. Sie verlangen nach dir«, sagte Viola.

»Warum hast du sie nicht hereingebeten?«

»Sie haben unter dem Heizpilz mit einem Aperitif Platz genommen und angefangen zu rauchen. Ich glaube, sie warten auf dich.«

»Ich komme sofort.«

Die heikelste der Inseln war die mit der Pekingente. New Entry auf der Speisekarte, war sie ein echtes Wagnis. Ihre Zubereitung dauerte ganze vier Tage. Der neu angestellte chinesische Koch hatte sofort klargestellt, dass italienisches Federvieh nicht infrage komme und auch die Bohnen für die süßsaure Soße nicht – eine philologische

Akribie, die Giorgio nach Kräften unterstützt hatte. Jetzt kontrollierte er, ob die Crespelles alle denselben Durchmesser hatten und der Porree noch bissfest war.

»Läuft alles?«

»Hoffen wir's«, ließ sich der pedantischste Chefkoch, mit dem er je zusammengearbeitet hatte, vernehmen.

Aber warum tat Giorgio so, als sorge er sich um diese verdammten Enten, wenn ihm gar nichts daran lag? Warum tat er so, als hätte er nicht gehört, dass Tati und Ada in Gesellschaft eines »Herrn« waren? Warum eilte er nicht hin und klärte, um wen es sich handelte, statt wie angewurzelt dazustehen? Wenn der machiavellistische Tati glaubte, dass Giorgio es nicht wagte, eine Szene zu machen, um das Fest nicht zu ruinieren, dann hatte er sich verrechnet. Nichts hinderte ihn daran, hinauszugehen und den »Herrn« zu verjagen. Dies war ein privates Fest, Einlass nur mit Einladung. Die Gelegenheit kam wie gerufen. Endlich konnte er seinem Vater die Wahrheit ins Gesicht schleudern, ohne Umschweife oder Halbheiten: Er wollte ihn hier nicht, vor allem nicht an diesem Abend.

6

Daran, wie Giorgio sich auf Tati stürzte und ihn, seinen Vater, beharrlich ignorierte, daran, wie Tati versuchte abzuwehren und Ada frohlockte, an der Betretenheit des Servicepersonals und der wenigen Gäste am Eingang erkannte Matteo, dass er hinters Licht geführt worden war. Dass ihm eine loyale Person wie Sara einen solchen Streich gespielt hatte, machte alles nur noch schlimmer.

Während Giorgio unablässig auf Tati einredete, versuchte Matteo, sich in jeder Weise noch kleiner und harmloser zu machen, als er ohnehin schon war. Sein Sohn kam ihm riesig vor, imposant und bedrohlich. Daran gewöhnt, Demütigungen zu schlucken, fühlte Matteo, dass diese hier nicht leicht zu verdauen sein würde; nicht zuletzt, weil sie einen Moment der Glückseligkeit zerstörte.

Ins Orient Express zu kommen war spannend gewesen. Er hatte Fotos gesehen, Kommentare gesichtet, im Netz übertrieben positive und negative Beurteilungen gelesen, aber keines dieser Urteile wog die direkte Erfahrung auf. Der majestätische Lüster in der Mitte der Eingangshalle gab dem Lokal die Pracht gewisser kalifornischer Villen, in denen er als Kellner gearbeitet hatte. Er hatte jenen Stolz empfunden, in dem Eltern sich gerne sonnen, bis die ersten Anzeichen der Nemesis sichtbar werden. Sein Sohn hatte es geschafft, trotz eines Vaters, dessen Scheitern unleugbar war. Doch statt ihn zu kränken, erfüllte ihn dies mit Genugtuung.

Matteo hatte sich im Außenbereich des Lokals niedergelassen, unter einem Heizpilz, der eine willkommene Wärme verströmte. Obwohl ihn die Jahre in Kalifornien kälteempfindlich gemacht hatten wie eine alte Frau, war er gern hier draußen und verschlang mit den Augen jedes Detail, angetan von so viel Luxus und Präzision. Als ein Mädchen im Kilt ihm einen köstlichen Aperitif auf der Basis von Sake servierte, war er fast überwältigt gewesen vor Glück. Er hatte nie sonderlichen Wert auf die Familie gelegt. Aber die Vorstellung, sich nach zwanzig Jahren auf einem Weihnachtsfest mit seinen Lieben wiederzufinden, wärmte ihm das Herz. Er konnte es kaum erwarten, dass Federica und Martina auftauchten, war gar entschlossen, auch Lorenzo nett zu finden, samt seiner merkwürdigen und hochnäsigen Schwester, und wenn nötig sogar diese aufgeblasenen Mogherinis. Vor allem aber zählte er die Sekunden, die ihn von der Begegnung mit Noah trennten. Er war im Begriff, die hehren Vorzüge des Patriarchats kennenzulernen.

Er fühlte sich wohl in dem Blazer mit Goldknöpfen, aus dessen Brusttasche ein hübsches Einstecktuch hervorsah. Seit Tati ihm die Garderobe erneuert hatte, hatte er die Freuden einer Eleganz wiederentdeckt, die in den Jahren des gemäßigten Klimas und weitgehender Armut gelitten hatte.

Man denke sich den Schock, als er sah, wie der Sohn auf Tati losging und ihn übel beschimpfte. Man stelle sich die Enttäuschung vor über den erlittenen Betrug, über noch einen in Rauch aufgegangenen Traum vom Glück. Er war so unvorbereitet und verletzbar, dass er mit sich kämpfen musste, um nicht davonzulaufen. Er musste

Ruhe und Vernunft wahren. Bewegt von einem Altruismus, der wenig zu ihm passte, sagte er sich, dass *er* eingreifen und die Dinge in Ordnung bringen müsse. Ein Mal wollte er zum Wohl seines Nächsten handeln und Giorgio daran hindern, sich bei einer so wichtigen Gelegenheit lächerlich zu machen – und dabei traf ihn, auch dies eine schöne Neuigkeit, gar keine Schuld.

»Tati hat nichts damit zu tun«, sagte er zur Überraschung aller. Mit einer Bescheidenheit, die noch weniger zu ihm passte als der Altruismus, nahm er die Schuld auf sich. Er habe es in guter Absicht getan, erklärte er, in der Hoffnung, endlich einmal ein anständiges Weihnachten zu feiern und sie vor seiner Abreise alle zu sehen.

An der Wirksamkeit dieser Worte zweifelte er zwar, doch wenigstens hatten sie ihn wieder aufgemuntert. Er fühlte sich im Recht. Was er gesagt hatte, war wahr und falsch zugleich, außerdem war es nüchtern und traurig. Er hatte alle entlastet, außer sich selbst. Er war mutig gewesen, ohne überheblich zu sein.

»Ich will dich hier nicht sehen. Ich fühle mich unwohl dabei«, sagte Giorgio. Obwohl in seiner Stimme noch Zorn mitschwang, hatte er doch aufgehört zu schreien. »Aber ich habe noch nie jemanden rausgeworfen. Und ich werde es auch jetzt nicht tun.« Für den letzten Stoß ließ er sich etwas Zeit. »Ich sage das vor deinen Freunden, Papa, damit es klar ist: Ich will nichts mehr mit dir zu tun haben. Hast du verstanden? Nichts! Wenn du heute Abend hierbleiben willst, soll's mir recht sein, aber erwarte dir keine Führung durchs Lokal und kein Schulterklopfen.«

Das hätte genügt, um die Träume eines jeden Patriarchen in Scherben zu legen. Gott sei Dank suchte Matteo Zevi seinesgleichen, wenn es darum ging, die Umstände zum eigenen Vorteil zu wenden. Okay, so hatte er sich das nicht gedacht. Als Sara ihm den Ölzweig reichte, hatte er sich eine wesentlich anrührendere Versöhnung vorgestellt; wie so oft nahmen die Dinge eine unschöne Wendung. Ein anderer an seiner Stelle wäre abgehauen … Aber zum Teufel mit Stolz und Eigenliebe! Im Grunde ist es immer von Vorteil, wenn man keine Sache zu vertreten und keine Positionen zu verteidigen hat. Sicher, er begriff das alles nach wie vor nicht. In diesen sechs Monaten hatte niemand ihm erklären können, warum sein Sohn sich darauf versteift hatte, ihn für immer aus seinem Leben zu verbannen. Da er wusste, wie gefährlich diese Gedanken waren, verscheuchte er sie, bevor sie überhandnehmen konnten. Warum über das nachdenken, worunter er später leiden würde, wenn er einstweilen seinen Spaß haben konnte?

Matteo lächelte und kehrte zu seinem Drink zurück, der ihm jetzt weniger gut und etwas prätentiös vorkam. Einige Meter von ihm entfernt lief es auch nicht besser. Federica und Martina waren eingetroffen, eingemummelt wie russische Prinzessinnen.

»Ist das Papa dort bei Giorgio?«, fragte Martina in einem Tonfall, mit dem andere den Anblick von zwei Poker spielenden Dinosauriern kommentiert hätten.

»Sara hat ihn eingeladen«, erklärte Federica.

»Und warum hast du mir das nicht gesagt?« Mit großen Schritten entfernte sich Martina von ihrer Mutter, während sich der Vater, als er sie auf sich zukommen sah, fragte, ob er besorgt sein müsse.

»Oh, da bist du ja, mein Schatz«, rief er vorsichtig.

»Was machst du hier?«

»Wir haben eben einen weihnachtlichen Waffenstillstand geschlossen.«

Martina schleifte ihn mit sich: »Wie schön, Papa! Das hatte ich mir gar nicht erhofft. So habe ich einen Kavalier.«

Man konnte nicht sagen, dass das Verhalten seiner Tochter in diesen Monaten klarer gewesen wäre als das ihres Stiefbruders, ja, in gewisser Weise war es ihm noch undurchsichtiger erschienen. Sie machte eine schwierige Phase durch. Gereizt und abweisend, aß sie wenig, trank zu viel und ließ Anzeichen finsterer Unleidlichkeit gegenüber ihrem Mann, den Schwiegereltern und der Mutter erkennen. Immer wieder waren ihre Treffen verschoben worden, und so hatte Matteo sie wesentlich seltener gesehen, als er gehofft, gesollt und gewollt hätte.

Doch das Unglück stand ihr. Unter dem weißen Daunenmantel erblickte er ein schülerinnenhaftes Kleid in pudrigem Rosa mit einer großen schwarzen Schleife am Ausschnitt. Die Tatsache, dass seine Kinder deutlich größer waren als er, nährte in ihm die Illusion, zur Verbesserung der Spezies beigetragen zu haben.

Drinnen umfing sie die Wärme, das Licht war gedämpft, aber nicht schwach. Das multiethnische Personal bewegte sich effizient und ohne Allüren zwischen den Gästen, bot Gläser mit American Zen und Asian Mojito an. Handykameras blitzten auf, alle waren darauf versessen, alles festzuhalten, sich selbst, die Partner, die Freunde, die VIPs, die Gerichte auf den Tellern, die Dekoration, den mit beigem Tuch ausgeschlagenen Billardtisch, die großen Weihnachtssterne auf den Simsen der Kamine, in denen Feuer brannte, und vor allem die edle Tanne in der Mitte des Lokals, an der weiße und rote Lichter brannten. Noch war das Stimmengewirr nicht so laut, dass es die Improvisationen von Oscar Peterson übertönt hätte. Matteo erkannte einen Ex-Champion im Rugby und eine

Goldmedaillengewinnerin im Fechten, beide in Schwierigkeiten beim Essen mit Stäbchen.

Die Stationen mit Speisen, die alle in einem Flügel des Restaurants konzentriert waren, wurden schon belagert.

»Dann habt ihr also Frieden geschlossen?«, fragte ihn Martina.

»Waffenstillstand, habe ich gesagt, nicht Frieden.«

»Soll ich es mal versuchen?«

»Lass gut sein, ich fahre in wenigen Tagen. Ein andermal.«

Die Worte waren mit solcher Sanftmut vorgebracht und so durchtränkt von Fatalismus, dass Martina spontan seine Hand ergriff.

»Wo ist Lorenzo geblieben?«

»Hurra, du hast den Namen meines Mannes behalten«, sagte sie, und er verspürte ein Beben in der Hand der Tochter.

»Vincenzo, Lorenzo, was macht das schon für einen Unterschied? Aber Spaß beiseite, du hast mir nicht geantwortet.«

»Wir hatten Streit.«

»Ihr streitet viel in letzter Zeit.«

»Er lässt mir keine Ruhe.«

»Das nennt man Ehe.«

»Ein Gebiet, auf dem du Experte bist.«

»Ein echter Spezialist.«

»Aber bei dir sind das ja keine Ehefrauen.«

»Was dann?«

»Konkubinen.«

Als sie das sagte, verspürte Martina Mitleid mit ihrer Mutter, vermischt mit einem unbestimmten Schuldgefühl.

Endlich waren sie bei der Insel mit der vietnamesischen

Pho angekommen. Ein Kellner mit dichtem, gepflegtem Bart schöpfte Suppe in Matteos Schale. »Sie können sie nach Ihrem Geschmack würzen. Hier sind Minze, Limette, Sojasprossen. Wenn Sie wollen, gibt es auch Peperoncino.«

Matteo nahm von allem etwas.

»Probierst du nichts von dieser Brühe?«

»Ich hab keinen Hunger.«

»Du bist abgemagert, scheint mir.«

»Fängst du jetzt auch noch an?«

»Das war eine Feststellung, kein Vorwurf.«

»Hast du das Ticket schon?«

»Sicher.«

»Für wann?«

»Nach Heilig Dreikönig.«

»Und was würdest du sagen, wenn ich mitkommen würde?«

Matteos Löffel blieb auf halbem Weg zwischen Schale und Mund stehen.

»Ich meine es ernst«, setzte sie nach. »Ein paar Wochen. Just die Zeit, um …«

Er war ja ein ausgefallener Typ, keine Frage. Aber was sollte man von seinen Kindern halten? Der eine grüßte ihn nicht mehr, und man wusste nicht recht, warum. Die andere, die ihn seit Monaten übergangen hatte, schlug ihm jetzt eine gemeinsame Flucht vor, als wären sie ein ehebrecherisches Liebespaar.

»Musst du nicht deine Doktorarbeit einreichen?«

»Ich bitte um Fristverlängerung um ein Jahr. Außerdem ist mir das egal, ich werde ohnehin nie eine akademische Laufbahn einschlagen.«

Die Vorstellung von Sandrine und Martina, die sich im Wohnraum seiner elenden Hütte in La Valle auf die Füße traten, war derart nervenaufreibend, dass er seine Suppe auf einem Abstelltisch stehen ließ und sich für gebratene Nudeln anstellte.

»Ich glaube nicht, dass das eine gute Idee ist, mein Schatz. Vorerst kann ich dich nicht beherbergen. Ich habe eine zu verworrene Situation zurückgelassen. Sandrine, das Immigration Office, mein Arbeitgeber, der, fürchte ich, mein Ex-Arbeitgeber ist … Sie erwarten mich mit dem Gewehr im Anschlag.«

»Macht nichts. War nur eine Frage.«

»Später gern. Im Frühling. Lass mir nur die Zeit …«

»Ich habe gesagt, es macht nichts.«

»Komm, nimm's mir nicht übel.«

»Ich nehme es dir überhaupt nicht übel. Ich habe dich in Verlegenheit gebracht, entschuldige.«

Jetzt, da sie nicht mehr Liebende auf der Flucht waren, sondern ein frustriertes altes Paar, erleichterte es Matteo, Lorenzo zu sehen, der in einer Ecke eifrig mit Benedetta sprach.

»Ist das nicht …?«

Doch Martina war längst verschwunden. Sie hatte ihn grußlos stehen lassen und war vor ihrem Mann in die entgegengesetzte Richtung geflohen. Die beiden mussten tatsächlich über Kreuz sein.

7

Das waren die Momente, in denen Federica gern an ihren Vater dachte, sich seine Ideologie und seinen Geschmack zu eigen machte. Wie sonst sollte sie sich vor dem Gefühl der Unzulänglichkeit schützen, das sie in eine Ecke verbannt hatte, in der sie nun ein Essen zu sich nahm, nicht mehr oder weniger unverständlich als der ganze Rest?

Außer den Mogherinis, die ein mondänes Leben gewöhnt waren, außer Matteo und ein paar abgehalfterten Bonvivants (die Haut mürbe wie das Papier der Illustrierten, in denen sie abgebildet waren) war sie die Einzige hier, die die fünfzig erreicht hatte.

An ihrer Stelle hätte der Vater keinen Augenblick gezögert und wäre schweren und unbeirrbaren Schrittes dem Ausgang zugestrebt. Aber Federica war nicht aus seinem Holz. Ihn zu bewundern hatte immer bedeutet, sich selbst zu verachten, ihren eigenen abwägenden Blick, der nie ernsthaft genug war und daher insgeheim zum Ressentiment neigte. Genau das Gegenteil von den Mädchen, die von einem Saal zum anderen schwärmten, achtlos dem Privileg der Jugend gegenüber, einem Geschenk, dessen Bedeutung nun auch sie zu begreifen begann – mit welcher Verspätung! Unbeholfen in ihrem engen schwarzen Kleid, fand sie die bordeauxfarbenen Strümpfe unpassend, den Seidenschal, die einzelne Perle am Hals.

Sie konnte ihre Blicke nicht von den Mädchen rund um den Billardtisch losreißen, voller Bewunderung dafür, wie die jungen Frauen mittlerweile gelernt hatten, ohne die Männer zusammen zu sein. Besonders fasziniert war sie von einer mit dem Queue in der Hand, den schmalen Körper mit dem Tattoo auf der Schulter im champagnerfarbenen, schenkelfreien Kleidchen von Dolce & Gabbana. Mit einem Satz aus dem Teenageralter herauskatapultiert, zeigte sie die Frische der Debütantin und die Festigkeit der Virago. Wer hatte sie dieses Spiel gelehrt?

Es war klar, wie viel mehr Erfahrung dieses Mädchen in puncto Männer hatte als sie. In der Gymnasialzeit, als ihre Freundinnen die Errungenschaften der sexuellen Revolution nutzten, war Federica, im Bann des väterlichen Puritanismus und romantischer Heuchelei stehend, vorsichtig gewesen, hatte auf den Mann gewartet, der sie glücklich machen sollte. Der lang erwartete Held hatte sie nicht enttäuscht, außer dass er sich aus dem Staub machte, als das erotische Einvernehmen einen zufriedenstellenden ehelichen Höchststand erreicht hatte. Nach Matteos Flucht hatte sie sich, abgesehen von ein paar peinlichen Eskapaden, einer masochistischen und selbstironischen Enthaltsamkeit ergeben und sich kopfüber in ihre mütterlichen Pflichten und die humanitäre Hilfe gestürzt. Seit Teo sie am Anfang des Sommers wiederauferweckt hatte, konnte sie an nichts anderes denken als an die Gefahr, noch einmal zu sterben, diesmal für immer. Wer würde sich um sie kümmern, jetzt, da er wieder im Aufbruch war?

Sie dachte an den Barmann, mit dem sie am Beginn des Abends ein paar Worte gewechselt hatte. Er war aus Caracas, absolvierte einen Masterstudiengang an der John

Cabot University und teilte sich mit einigen Landsleuten eine große Wohnung. Er rühmte sich, der König der Caipirinhas zu sein, war freundlich, leicht anzüglich und unanständig jung. Er hatte ihr Komplimente für ihre Hände gemacht. Das hatte ihr geschmeichelt, sicher. Aber was für ein grotesker Akzent! Die spanischsprachigen Latin Lovers waren wirklich zu viel für bestimmte Damen mit einem ausgeprägten Gespür für Lächerlichkeit. Sie hatte sich entfernt, bevor er sie um ihre Telefonnummer bitten konnte, in der Gewissheit, dass das Königreich des jungen Kerls weit über Cocktails hinausreichte und die nicht weniger eiskalten Betten von Frauen in einem gewissen Alter mit einbegriff. Federica war nicht die richtige Fünfzigjährige für diese Art von melancholischem Flirt. Allein die Vorstellung ihres um den Rumpf des venezolanischen Barmanns geschlungenen Leibes hatte sie beschämt. Sollten es die von gutem Geschmack und Selbstachtung eingegebenen Skrupel sein, die ihr die Partie verdorben hatten?

Als sie sich auf den Weg zur Bar machte, entschlossen, das Gespräch mit dem König der Caipirinhas wieder aufzunehmen, wurde sie von einem bezaubernden Schauspiel aufgehalten. In einer Vitrine waren Berge von Macarons aufgetürmt, farblich abgestuft von weiß bis dunkelbraun und angeordnet zu einer Reihe von Weihnachtsbäumen, so leicht und luftig wie Märchenschlösser.

Sie fragte das zuständige Mädchen, welchen Geschmack sie hätten.

»Schokolade und Bananencreme, Vanille und rote Bohnen, Pistazie und Goji-Beere.«

Es war ein Jammer, solche Kunstwerke zu zerstören.

»Keine Sorge, Signora, dazu sind sie ja da. Sie sind frisch von heute Morgen.«

»Nun, dann probiere ich eines mit Pistazie.«

Es genügte ein Bissen, da erkannte sie Giorgios Perfektionismus und sah ihn wieder als Kind vor sich, schön wie die Sonne und mondsüchtig wie ein Werwolf. Seit ihrer ersten Begegnung beim Skifahren hatte er zärtliche Gefühle in ihr geweckt. Bei dem Vater, den er hatte, und dann dieser Mutter, konnte man nicht behaupten, dass das Leben ihn begünstigt hätte. Und jetzt das hier. Federica freute sich über seinen Erfolg und auch über Sara, Noah und diese ganze zufriedene Menge.

»Ich habe nicht gewagt, den Tanz zu eröffnen, aber da du das übernommen hast …«

Wie es aussah, strich Professor Mogherini schon seit einer Weile um die Insel mit den Macarons herum.

»Ich würde gern das da probieren.« Er zeigte mit dem Finger, der an den des Schöpfers von Michelangelo erinnerte, auf ein Macaron.

»Kaffee oder Veilchen?«

Obwohl sie eine Schwäche für diesen hochgewachsenen und ungeschickten Mann hatte, war Federica nicht in der Stimmung, Konversation mit ihm zu betreiben. Sie wollte lieber weitere Komplimente vom König der Caipirinhas hören, getränkt mit Alkohol, Leichtlebigkeit und Jovialität.

»Kommst du an Weihnachten zu uns?«, sagte er, um irgendetwas zu sagen.

»Wenn ihr mich einladet«, erwiderte sie, bestürzt über den unfreundlichen Ton, in dem ihr das herausgerutscht war.

»Das ist doch nicht nötig«, sagte er ebenso verwundert und eindeutig beleidigt; trotz seiner Lebensart war der Prof ein empfindlicher Typ. »Aber wenn du dieses Jahr etwas Besseres vorhast …«

»Wo denkst du hin! Es ist immer so schön bei euch.« Damit nicht zufrieden, setzte sie noch hinzu: »Ihr wisst, wie man gemeinsam Weihnachten feiert.«

Sie sah den König der Caipirinhas mit einem Tablett voller Kaffeetassen, wie er sich, als sei er irgendein Gast, mit den Billardspielerinnen unterhielt.

»Können wir dich vielleicht mitnehmen?«, fragte sie der Prof. »Wir brechen gleich auf.«

»Schon?« Es war noch nicht einmal halb elf.

»Junge Leute bringen einen in Verlegenheit, und wir bringen sie in Verlegenheit.«

Sie fand es unangenehm, dass der Prof sich altersmäßig mit ihr gleichsetzte, er war mindestens zehn Jahre älter.

»Sie sind so missmutig und unzufrieden«, fuhr er unbeirrbar fort. »Es ist, als müssten sie sich, weil sie keine ernsthaften Probleme haben, künstlich welche schaffen.«

Verärgert über diese vorgebliche Generationenkomplizenschaft sagte sie, da sei sie anderer Meinung. »Findest du nicht, dass sie viel mehr Probleme haben, als wir in ihrem Alter hatten?«

»Nein, das finde ich nicht.«

Sie spürte die ganze wilde Entschlossenheit, mit der dieser Typ, der sich in der Rolle des tollpatschigen und gutmütigen Gentleman gefiel, seine Klienten zu verteidigen pflegte. »Er ist ein Hai«, hatte ihr Vater einmal gesagt, und wie immer hatte er recht gehabt.

»Sie haben alle Chancen«, urteilte er. »Tatsache ist, dass sie sie nicht ergreifen, sie gering schätzen, und manchmal verachten sie sie sogar.«

Der Verdacht stieg in ihr auf, dass die allgemeinen Erörterungen ihres Gesprächspartners darauf abzielten, das Gespräch auf Lorenzo und Martina zu bringen, auf ihre häufigen Streits. Vielleicht wollte er beruhigt werden, oder er erkundete das Terrain im Auftrag seiner Frau. Martina hatte Federica gesagt, sie halte die Schwiegereltern nicht mehr aus. Angesichts der schrecklichen Unfähigkeit ihres Mädchens, Unmut zu verbergen, war es sehr gut möglich, dass die Betroffenen das bemerkt hatten und darüber ziemlich verärgert waren. Wie alle Paare mit viel Geld und einer hohen Meinung von sich übten die Mogherinis gern über jeden, der in ihren Dunstkreis trat, eine despotische Macht aus. Der finanzielle Wohlstand wiegte sie in der Illusion, dass das Leben einen Sinn hat, und sie fühlten sich als dessen Bewahrer und Hohepriester. Martinas Unbotmäßigkeit, um nicht zu sagen, ihr polemischer Eifer, hatten ihr den Ruf der Undankbarkeit eingetragen, ein ziemlich negativer Ruf bei diesen Wohltätern der Menschheit.

Von wegen Macarons, der Prof war hier, um sie auszuhorchen! Was auch das Angebot, sie mitzunehmen, erklärte. Im Auto würden sie sie nach ein paar unverbindlichen Floskeln einem Verhör unterziehen. Mit etwas Pech würde dabei auch eine schöne Predigt herausspringen, mitsamt einer Aufzählung ihrer Prinzipien: Respekt, Treue, Einigkeit – eine Familienauffassung von peinlicher Engherzigkeit. Wenigstens darin waren sie, wenn auch von einer anderen Perspektive aus, ihrem Vater nicht gerade unähnlich.

Federica warf einen Blick in die Runde und suchte dabei nach dem rosa Kleid ihrer Tochter. Doch es war, als wollte man auf einem pointillistischen Gemälde eine einzelne Farbe ausmachen. Alles war in Bewegung. Die von Giorgio mit methodischer Strenge etablierte Ordnung löste sich auf und ging über in das lebhafte, vibrierende Gewoge gelungener Feste. Die Leute redeten, tranken, kosteten. Das Servicepersonal schien in agonistischer

Trance, während Oscar Peterson am Klavier abgelöst wurde vom Count Basie Orchestra.

Wo war ihr Kind? Federica fühlte sich schuldig. Sie hätte Martina zuhören müssen, sie annehmen und ihr die Gelegenheit geben, sich auszusprechen; sie wollte für eine Weile bei ihr einziehen, weg von diesen aufgeblasenen Gestalten? Das sollte sie tun. Sie würde sie nicht daran hindern. Warum Martina ein Pflichtgefühl auferlegen, mit dem sie selbst sich das Leben ruiniert hatte? Was war so heroisch daran, immer und unter allen Umständen das Richtige zu tun?

Mach dir keine Sorgen, mein Schatz, Mama ist hier, und sie wird nicht zulassen, dass diese Hyänen dich zerfleischen. Willst du deinen Mann verlassen? Tu es. Loyalität ist nichts wert, wenn sie dich unglücklich macht. Gibt es da einen anderen Mann? Lass ihn dir nicht entgehen.

8

Martina hatte ein geschütztes Plätzchen bei der Brotbäckerei gefunden, wo Käse-Naan und knuspriges Chapati aus dem Ofen kamen; eine nicht sehr begehrte Station, sie fiel dem um sich greifenden Krieg gegen die Kohlenhydrate zum Opfer. All die mageren Handgelenke suggerierten weniger Wohlbefinden als Finger im Hals und Stunden auf dem Laufband.

Sie hatte die Begegnung zwischen ihrem Vater und Noah genossen und der Verführung widerstanden, zu ihnen zu gehen. Großvater und Enkel schienen erfreut sich kennenzulernen. Die Grimassen des einen und das vergnügte Quietschen des anderen machten es schwer festzustellen, wer von beiden unreifer war. Wer weiß, vielleicht würde Matteo einen besseren Großvater als Vater abgeben, vorausgesetzt, er ließ nicht weitere sechzehn Jahre bis zu seinem Wiedererscheinen verstreichen.

Freu dich dran, Papa. Von mir wirst du keine Enkel bekommen.

Sie ermutigte sich in dem heroischen Vorsatz, nüchtern zu bleiben. Das Wichtigste war, heil und gesund in den nächsten Tag zu kommen. Dann würde eine neue Ära beginnen. Sie würde Lorenzo verlassen, und da ihre Mutter nicht bereit war, sie aufzunehmen (und ihr Vater anscheinend auch nicht), würde sie sich eine bescheidene Mietwohnung suchen. Sie hatte genügend Ersparnisse, um nicht Hungers zu sterben, träumte von einer normalen Arbeit und Unabhängigkeit. Alles, nur nicht das hier.

Jedes Mal, wenn ihre Schwägerin am Rand ihres Blickfelds auftauchte, zuckte sie zusammen. Sich zu unterscheiden, ohne bizarr zu wirken, das konnte Benny am besten: Beige Barchenthosen und ein Tweedblazer machten aus ihr eine so intellektuelle wie verführerische Amazone.

Die Augen vom Objekt ihrer Ängste abzuwenden war, wie sich am Atmen zu hindern; wenn sie es versuchte, flammte die Panik von Neuem in ihr auf. Das Telefon in ihrer Tasche vibrierte. Dass es Lorenzo war, bestärkte sie nur noch mehr in ihrer Absicht, nicht ranzugehen. Sie wandte ihren Blick wieder Benny zu, und als sie sie nicht fand, spürte sie, wie der Groll auf ihren Mann eine neue Nuance bekam. Panisch stand sie auf und beugte sich so weit vor, dass es auffällig wurde. Dort drüben war Benny und redete mit dem Rugby-Champion, mehr gelangweilt als amüsiert, aber dennoch ein bisschen nervös. Da trafen sich ihre Blicke, oder so erschien es Martina jedenfalls. Sie war derart verwirrt, dass sie rot wurde und wieder in den Sessel zurücksank, während ihr die kompromittierenden Worte in den Sinn kamen, die sie in den letzten Wochen geschrieben hatte. Früher oder später würde Benny die Mails Lorenzo oder den Eltern zeigen. Sie zu diskreditieren wäre ein Kinderspiel. Bei der Scheidung würde sie keine finanziellen Forderungen stellen können, also adieu Karriere bei Gericht, adieu akademische Ambitionen. Wen interessiert das schon, versuchte sie sich zu trösten. Von ihnen wollte sie keinen Cent, das Rechtswesen und die Universität bereiteten ihr Übelkeit. Es genügte ihr, nichts mehr mit dieser Familie zu tun zu haben.

Und sonst war da immer noch die halb automatische Beretta, die Lorenzo in der verschlossenen Nachttischschublade aufbewahrte, seit eine Bande von Ukrainern ihr ruhiges und vornehmes Viertel unsicher machte. Fast jeden Abend ein Einbruch, Vandalismus, sogar eine versuchte Entführung. Lorenzo hatte den Waffenschein gemacht, eine Pistole gekauft und damit einen fürchterlichen Ehekrach ausgelöst, in dem er sie blauäugig genannt hatte und sie ihn Faschist. Merkwürdig, dass sie gerade jetzt daran dachte. Sie sah sie vor sich, glänzend in ihrem Futteral, und fantasierte über den Gebrauch, den sie davon machen könnte. Schon immer hatte sie mit der Idee geliebäugelt, sich das Leben zu nehmen (das Wort Selbstmord war ihr zu pompös). Es lag nichts Tragisches in diesen selbstschädigenden Fantasien; nur Friede, Ruhe und Freiheit. Sich umzubringen war Plan B, der Ausweg, der stille Protest, ein extremer Beweis von Charakter. Ein Streit mit Mama? Ein Ungenügend in der Lateinarbeit? Ein Pickel auf der Nase, genau am Abend der Verabredung mit dem hübschesten Jungen ihrer Klasse? Kein Problem, du kannst immer Schluss machen.

Sie verlor sich in diesen romantischen Fantastereien nach Teenagermanier, verweilte bei der Verzweiflung der Mutter, des Großvaters und des fernen Vaters. An diesem Punkt kamen Mitleid und Grauen ins Spiel. Welches Recht hatte Benny, sie in eine so blutige und nicht wiedergutzumachende Tragödie zu stürzen? Davon abgesehen hatten ihre Pläne wenig Realistisches. Es ist schwierig sich umzubringen, nicht nur aus logistischen Gründen. Wenn du eine Weile darüber nachdenkst, erfasst dich ein als Bedenken getarnter Schwindel oder ein als Schwindel getarntes Bedenken. Doch wer weiß warum, nachdem sie Benedettas Blick gekreuzt und so tiefe

Scham empfunden hatte, erschien ihr die Szene, wie Lorenzo sie in einer Blutlache liegend fand, nicht nur völlig plausibel, sie war auch ein Quell böser Freuden voller Rachegelüste und Vergeltungsfantasien. Martina wollte ihm das Herz brechen, so wie Benny das ihre gebrochen hatte.

»Da bist du also.«

Sie zuckte zusammen, als sie Giorgios kalte Hand an ihrer heißen Wange spürte.

»Pst«, entfuhr es ihr, zurückweichend und den Zeigefinger auf die Lippen legend, »ich belausche den Feind.«

»Deinen Mann?«

»Und seine tausend Reinkarnationen«, sagte sie und zeigte auf eine Gruppe von Schnöseln in eng anliegenden, glänzenden Jacketts.

»Du bist glühend heiß.«

»Bei Mama ist die Heizung kaputt, und die Rollläden sind defekt.«

»Warst du bei ihr?«

»Ich habe sie abgeholt, wir sind zusammen gekommen.«

»Und wo hast du sie gelassen?«

»Was weiß ich. Ich habe dir gesagt, ich bin inkognito.«

»Langweilst du dich?«

»Wo denkst du hin. Es ist alles fantastisch.«

Sie log nicht. Sie wusste nicht, wie, und auch nicht, warum, aber die Dinge liefen glatt wie auf gebohnertem Parkett. Es mochte an Weihnachten liegen, an den Jungs und der Organisation, an der Musik, der Wärme, dem Essen, dem Alkohol und der Sorgfalt, die in allem steckte. Alles war bezaubernd, ja in gewisser Weise sogar intim.

»Hast du die Pekingente probiert?«

»Ich habe fast nichts angerührt«, gestand sie. Und setzte hinzu: »Das bisschen war aber super.«

»Kennst du Ginger Ale?«

»Das Getränk?«

»Nein, den Gastro-Blogger.«

»Nie gehört.«

»Er hat eben getwittert, noch nie hätte er außerhalb Chinas eine so gute Pekingente gegessen. Wir sprechen hier von fünfhunderttausend Followern, er ist ein Guru, ein echter Popstar.«

Exzessiver Gebrauch von Superlativen, astronomische Zahlen, Selbstbeweihräucherung – Giorgio hatte mehr mit Matteo gemein, als er glaubte und wünschte. Sie sah ihn an. Er war mitgenommen, als hätte er seit Wochen nicht geschlafen, aber auch so vollgepumpt mit Adrenalin, dass er in den kommenden Stunden schwerlich Schlaf finden würde. Im Unterschied zu ihrem Vater war Giorgio allerdings versessen auf Lob und Anerkennung.

Während er eine ganze Liste von anwesenden Prominenten und Begeisterungsbekundungen aufzählte, dachte Martina an die Zeit, als er sie immer mit dem Roller von der Schule abgeholt hatte – verruchtes Aussehen, Zweitagebart, zerrissene Jeans. Eine Umfrage unter Klassenkameradinnen hatte ihn zum coolsten Bruder gekürt (keiner wusste, dass er nur ihr Stiefbruder war), wobei er den besser gebauten und besser ausstaffierten Lorenzo um eine Stimme geschlagen hatte. Wer hätte ihm eine Zukunft als erfolgreicher, narzisstischer und nie zufriedenzustellender Geschäftsmann vorhersagen können?

»Ein Lieferant hat mir ein Fläschchen Samaroli geschenkt. Ein fantastischer Riserva. Nicht einmal der Prinz von Edinburgh trinkt so was. Genehmigen wir uns ein Gläschen?«

Sie hätte zwei Fingerglieder hergegeben, um von diesem königlichen Nektar zu kosten, aber genau das hatte sie sich geschworen zu vermeiden. Jede Nachgiebigkeit dem Laster gegenüber würde ihren tugendhaften Vorsatz zunichtemachen und ihre Wiedergeburt gefährden.

»Ich mache eine Entgiftungskur«, sagte sie im Scherz und fand ihre Worte herzzerreißend wahr.

»Du Glückliche, dass dir das gelingt.«

»Und Sara?«, fragte sie, um das Thema zu wechseln.

»Ist nach Hause gegangen.«

Martina erzählte ihm, dass sie dabei gewesen war, als Matteo und Noah einander kennengelernt hatten.

»Nur gut, dass er bald abhaut.«

»Du bist so hart zu ihm. Was hat er dir denn getan?«

Er sah sie an, als hätte sie soeben die absurdeste Frage der Welt gestellt.

»Mir? Nichts«, antwortete er sarkastisch, dann um nachzustoßen: »Frag lieber deine Mutter.«

»Was hat sie damit zu tun?«

»Machst du Witze?«

»Ich weiß nicht, wovon du redest.«

»Sie ist wieder auf ihn reingefallen. Hast du nicht gesehen, in was für einer Verfassung sie ist, die Ärmste?« Dass Giorgio es wagte, Federica zu bedauern, empörte sie dermaßen, dass ihre Lippen erbebten.

»Bestimmt in einer besseren als deine.«

Giorgio sah sie an mit einem Hass, wie nur Geschwister ihn aufbringen können.

»Wage nicht noch einmal, von ihr zu sprechen«, sagte er, als ob er der bravste Sohn der Welt wäre. »Hast du verstanden? Ich meine das ernst«, betonte er. »Wage es nicht.«

»Hör mal, du kannst mir nicht vorschreiben, was ich sagen und was ich denken soll.« Selbst überrascht von ihrer Entschlossenheit, forderte sie ihn heraus, ohne den Blick zu senken.

»Meiner Mutter geht es nicht gut. Was du sagst, ist nicht in Ordnung.«

»Sie hat damit nichts zu tun, Giorgio. Wenn ich schlecht von ihr gesprochen habe, tut es mir leid, ja, ich nehme alles zurück«, sagte sie konziliant. »Aber du hast damit angefangen.«

Seit ewigen Zeiten spielte ihr Bruder das Opfer. Und sie? Matteo war schließlich auch ihr Vater. Es war nicht ihre Schuld, wenn die zweite Signora Zevi mit diesem Kuddelmuddel besser zurechtkam als die erste. Und dann, entschuldige mal, wenn es jemanden gab, der von Federica profitiert hatte, der ihr wirklich nichts vorzuwerfen hatte, dann war das Giorgio. Wie also konnte er es sich erlauben?

Im Lauf der Jahre hatten ihre feindseligen Gefühle gegenüber dem Vater nie zu einer Übereinstimmung gefunden, wenigstens zeitlich nicht. Wenn der eine ihn attackierte, eilte die andere zu seiner Verteidigung, wenn die eine unerbittlich war, zeigte der andere sich nachsichtig. Vielleicht gehorchten sie der Dialektik jeder Geschwisterbeziehung. Wahrscheinlicher noch fielen sie beide den diabolischen, wenngleich unbewussten Manipulationen Matteos zum Opfer.

Giorgio packte sie an den Handgelenken, und Martina fürchtete, er wolle sie schlagen oder hinauswerfen, nach Tati und Matteo war jetzt sie dran. Sie fühlte sich nicht imstande, sich zur Wehr zu setzen oder zu kämpfen.

Erst als er sie umarmte, bemerkte sie seinen nach Alkohol riechenden Atem und das feuchte Haar.

»Entschuldige, Kleine«, flüsterte er, »ich hatte einen furchtbaren Tag.«

9

Der Disput mit der Schwester, der in eine Umarmung mündete – wenige Stunden nach dem Wutausbruch gegenüber dem Vater –, hatte ihm den Rest gegeben. Giorgio streifte durch die Räume und sammelte Komplimente und Schulterklopfen ein: »wie immer alles perfekt«, »du hast dich mal wieder selbst übertroffen«, »der Thunfisch war göttlich«. Das Fest neigte sich seinem Ende zu, die Leute waren bei Kaffee und Hochprozentigem angelangt, alle wirkten fröhlich. Nur Giorgio war es nicht. Er fühlte sich wie der Stardirigent, der trotz Applaus mit seiner Leistung hadert. Der Patzer an der heiklen Stelle, den offenbar niemand wahrgenommen hat, ist seinem unbestechlichen Ohr nicht entgangen, und seither findet er keinen Frieden.

Überall sah er nur Fehler und Pfuscherei. Er kannte keinerlei Nachsicht mit den überflüssigen Gängen des Personals, diesem blinden und unschlüssigen Umherstreifen, das so ganz anders war als die synchronen tänzerischen Bewegungen eines perfekten Service. Schmutziges Geschirr stapelte sich allenthalben wie ein Wahrzeichen von Schludrigkeit und Nachlässigkeit. Das war seine Schuld, denn die Essensstationen alle auf einen Bereich zu konzentrieren, hatte sich als miserable Idee erwiesen. Er war unzufrieden mit seinen Angestellten, vor allem aber mit sich selbst.

Zum ersten Mal in zehn Jahren untadeligen Dienstes hatte er getrunken. Der Alkohol beeinträchtigte seine Klarsicht – das kostbarste Gut. Er versuchte zu verstehen, was genau nicht geklappt hatte, ohne dass er einen einzelnen Mangel hätte benennen können. Es war die Atmosphäre, die, so schien es ihm, erheblich hinter den Erwartungen zurückgeblieben war, ganz zu schweigen von der Schlamperei, der er überall begegnete.

Um sich zu trösten, verfolgte er angespannt die Twittermeldungen von Ginger Ale und seufzte jedes Mal vor Erleichterung, wenn sie retweetet wurden, widerstand jedoch der Versuchung, es selbst zu tun. Dass niemand sein Debakel zu bemerken schien, bestürzte ihn am meisten.

Er bat Viola, die Flasche Samaroli hervorzuholen; angesteckt von der allgemeinen Laxheit, schien auch sie länger zu brauchen als nötig, um seinen Wunsch zu erfüllen.

»Nun, was hältst du davon?«, fragte er sie mit belegter Stimme, goss den Whisky in zwei Gläser und sah ihr unverwandt ins Gesicht.

»Ein Triumph, oder?« Nach der Gelassenheit zu urteilen, mit der sie seinem Blick standhielt, schien sie das ehrlich zu meinen. War es möglich, dass auch sie es nicht bemerkt hatte? Sie arbeitete seit fünf Jahren für ihn und hatte nicht gesehen, was so evident war. Vielleicht hatte er sie überschätzt, nicht weniger als sich selbst.

»Das finde ich überhaupt nicht.«

»Was ist das, Fishing for Compliments?«

»Ganz und gar nicht«, wies er sie ärgerlich zurecht. »Ich versuche nur, mir nichts vorzumachen und mir auch von anderen nichts vormachen zu lassen.«

War er zu schroff? Anscheinend nicht mehr als sonst, da Viola ruhig und freundlich blieb.

»Finster und überkritisch, wie immer«, sagte sie. »Nimm dagegen deinen Vater, entschuldige, aber der ist echt cool.«

Sie warf das so hin, als hätte sie sich vorgenommen, ihn in Rage zu bringen; damit nicht genug, erläuterte sie noch: »Er hat etwas Königliches.«

»Ja, der König der Clowns«, murmelte er und führte das Glas an die Lippen.

»Was sagst du?«

»Nichts, nichts, ich rede nur mit mir selbst. Ich bin ein bisschen beschwipst, aber auch du lässt nichts zu wünschen übrig.«

»Wirklich, Giorgio, ich hätte nicht gedacht, dass er so sein kann. Ich finde ihn sogar schön, ja, wirklich, ein faszinierender Mann. Er dürfte fast sechzig sein, oder?«

Den Gefallen, von ihr Rechenschaft für so leichtfertige, enthusiastische Urteile über einen Unbekannten zu verlangen, würde er ihr nicht tun. Genau dies waren die Momente, in denen sein Vater sein Bestes gab. Würde man allein dafür bezahlt, höflich und unbefangen zu sein, wäre Matteo Zevi Millionär gewesen. Obwohl Giorgio sich nach dem Streit am Anfang des Abends auferlegt hatte, ihn auf Distanz zu halten, war er doch immer wieder seiner guten Laune begegnet, seinem Appetit, seiner unvergleichlichen Fähigkeit, auf der Welt zu sein.

Ihn mit Noah auf dem Arm zu sehen war ein Schock gewesen. Beinahe wäre er geflohen, um bei dieser Szene nicht zugegen sein zu müssen. Zwischen Noah und Matteo schien ihm eine ebenso große anthropologische Kluft zu bestehen wie zwischen einem Eskimo und einem Aborigine. Sie zusammen zu sehen, der eine auf dem Schoß des anderen, war unerträglich gewesen. Trotzdem hatte er sich nicht gewundert, dass ein so gefasstes und misstrauisches Wesen wie Noah, der gewöhnlich für Liebkosungen von Erwachsenen nicht empfänglich war, sich Matteo hingab wie ein schnurrendes Kätzchen. Sein Vater konnte gut mit Kindern umgehen, das wusste Giorgio aus eigener, wenngleich ferner Erfahrung. Und doch vermittelte ihm diese unwahrscheinliche Gemeinschaft der beiden ein derartiges Gefühl von Gefahr und Beklemmung, dass er Matteo das Kind am liebsten aus den Händen gerissen hätte.

Stattdessen hatte er artig gewartet, bis Matteo das kleine duftende Bündel der Mutter zurückgab und sich entfernte, um von Sara Erklärungen zu verlangen.

»Bist du verrückt geworden?«

»Was ist denn?«

Während er sie mit Fragen bombardierte, fiel ihm ihr letzter Streit vom Ende des Sommers ein. Kaum waren sie nach der Kontrolluntersuchung bei Doktor Di Cave ins Auto gestiegen, da hatte Sara angefangen, SMS mit Matteo zu wechseln. Giorgio war aufgebraust, und sie hatte eine Woche lang nicht mit ihm gesprochen. Seither war alles ein Idyll gewesen, als ob sie ihre Kräfte vereint hätten, um die Hindernisse der Schwangerschaft gemeinsam zu überwinden. Das Eigenartige war, wenn man es bedachte, dass eine der dramatischsten Phasen – Noahs Krankenhausaufenthalt – auch eine der intensivsten gewesen war.

Jetzt hatten sie also wieder Streit, und wieder wegen Matteo. Wie konnte es ihr in den Sinn kommen, ihm Noah in den Arm zu legen, hatte er sie barsch gefragt und mit sich gekämpft, um nicht laut zu werden. Nach der heftigen Auseinandersetzung mit dem Vater war es nicht ratsam, vor all den Leuten seine junge Frau und ihr Kind mit Beschimpfungen zu überhäufen.

»Ich habe ihn eingeladen.«

»Du hast was?«

»Ich habe ihn eingeladen.« Mit den Augen flehte sie ihn an, das Kind nicht zu erschrecken und sich nicht selbst eine Blöße zu geben. Überrumpelt hatte er sich wie der niederträchtige Mann gefühlt, der nicht mehr zu sein er sich geschworen hatte.

»Komm, mein Lieber, es ist alles gut«, versuchte sie ihn zu beruhigen. »Genieß dieses schöne Fest, das du ausgerichtet hast.«

»Es ist überhaupt nicht schön. Ja, es ist miserabel. Und es ist scheußlich *seinetwegen*.«

Er rastete nicht so sehr aus, dass ihm die paranoide Note der Bemerkung, die ihm herausgerutscht war, entgangen wäre, und auch nicht die Bestürzung, die sie bei Sara auslöste.

»Aber wenn doch alles perfekt ist …?«

»Warum hast du es mir nicht gesagt?«

»Ich hatte Angst, du würdest mich daran hindern. Und offenbar hatte ich recht. Weißt du, ich habe genug von dieser Geschichte. Das ist nicht gesund. Schau ihn dir doch an. Er freut sich so. Was kann er dir Böses tun? In einer Woche reist er ab. Er wollte Noah kennenlernen, dein Lokal sehen, ein bisschen bei seiner Familie sein, bevor er wieder fährt. Ich weiß, dass du gute Gründe hast, und ich habe sie immer respektiert, aber vielleicht ist der Zeitpunkt gekommen, einen Schlussstrich zu ziehen.«

Was für eine Demütigung! Die empfand er jedes Mal, wenn jemand durch bloßen gesunden Menschenverstand seine Extravaganzen enttarnte.

»Darf ich dich etwas fragen?«, hatte Sara wieder angefangen.

Er hatte ohne Überzeugung genickt, während Noah immer unmutiger aussah.

»Warum hasst du ihn so sehr?«

Er hatte versucht, Ordnung in seine Gedanken zu bringen, aber es war, als würde Noahs Unruhe ihn daran hindern.

»Ich glaube, er ist müde und hat Hunger.«

»Kein Problem, ich höre dir zu«, hatte Sara nachgehakt und versucht, den Kleinen, der sich jetzt wand wie ein verwundetes Tier, in eine andere Position zu bringen.

»Nein, komm, sprechen wir später darüber.«

»Dann stören wir nicht länger. Wenn du willst, bleibe ich wach, bis du kommst, und dann unterhalten wir uns ein bisschen.«

10

Warum hasst du ihn so sehr?

Binnen weniger Minuten war ihm diese Frage zwei Mal gestellt worden. Und nicht von irgendwem, von Sara und Martina, den beiden Frauen, die er am meisten liebte. Weit davon entfernt, seine Gefühle für den Vater anzuzweifeln – die klarer und ehrlicher waren, als es anderen offenbar schien –, trat bei dieser Frage seine dramatische Unfähigkeit zutage, sich verständlich zu machen.

Er leerte sein Glas, als wäre darin das Elixier der Wahrheit.

Warum hasst du ihn so sehr?

Hass? Nein, das war nicht das richtige Wort. Er wusste selbst nicht, ob das Wörterbuch eines enthielt, das imstande wäre wiederzugeben, was er für Matteo empfand. Aber wenn, sagte er sich, müsste es von Furcht und Bangen angesichts seiner magischen Kräfte zeugen, sicher nicht von Hass. Wie sollte man das den anderen begreiflich machen? Er glaubte, sie zu hören: Angst vor einem so harmlosen Mann? Angst vor einem so nachsichtigen Vater? An diesem Punkt würde seine Unfähigkeit, sich zu erklären, so frustrierend wie nur irgend möglich werden.

Er musste wieder an den Morgen vor sechzehn Jahren denken, als der Hausmeister im Unterricht erschienen war und seine Lehrerin gefragt hatte, ob Giorgio Zevi einen Moment herauskommen könne, er werde am Telefon verlangt. Als die Italienischlehrerin sah, dass er zögerte, hatte sie ihn gedrängt: »Zevi, worauf wartest du? Hast du nicht gehört?« Das war in der siebten Klasse gewesen, wie üblich drohte er sitzen zu bleiben (und schaffte die Versetzung wieder mit Ach und Krach). Seine geringe Neigung zum Lernen fand ihre perfekte Entsprechung in der Liebe zu Joints und langen Nächten. Es passierte nicht zum ersten Mal, dass man ihn wegen eines dringlichen Falles aus dem Unterricht holte. Gewöhnlich waren es die Krisen der Mutter. Giorgio war sicher, dass er, wenn er den Hörer nahm, das Schluchzen dieser unheilbar depressiven Frau würde ertragen müssen, dass er sie beruhigen und ihr versprechen müsste, nach Hause zu eilen. Welche Überraschung, am anderen Ende der Leitung Matteos Stimme zu hören, so ernst, dass sie fast nicht wiederzuerkennen war.

»Papa, ist was passiert?«

»Um ehrlich zu sein, ja, aber sei ganz beruhigt.«

»Mama?«, hatte er gefragt und an das Schlimmste gedacht, mit einer Mischung aus Schrecken und Erleichterung.

»Nein, deiner Mutter geht es gut, sie weiß noch nichts.«

»Wovon?«

»Das ist nicht leicht zu erklären. Und ich schwöre dir, ich hätte gern mehr Zeit. Wenn ich könnte, würde ich dir alles erzählen, aber das ist genau der Punkt, ich kann nicht.«

»Papa, was ist los?«

»Hör zu, ich muss verreisen.«

»Wohin?«

»Wenn ich dort bin, gebe ich dir Bescheid.«

»Sag mir wenigstens, wann du wiederkommst!«

»Ich weiß es nicht.«

»Wie, du weißt es nicht?«

»Ich muss ein Weilchen verschwinden.«

In der Tat hatte der Vater in den letzten Monaten eine unvorhergesehene Wandlung durchgemacht, war immer angespannt, immer auf dem Sprung gewesen und hatte in gewisser Weise sogar älter als seine vierzig Jahre gewirkt.

»Und Federica? Martina?« Er hatte nicht gewagt, sich auf die Liste der Personen zu setzen, die ohne ihn würden auskommen müssen. Im Grunde war es nicht das erste Mal, dass er ihn verließ.

»Federica wird dir alles erklären.«

»Also sehen wir uns nicht mehr? Wir verabschieden uns nicht?«, hatte er gefragt und gekämpft, um nicht hier, in diesem Rektoratszimmer neben dem Hausmeister, in Tränen auszubrechen.

»Ich verspreche dir, sobald ich angekommen bin und mich eingerichtet habe … Federica und Tati haben meine neue Nummer. Wir hören uns in ein paar Tagen, abgemacht? Und bitte, Giorgio, kümmere dich um deine Schwester und auch um deine Mutter.«

Und wer würde sich um ihn kümmern?

Nie hatte Giorgio es vergessen, dieses Gefühl eines Endes. Der lange, leere Flur, die Lawine von Gedanken, die über ihn hereinbrachen. Der Vater hatte wieder etwas angestellt. Und zwar so schlimm, dass man am Telefon nicht darüber reden konnte, so schwerwiegend, dass er gezwungen war, sich bei Nacht und Nebel davonzumachen, ohne eine Umarmung, eine Erklärung oder ein tröstendes Wort.

In der erdachten Biografie, die sich jeder von uns zum eigenen Gebrauch zurechtlegt, um seinem Schicksal Sinn zu verleihen, war die Treppe, die das Rektorat mit seinem Klassenzimmer verband, zu einem Meilenstein geworden. Selbst nach Jahrzehnten fühlte er die Freude, die auf die Verwirrung folgte, die bestürzte Euphorie dessen, der vor der Zeit aus der Jugend herausgerissen und mit Macht ins Erwachsenenalter katapultiert wird. Auf dieser Treppe war Giorgio Zevi zum Mann geworden. Er war fünfzehn. Er war allein. Er musste allein zurechtkommen. Keiner würde ihm mehr sagen, was er tun und lassen sollte. Er würde von der Schule abgehen und sich eine Arbeit suchen. Er strebte etwas Wichtiges an. Genug mit den Albernheiten, die Zeit der Entscheidungen war gekommen.

Tati klärte ihn später auf: Schulden, Kredite, Drohungen. Eine Weile lang würde der Vater nicht zurückkommen können, hatte er hinzugesetzt, aber Giorgio könne auf ihn und Ada zählen. Er solle Matteo nicht verurteilen. Der sei kein böser Mensch, er sei nur unbesonnen und glücklos.

Giorgio hatte die Ratschläge befolgt. Er hatte ihn nie verurteilt. Ja, er hatte eine ungewöhnliche und ganz spezielle Beziehung zu ihm aufgebaut, bestehend aus kameradschaftlichen Telefongesprächen und Ferienaufenthalten in Los Angeles. Die beiden hatten Spaß miteinander gehabt. Durch den Vater und Kalifornien hatte er einige interessante Geheimnisse über das Leben im Allgemeinen und das Gastgewerbe im Besonderen entdeckt.

Alles gut, jedenfalls so lange, bis Matteo den stillschweigend geschlossenen Pakt brach und mit der absurden Idee einer Heimkehr aufwartete. Giorgio ist nun nicht mehr der furchtsame und unerfahrene Gymnasiast, er ist ein Geschäftsmann mit Familie. Und wie der Zufall es will, beschließt der Vater genau zu dem Zeitpunkt zurückzukommen, als Sara schwanger wird. Eine unglückselige Koinzidenz, die Giorgio verstimmt und ihn noch weniger umgänglich macht. Er weiß, er fühlt, dass ein Elternteil wie Matteo nur mit einem Ozean Distanz zu ertragen ist. Er weiß, dass er Angst vor ihm hat, vor seiner Verantwortungslosigkeit, vor seiner Einmischung, vor der mörderischen Fähigkeit zu zerstören, was er anrührt.

Wieder war es Viola, die ihn von diesen Gedanken und seinem Drink ablenkte. Ein kleiner Unfall in der Küche, einer der Jungs hatte sich am Öl der Fritteuse verbrannt.

»O Gott!«, knurrte er.

»Vielleicht sollte man ihn ins Krankenhaus bringen.«

Da dachte Giorgio an den Besuch des Agenten der NAS, an die Sandalen, die säuselnde Stimme, die glatte Art, mit der er ihn gewarnt hatte. Man muss sich gegen die Bosheit der Welt zur Wehr setzen.

11

»Hast du zufällig deine Schwester gesehen?«, fragte Lorenzo Giorgio, der außer Atem in die Küche verschwand. Er erhielt keine Antwort.

Warum hörte ihm niemand zu?

Sich Benny anzuvertrauen war eine sehr schlechte Idee gewesen. Die Schwester hatte reservierter denn je reagiert, als wüsste sie etwas, hätte aber keine Absicht, es ihm mitzuteilen. Entmutigt hatte Lorenzo es bei den Eltern versucht. Die Mutter war fast außer sich geraten. Wie konnte diese kleine Intrigantin es wagen, ihren Jungen so zu behandeln? Der Prof hatte sich in den Kopf gesetzt, mit Federica darüber zu reden, der einzigen *vernünftigen* Person in dieser Familie von *Verrückten*. Genervt von der Verständnislosigkeit seiner Angehörigen war Lorenzo verstummt. Wie sollte er ihnen begreiflich machen, dass er keine Rache brauchte, keine Vergeltung und schon gar keine Richtigstellungen durch Dritte? Er wollte lediglich, dass Martina, was immer ihr auch durch den Kopf ging und wo immer sie auch steckte, wieder die liebevolle, fröhliche und ironische junge Frau wurde, die er geheiratet hatte. War das zu viel verlangt?

Er begann zu begreifen, was weniger vom Glück begünstigten Menschen als ihm schon an der Schwelle zur Pubertät aufgeht: Dass die anderen nur in dem Maße bereit sind, uns zuzuhören und uns zu verstehen, in dem wir bereit sind, ihnen zuzuhören und sie zu verstehen.

Alle schienen ihren Spaß zu haben. Da gab es sogar welche, die gegen alle Regeln angefangen hatten zu rauchen. Neugierig trat er näher und sah, dass der Gesetzesbrecher, um den sich amüsierte Gäste und hübsche Kellnerinnen scharten, Matteo war.

Er und Martina hatten oft darüber geredet, Matteo zum Abendessen einzuladen. Aus dem einen oder anderen Grund war dann aber nichts daraus geworden. Es war, als hätte die Zuneigung seiner Frau für ihren Vater durch dessen Heimkehr abgenommen. Obwohl Lorenzo ihn kaum kannte, empfand er ihm gegenüber ein Misstrauen, das ganz offensichtlich erwidert wurde. Wen kümmert's! Schließlich war Matteo der Typ von Mann, für den er kein Interesse hatte. Die erbärmlichen Abenteuergeschichten, die ab und zu in Martinas belustigten Erzählungen auftauchten, fand er überhaupt nicht lustig. Exzentrik ist nur dann zulässig, wenn sie mit Erfolg gepaart ist. Mit der Extravaganz um ihrer selbst willen wusste er nichts anzufangen. So tat es ihm nicht sonderlich leid, dass aus der Einladung nichts geworden war, und er war froh, dass Matteo bald abreisen würde. Dass seine Ankunft in Rom mit dem Beginn ihrer ehelichen Unstimmigkeiten zusammengefallen war, war allzu offenkundig, und so durfte man wohl hoffen, mit dem Abgang des Schwiegervaters von der Bühne würde alles wieder wie früher, klar und geordnet.

Und doch, wenn man ihn da so sah, die Toscano im Mund und herausgeputzt wie ein Geck, umgeben von lächelnden Gesichtern, schien er nicht wirklich ein Verlierer; höchstens hätte man ihn mit einem der Playboys aus dem Klub verwechseln können, von denen Lorenzo viele kannte. Ganz in seinem Element in der Rolle des Amphitryon, behandelte er die jungen Elevinnen mit der Gesetztheit des erfahrenen Gentleman.

Als Matteo ihn erblickte, lächelte er ihm freundlich zu. »Oh, mein Bester, da bist du ja endlich.« Wer ihn sah, wie er die Arme ausbreitete, hätte nicht nur geglaubt, dass zwischen ihnen eine gefestigte Beziehung bestehe, sondern dass Matteo den ganzen Abend damit zugebracht habe, ihn zu suchen.

»Entschuldigt, Mädels, ich muss euch verlassen, ich habe mit meinem schönen Schwiegersohn etwas zu klären«, sagte er, als handele es sich um eine unaufschiebbare Sache. »Ist er nicht wirklich ein schöner Mann?«, fragte er die hübscheste der Kellnerinnen, und sie nickte befriedigt. »Ich weiß«, fuhr Matteo fort. »Was den Geschmack angeht, geraten meine Kinder nach dem Vater.«

Er nahm Lorenzo am Arm und zog ihn mit sich fort. Unentwegt überhäufte er ihn mit liebevollen Kosenamen: »mein Hübscher«, »Schatz«, »mein Lieber«. Lorenzo antwortete mit dem Respekt, dem man einem Schwiegervater schuldet, den man eben erst kennengelernt hat. Da wurde Matteo ungehalten. »Willst du aufhören, mich wie eine Mutter Oberin zu behandeln! Für dich bin ich Matteo. Und ich bin wirklich froh, dass ich mit dir reden kann, denn da gibt es etwas, was mir Sorgen bereitet.«

Einen Moment lang fürchtete Lorenzo, er könne ihn um einen Kredit bitten.

»Sprich.« Er sah ihn furchtsam an, während Matteo seine Zigarre wieder anzündete.

»Ich will alles über meine Tochter wissen.«

»Was sagen Sie?«, fragte Lorenzo und blieb mitten im Lokal stehen.

»Komm, ich bitte dich, mit diesem *Sie* lässt du mich wie eine Karyatide dastehen.«

»Ach ja, entschuldige. Was hast du gesagt?«

»Ich will alles über meine Tochter wissen.«

Wie bitte? Er hatte den ganzen Abend lang nach jemandem gesucht, der bereit wäre, ernsthaft mit ihm über Martina zu reden, und nun entpuppte sich der unwahrscheinlichste Gesprächspartner als der richtige.

»Was willst du wissen?«, fragte er und versuchte sich zu beherrschen.

»Wie läuft es so?«

»Warum?« Unterdessen stellte er sich vor, wie seine Eltern mit Federica gesprochen hatten, die ihrerseits ihren Mann informiert hatte, und wie sie so die unaufhaltsame Maschinerie des Klatsches in Gang gesetzt hatten, die für junge Paare in der Krise eine Bedrohung ist.

»Weil ich es nicht normal finde, dass eine Tochter, die mich in zwanzig Jahren nur ein paarmal besucht hat und mich seit sechs Monaten ignoriert, mir neuerdings vorschlägt, mich nach Los Angeles zu begleiten. Und jetzt sehe ich dich, wie du daherkommst wie ein geprügelter Hund, und es riecht mir verdammt nach Türenknallen und getrennten Schlafzimmern.«

Was war überraschender? Dass Martina ihm eine so absurde Entscheidung noch nicht mitgeteilt hatte oder dass der Schwiegervater sie ihm so unverblümt ins Gesicht schleuderte?

»Also weißt du es nicht?«, stellte Matteo fest, jedoch ohne jede Schadenfreude. »Sie hat es dir nicht gesagt, hm? Wie ich mir dachte«, meinte er untröstlich und setzte sich auf ein großes Ledersofa.

»Um ehrlich zu sein …«

»So sind sie«, sagte der Schwiegervater sentenziös, und

auch diesmal hatte Lorenzo Mühe, die Anspielung zu verstehen. »Weißt du, ich habe eine Theorie diesbezüglich.«

»Eine Theorie?«

»Über die Frauen.«

Seine Ehe ging in die Brüche, Martina intrigierte hinter seinem Rücken, um auf die andere Seite des Atlantiks zu fliehen, seine Eltern drehten durch, und dieser Kerl hatte nichts Besseres zu tun, als Theorien aufzustellen!

»Hast du dich je gefragt, warum sie gewöhnlich nicht rational handeln?«, fragte Matteo. »Du sitzt auf dem Sofa, siehst fern, und sie meint ärgerlich zu dir: ›Du hockst immer nur zu Hause.‹ In dem Glauben, es ihr damit recht zu machen, beschließt du rauszugehen. Du stehst an der Tür, die Klinke schon in der Hand, du kannst es nicht erwarten, ihr einen Gefallen zu tun, und sie: ›Ist dir klar, dass du nie zu Hause bist?‹ Weißt du, warum sie das so machen?«

Lorenzo schüttelte den Kopf.

»Weil sie ein höheres Ziel verfolgen, wichtiger als jede Vernunft, als jede Logik.«

»Und das wäre?«

»Dir auf die Eier zu gehen. Nicht aus Bosheit. Das ist von Natur aus so. Für uns ist das Zusammenleben ein Drama, für sie eine Notwendigkeit. Du musst dir das als eine Art Knoten denken.«

Er stelle sich diesen Knoten vor wie die »Macht« bei den Jedi. Auch der Knoten sei nicht gleichmäßig in der Galaxie verteilt. Manche Frauen seien begabter, andere weniger. Es gebe Profis und Dilettantinnen. Und er mit seinen vier Ehen erkenne sie auf Anhieb, er spüre das in der Luft wie ein neuer Obi-Wan Kenobi.

War er betrunken? Völlig zugedröhnt? Oder machte er sich über Lorenzo lustig?

»Soweit ich meine Tochter kenne, ist sie ein Knoten ersten Ranges, ein Extramodell. Der Knoten in ihr ist stark. Ständig unzufrieden, unruhig, auf der Suche nach etwas. Und dann lernt sie dauernd, wie ihre Mutter. Weißt du, Bildung lässt diesen Knoten nur weiter erstarken.«

Zusammenhanglos und inakzeptabel, hatten diese Worte doch eine angstlösende Wirkung auf Lorenzo. Der Schwiegervater erregte in ihm eine Sympathie, die kurz zuvor noch undenkbar gewesen wäre. Nicht so sehr wegen des Inhalts seiner Reden als wegen des Tonfalls, in dem er sie vortrug, ruhig, überlegen, einnehmend. Ein ansteckender Fatalismus, der bei Lorenzo dazu führte, dass er die Lust am Atmen wiederfand. Es war, als enthüllte ihm Matteos schamlos misogynes Gerede eine so evidente wie unaussprechliche Wahrheit.

»Und was soll ich tun?«, hörte er sich fragen.

»Du musst loslassen, mein Lieber. Darfst sie nicht bedrängen. Mein Motto ist: Wenn du sie nicht verstehst, unterstütze sie. Was auch immer ihr zustößt, was auch immer sie vor dir verbirgt, du wirst der Letzte sein, der es erfährt, der Letzte, der es versteht.«

»Und wenn …«

»Glaubst du, sie hat einen anderen?«

Auf einmal kam ihm das, was er so hartnäckig verleugnet hatte, ganz und gar plausibel vor. Sicher hatte sie einen anderen. Diese Überzeugung war ebenso stark wie die Gewissheit, es nicht ertragen zu können. Die Ironie an der Sache war, dass seine immer schwankendere Hoffnung auf den Nächsten sich nunmehr auf den Schwiegervater konzentrierte, auf seine Offenheit, die Offenheit eines freien und verzweifelten Mannes. Wer sonst hätte ihn mit einer solchen Natürlichkeit mit der Wahrheit konfrontieren können? Die Eltern nicht, schon gar nicht die Schwester, ganz zu schweigen von seiner Frau, der frigiden Hure! Überzeugt, dass es genügt, eine Wahrheit nicht auszusprechen, um sie unter Kontrolle zu halten, waren sie Repräsentanten einer Welt, in der hässliche Dinge aus Prinzip nicht vorkommen, und hatten ihn lieber gemieden und marginalisiert, ihn mit seinen Zweifeln alleingelassen.

Das genaue Gegenteil erfuhr er von diesem Mann, der wenigstens für ihn da war. Er hörte ihm zu, verbarg ihm nichts, stellte ihm die richtigen Fragen und schenkte ihm ein Lächeln voller Gutmütigkeit.

Matteo sah ihn freundlich an, und Lorenzo war ihm dankbar dafür. Martina hatte einmal zu ihm gesagt, keiner könne so gut mit Frauen umgehen wie ihr Vater. »Er wird nen Großen haben«, hatte er mit einem Zynismus geantwortet, den er jetzt, wenn er daran dachte, bereute. »Komm, werd nicht vulgär«, hatte sie ihn zurechtgewiesen. »Es geht darum, was für ein Gefühl er dir vermittelt, wenigstens für die kurze Zeit, die er dir zu widmen bereit ist.« Jetzt verstand er diese Worte. Der Blick des Schwiegervaters war klar, rein, aufrichtig, und er hörte nicht auf, vielsagend zu lächeln. Lorenzo erinnerte dieser Blick an den Martinas, als sie noch Martina gewesen war. Wer weiß, ob die Wechselfälle des Geschicks, die ihn betroffen hatten, nicht mit der nackten Aufrichtigkeit seiner Augen zu tun hatten. Es lag kein Groll in ihnen und keinerlei Bemühen um Verstellung. Sie drückten die Freude aus, bei dir zu sein.

»Was hältst du von einem Sake?«, fragte er, erhob sich von dem Diwan und drückte seine Zigarre in der Erde eines Weihnachtssterns aus. »Ich liebe Sake«, fuhr er zufrieden fort, »ich liebe Asien. Ah, diese Mädchen! So zuvorkommend. Weißt du, dass Giorgio und ich uns einmal eine wunderschöne Koreanerin geteilt haben? In Las Vegas. Das schönste Weihnachtsgeschenk, das ich je bekommen habe.« Und auf dem Weg zur Bar murmelte er mit einer gewissen Traurigkeit: »Als mein Sohn mich noch lieb hatte.«

Dem Schwiegervater hinterhereilend, der sich in dem gedrängt vollen Lokal mit der Selbstverständlichkeit des Inhabers oder eines Stammgasts bewegte, sagte sich Lorenzo, dass er, wenn er nur einmal mit seinem Vater bei einer Hure gewesen wäre, nun wüsste, wie er seine Frau halten könnte.

12

Mittlerweile lag Martina nichts mehr an Benny, an Lorenzo, an sich selbst, noch weniger an ihrem Stiefbruder oder ihrem Vater. Sie wollte nur ihre Mama. Mit jedem Herzschlag beschwor sie sie, während sie das Orient Express der Länge und der Breite nach durchmaß. Statt sich zu leeren, füllte sich das Lokal.

Sie entdeckte Federica bei der Insel mit exotischen Früchten, zusammen mit den Schwiegereltern und verwickelt in etwas, was nicht den Anschein erweckte, ein friedlicher Meinungsaustausch zu sein.

Es war Zeit einzugreifen, um einen Zwist beizulegen, der schon zu lang andauerte, auch und vor allem wegen ihrer Unentschiedenheit.

»Du schreibst nur noch, du sprichst nicht mehr«, sagte jemand hinter ihr. Sie drehte sich um, und ihre Knie gaben nach, wie ihre Träume von Klarheit und Freiheit. Unter den unzähligen Lichtern, die die Decken schmückten, hatte Bennys Haar, das zu einem nur etwas dunkleren Knoten zusammengebunden war, dieselbe Whiskyfarbe wie die Schildpattbrille, die sie in der Brusttasche ihrer Jacke trug.

Wie sehr sich die Situation doch von der des vergangenen Sommers unterschied, als sie sich bei dem Fest am Strand wiedergesehen hatten! Martina fühlte sich älter, aber nicht weiser. Im Bewusstsein des Abgrunds, den die monologischen Mails aufgerissen hatten, vertraute sie auf die Festigkeit der Vorsätze, die sie beseelten.

»Lorenzo sucht dich«, sagte Benny. Martina reagierte mit einem Ausdruck des Unwillens und der Ablehnung.

Sie war nah genug am Eingang, um die eisigen Windstöße zu spüren, die jedes Mal hereinwehten, wenn neue Gäste eintraten. Nach Beendigung des Abendessens war das Fest nun nicht länger privat. Mit begeisterndem Schwung war die Musik im einundzwanzigsten Jahrhundert angekommen, die Männer hatten ihre Krawatten abgenommen, und die Frauen träumten davon, ihre Stilettos von sich zu werfen. Schade, dass sie das Fest nicht genießen konnte, festgenagelt wie sie war auf ihr Skript ohne Alkohol und Zigaretten.

»Drehen wir uns eine?«, schlug Benny, ihre Gedanken lesend, vor. Sie zeigte Papierchen, Tabak und eine gewisse Ungehaltenheit.

Martina fürchtete, wenn sie den Mund aufmachte, würde alles vergehen wie der Zauber im Märchen, der von gewöhnlichen Ereignissen eingeleitet und beendet wird (das Zischen einer Lampe, eingenommene Pillen, der Schlag der Mitternacht).

»Es ist zu kalt«, sagte sie und stellte damit sofort klar, dass sie keinerlei Absicht hatte, sich eine Erkältung zu holen, weder Benny zuliebe noch wegen einer Zigarette.

»Wenn wir drinnen rauchen, schneidet uns dein Bruder die Kehle durch.«

»Minimum.«

»Bestimmt hat er einen dieser superlauten Rauchmelder anbringen lassen.«

Nie war ihr die Überheblichkeit, mit der Benny alles entwertete, unerträglicher erschienen.

»Ich bezweifle, dass das ein Tick meines Bruders ist«, wies Martina sie zurecht. »Bestimmte Dinge müssen eben den gesetzlichen Anforderungen entsprechen.«

Benny ging nicht darauf ein und wiederholte ihren Vorschlag, eine Zigarette zu rauchen.

Nein, sie hatte keine Lust.

»Was ist das, die jüdische Woche der Enthaltsamkeit?«

Martina war entschlossen, sich nicht auf das Spiel des Feindes einzulassen. Das gebot ihr ihr neues Leben.

»Ganz genau. Ich bin gerade auf der Suche nach meiner Mutter, um zu gehen.«

»Dann solltest du dich aber beeilen. Es hat den Anschein, als wollten Montagues und Capulets handgreiflich werden.«

Sie brauchte eine Weile, um die Anspielung zu verstehen, und ganz klar wurde sie ihr erst, als sie Bennys auf ihre Eltern und Federica gerichtetem Blick folgte. Es schien in der Tat, als würde da ein Streit ausarten.

Martina musste sich beherrschen, um ihr nicht einen Fausthieb zu versetzen, ihr, dem verdammten Sarkasmus, den literarischen Zitaten, kurz, dem ganzen Paket.

»Du schuldest mir eine Erklärung«, sagte Benny, aber ihre Worte klangen mehr nach einer Einladung zum Dialog als nach einer Drohung.

Diese blöde Kuh! Martina hatte ihr Dutzende Mails geschickt, die zu beantworten sie sich nicht herabgelassen hatte – wer hatte hier ein Anrecht auf Erklärungen?

»Ich glaube nicht, dass ich dir etwas schulde.«

Es bestand die Gefahr, dass Benny sie hier und jetzt fallen ließ. Stattdessen seufzte sie nur.

»Hör mal, das geht so nicht. Ich habe den ganzen Abend mit Lorenzo darüber geredet …«

»Was hast du getan?« Unwillkürlich rückte sie von ihr ab.

»Ganz ruhig, er wollte sich jemandem anvertrauen. Er hat mir von dem Streit heute Morgen erzählt. Er fürchtet, dass du ihn verlassen willst, und hat mich gefragt, ob ich etwas weiß und ob ich vermitteln kann. Ich habe ihm nichts versprochen, ich schwöre es dir. Ich habe zugehört und basta. Aber an diesem Punkt glaube ich, dass …«

»Komm«, sagte Martina. Sie hatte sich an das Kellergeschoss erinnert, in dem Giorgio neuerdings ein Spa einrichten wollte. Dort würde keiner sie stören, und für eine Zigarette war vielleicht auch Gelegenheit. Einen Moment lang hatte sie sich in der Illusion gewiegt, die Sache mit einer definitiven Geste zu Ende bringen zu können, einem verächtlichen Blick, einer Beschimpfung, einer Ohrfeige; doch jetzt nahm in ihr der Wunsch überhand, Benny ihre Genesung vorzuführen, die wiedergewonnene Vernunft und Autonomie.

Benny folgte ihr.

Das Letzte, was Martina sah, bevor sie die Treppe hinunterstieg, war der Vater, der sich benahm wie ein tibetischer Mönch und vor dem riesigen Buddha betete, daneben Lorenzo, der sich, sichtlich angeheitert, ausschüttete vor Lachen. In all diesen Jahren hatten sie schlecht übereinander geredet, ohne einander zu kennen. Und jetzt fraternisierten sie just in dem Moment, da Matteo im Aufbruch war und Lorenzo aufhörte, ihr Mann zu sein.

In dem weitläufigen und eisig kalten Raum hing einsam eine Glühbirne von der Decke. Noch kamen bei den Renovierungsarbeiten mehr alte, wegzuräumende Dinge zum Vorschein, als dass es neu zu montierende gab. Die Grube in der Mitte des Raums – das künftige Thermalwasserbecken – glich vorerst einem Massengrab oder einer Müllhalde. Der Lärm des Fests drang nur noch gedämpft zu ihnen herunter, als befänden sie sich in einem Unterwasserjenseits.

Benny drehte Zigaretten. Wie immer mit äußerster Konzentration, weshalb sie ihre Brille aufsetzen musste. Über die Brillengläser hinweg warf sie Martina nervöse Blicke zu.

»Was erwartest du dir von meinem Bruder?«, fragte sie, als sie den Rand des Papierchens anleckte.

»Das geht dich nichts an.«

»Und ob es mich was angeht.«

Martina musste ihr recht geben.

»Die Scheidung erwarte ich mir.«

Während sie dies aussprach, empfand sie Erleichterung und Angst. Das war gar nicht verwunderlich, fühlte sie sich doch mutig und feige zugleich.

»Was für ein Schwachsinn«, kommentierte Benny und zündete sich eine der Zigaretten an.

»Glaubst du mir nicht?«

»Doch, aber ich glaube auch, dass das Schwachsinn ist, der niemandem hilft.«

»Es hilft mir.«

»Wobei?«

»Nicht weiter so zu leben. Neu anzufangen …«

Sie bemühte sich, ihrer Stimme einen festen Klang zu verleihen. Wie in der Nacht in Sabaudia kämpften poetische Anwandlungen mit prosaischen Erfordernissen. Aber nun, angesichts der bevorstehenden Emanzipation, fühlte sie sich entschlossen. Und Benny konnte nicht so tun, als verstünde sie das nicht.

Es vergehen Jahre, die sich nicht voneinander unterscheiden, und dann bringen wenige Stunden alles durcheinander: Der Vater, die Mutter, der Ehemann, die

Schwägerin, keiner von ihnen war mehr die- oder derselbe. Als wäre ein Maskenball im Gange, bei dem sich jeder eine nagelneue Identität zugelegt hatte, angefangen bei ihr selbst.

Sie empfand kein Bedauern und keine Eile zu erfahren, wie alles ausgehen würde. Den Rest ihres Lebens würde sie dort unten verbringen und sich überzeugen lassen, dass eine Scheidung die falsche Option war.

»Wenn du ihn verlässt, richtest du ihn zugrunde«, fuhr Benny fort. »Er ist nicht daran gewöhnt.«

»Woran?«

»Ans Unglücklichsein.«

»Kennst du jemanden, der es wäre?«

»Ich«, und diesmal war es ihre Stimme, die nachgab.

»Du?« Vielleicht war dies der Augenblick, ihr mit Sarkasmus zu begegnen. Martina ließ es aber lieber bleiben. Immer hoffen wir, die geliebte Person möge wenigstens ein bisschen von dem Schmerz teilen, den sie uns zufügt. Der Anspruch der Freundin, bemitleidet zu werden, der ihr unter allen anderen Umständen lächerlich erschienen wäre, machte ihr jetzt nicht nur Mut, sondern vermittelte ihr auch die Illusion, dass ihre Beziehung wieder ins Lot kommen könnte. Warum sollte sie ihr Geständnis nicht ernst nehmen? Wer war sie, so zu urteilen? Benny unglücklich? Untröstlich? Depressiv? Was für ein Ding! Ihr Aussehen, ihr Leben erzählten eine andere Geschichte. Sie war der Typ von Frau, der die Beschämung des Abgewiesenwerdens und das Schweigen des Verlassenwerdens nicht kennt. Ob das Problem vielleicht darin bestand? In den vermischten Nachrichten wimmelt es nur so von verwöhnten Kindern, die Opfer von häuslichen Unfällen werden, verursacht durch Langeweile oder Übermut. Warum ihnen das Recht auf Traurigkeit absprechen?

Kümmernisse, die uns gewöhnlichen Sterblichen verschlossen bleiben.

Im Halbdunkel erschien Benny ihr weniger schön und zugänglicher.

»Es tut mir leid, dass ich dein Postfach zum Überlaufen gebracht habe …«, sagte Martina, obwohl es ihr überhaupt nicht leidtat.

»Und warum?«, fragte die Freundin konziliant und warf die Zigarettenkippe weg, ohne sich die Mühe zu machen, sie auszudrücken. »Endlich ein bisschen Wahrheit.«

»Was weißt denn du, ob die Mails wahr waren?«

»Sag du's mir.«

»Sie waren es, und ich fürchte, sie werden es noch eine Weile bleiben.«

So entdeckte Martina Zevi im zarten Alter von fünfundzwanzig Jahren die Freude, der geliebten Person die Wahrheit zu sagen. Die wunderbare Übereinstimmung zwischen dem, was du fühlst, und dem, was du zum Ausdruck bringst. Es war sicherlich nicht das erste Mal, dass sie jemandem ihre Liebe gestand, aber es war das erste Mal, dass sie es in Kenntnis der Sachlage und im Vollbesitz ihrer emotionalen Fähigkeiten tat. Sie begriff, dass es größere Freude bereitet, es zu sagen, als es gesagt zu bekommen; dass zu lieben, jedenfalls unter diesen Umständen, begeisternder war, als geliebt zu werden. Sie entdeckte, dass sie unbesiegbar war, just in dem Moment, da sie ihr Leben in die Hände einer anderen legte, als gebe es eine ideelle Verbindung, die Kraft und Zerbrechlichkeit, Entschiedenheit und Hingabe ineinander aufgehen ließ.

Dann spürte sie, wie etwas Feuchtes ihre Lippen streifte. Einen Moment lang übte es Druck aus, zögerte, wollte sich mit einem unsicheren und bebenden Impuls zurückziehen. Martina war zu verwirrt, um wahrzunehmen, dass geschah, was sie in den letzten Monaten unablässig herbeigesehnt hatte. Sie fand Benedettas Zähne größer als vermutet, ihre Zunge einen Eindringling. Ein bizarrer Gedanke lenkte sie ab: Sie hatte noch nie jemanden mit Brille geküsst. Diese Dinger waren ein ganz schönes Hindernis.

Mit etwas Abstand wäre sie besser damit zurechtgekommen und hätte es mehr genossen. Doch sie fand sich plötzlich Hals über Kopf in dieser Situation wieder. Der warme Körper ihrer Freundin duftete nach Moschus und Schweiß. Die Zeit wurde durch unmerkliche Seufzer eingeteilt; Bennys Mund, abzüglich Rauch, Alkohol und Nervosität schmeckte nach Benny, und das war es, was ihre bedingungslose Kapitulation auslöste.

Vielleicht kümmerte sie sich deswegen nicht um den auffälligen Lärm, der aus dem Stockwerk drüber kam. Es war, als wären die großen Lüster am Eingang auf den Marmorfußboden gestürzt, als wäre der fette Buddha auf den Billardtisch gekippt, als löste all dies überwältigte Freudenschreie und Gelächter aus, die nicht leiser wurden, sondern immer mehr anschwollen. Bis sie und Benny begriffen, dass die Schläge weder zufällig noch sporadisch waren, dass die Schreie nichts Freudiges hatten und dass geschah, wovon keiner denkt, dass es ihm zustoßen könne, bis es ihm zustößt.

13

Während unten der Drahtfunk weiterhin anspruchslose Dudelmusik verbreitete, sprach oben jedes Dezibel die universale Sprache des Terrors.

Ein Getöse von Schreien und Krachen, ein verrücktes Gescharre, als ob die Leute von hier nach dort liefen. Bei dem Versuch zu fliehen nahmen einige die Treppe ins Untergeschoss. Alle suchten einander, Schwestern ihre Brüder, Frauen ihre Männer, Väter ihre Töchter. Die Abfolge der Geräusche blieb auf beunruhigende Weise dieselbe. Erst Stille, dann Schüsse, schließlich Schreie und dann wieder Stille. Instinktiv bewegten sich die beiden Freundinnen weg von diesem Aufruhr. Überleben hieß, sich nicht damit zu konfrontieren, ihm auszuweichen.

Es war Benny, die die Initiative ergriff. Sie wagte sich vor in das Labyrinth von verfallenen und nur schwach erleuchteten Räumen. Martina folgte ihr. Sie verständigten sich mit Gesten und Flüstern. Benny war gefasster, oder so schien es Martina jedenfalls, die überhaupt nicht gefasst war.

Gemeinsam drangen sie immer weiter in die Dunkelheit vor, und der Lärm wurde schwächer. Martina glaubte sich zu erinnern, dass dieser riesige Keller, in den einst die zur Schlachtung bestimmten Tiere gepfercht worden waren, keinen Ausgang hatte. Die einzige Möglichkeit der Rettung, nämlich zurückzugehen, war nicht praktikabel.

Aber sie wagte nicht, Benny das zu sagen, und noch weniger, es sich selbst einzugestehen.

Mit jedem Schritt wurde die Luft ungesünder, die Dunkelheit dichter. Ihre Knie fühlten sich mit jedem Schritt weicher an. Eine absurde Hoffnung beseelte sie, dass diese Katakomben kein Ende nähmen. Doch bald schon gerieten sie in eine Sackgasse, einen kleinen Raum ohne Ausgang, in dem es nach Schimmel und Rattengift stank.

»Man sieht nichts.«

Benny bat sie um ihr Handy.

»Wen willst du anrufen?«, erwiderte Martina blöde.

»Ich weiß nicht, wohin ich meines getan habe.«

Martina brauchte länger als gedacht, um ihres in der Handtasche zu finden, Benny riss es ihr aus der Hand. Das bläuliche Licht des Displays ließ den kleinen Raum wie eine Grotte aussehen.

»Verdammt, kein Netz«, rief Benny und hielt es in alle Richtungen. »Warte mal, hier gibt es WLAN. Man braucht das Passwort. Erinnerst du dich? He, ich rede mit dir. Das Passwort?«

Martina dachte an die Male, die sie Viola darum gebeten hatte, den Bruder oder einen Kellner; es stand über dem Bartresen und auf der Rückseite der Speisekarte, die Transkription des japanischen Wortes für »Himmel«. Nichts von dem, woran sie sich erinnerte, erlaubte eine Verbindung zum Rest der Welt.

Ein schwacher Lichtschein kam aus den anderen Räumen. Der Lärm drang mittlerweile nur noch gedämpft zu ihnen, als kündigte er ein fernes Gewitter an. Auf einmal fühlte Martina sich so kraftlos, dass sie auf einem Schutthaufen zusammensank. Hier konnten sie nicht bleiben, trieb Benny sie an. Irgendwo musste es einen Ausgang geben.

»Es gibt keinen Ausgang.«

»Woher weißt du das?«

»Ich weiß es.«

Da packte Benny sie am Arm und zog sie mit sich fort. Sie gingen denselben Weg zurück, den sie gekommen waren, nur langsamer. Ein Nebel aus Rauch, der nach verschmortem Plastik stank, ließ vermuten, dass etwas in Brand geraten war. Aus diesem ungesunden Dunst tauchten ab und zu keuchende, fliehende Gespenster auf. Keiner kümmerte sich um den anderen, alle waren ganz auf sich selbst konzentriert.

»Was willst du tun?«

»Was ich tun will?«

»Und wenn …«, die Hypothese erstarb ihr im Mund.

Benny stieß einen Schrei aus.

»Was ist los?«

Sie war über etwas gestolpert. Baumaterial, das sich in einer Ecke auftürmte. Diesmal war Benny es, die zu Boden fiel.

»Hast du dir wehgetan?«

»Am Knöchel.«

»Schaffst du es?«

Sie setzten ihren Weg fort, und nun führte Martina, allerdings vorsichtiger; sie wusste nicht, wohin sie gehen sollte und hatte Angst, Benny zu verlieren, die sichtbar hinkte.

Als sie bei der Treppe anlangten, hatte sie eine Idee. Die Küche im Stockwerk darüber war gleich links und ging auf die Straße hinaus. Mit etwas Geschicklichkeit und Glück würden sie sich in Sicherheit bringen können. Auch wenn allein die Vorstellung, sich in diesen Horror begeben zu müssen, schrecklich war, schien es keine Alternativen zu geben. Aber man musste rennen.

»Ich glaube, ich schaffe es nicht.«

Eine wütende Regung gegen die Freundin erfasste Martina, als beschuldigte sie sie in ihrem Herzen, sich absichtlich verletzt zu haben. Sie war versucht, so zu tun, als hätte sie nicht gehört, und die Treppe hinaufzulaufen.

»Geh du. Ich verstecke mich hier irgendwo«, flüsterte Benny.

Dieser demütige Tonfall brach ihr beinahe das Herz.

»Komm, versuchen wir es hier«, sagte sie und erinnerte sich, wo die Toilette fürs Personal war. Sie fühlte, dass sie die letzte Chance ihres Lebens verpasst hatte.

Das trockene Einschnappen des Schlosses wiegte sie wenigstens einen Moment lang in der Illusion, in Sicherheit zu sein. Erst jetzt, in diesem gut beheizten Raum, merkte sie, wie durchgefroren sie war.

Es war ein enger, dunkler, gefliester Raum mit gedämpftem Licht und einem Gestank nach Kloake und Lavendel.

Während die eine auf der Kloschüssel sitzend ihren Knöchel massierte (»ich glaube, er ist verstaucht«), suchte die andere nach einer Stelle, wo das Handy Empfang hatte.

Rauch drang herein, eine Qual für Benny mit ihren Allergien, sie hustete, ihre Augen tränten. Martina hätte alles getan, um ihr zu helfen, beseelt nicht von irgendwelchem Mitgefühl, sondern von der Angst, dass man sie entdeckte.

»Ich kann hier nicht bleiben«, sagte Benny, von Krämpfen geschüttelt.

»Entschuldige mal, wohin willst du?«

»Raus.«

»Und wohin raus? Wenn du nicht einmal gehen kannst.«

Raus, raus, hier drin bekomme sie keine Luft. Benny griff nach der Klinke.

Dieselbe junge Frau, die bis vor Kurzem in Liebe zu Benedetta entbrannt gewesen war, hätte sie jetzt erwürgen können, um sie daran zu hindern, diese Tür noch einmal zu öffnen. Dieselbe junge Frau, die die letzten Wochen damit zugebracht hatte, mit der Idee des Todes zu flirten, war jetzt vom Selbsterhaltungstrieb überwältigt.

»Versuchen wir es dort«, sagte Martina, sich selbst ermunternd. Da war ein Fensterchen, so unzugänglich und winzig, dass sie es anfangs gar nicht bemerkt hatte. Sie streifte die Schuhe ab, stellte ihren Fuß in Bennys verschränkte Hände und schwang sich hoch. Sie hantierte an diesem Oberlicht herum, das sich nur teilweise öffnen ließ, und brauchte eine Weile, um es auszuhängen. Dann verlor sie das Gleichgewicht und fiel auf die keuchende Freundin.

Sofort verzog sich der Rauch, eiskalte Luft strömte herein, brachte ihren Bronchien Erleichterung und ihrem Herzen Hoffnung. Schreie kamen von der Straße, als ob jemand sich in Sicherheit gebracht hätte, während das anhaltende Geheul der Hupen und Sirenen vom plötzlichen, schockartigen Erwachen der Stadt zeugte.

Als das Licht ausfiel, wurden die Schreie durchdringend. Zitternd und keuchend hockte Benny in einer Ecke. Martina suchte im Dunkeln nach ihr. Erst da kam ihr in den Sinn, dass dort oben, in diesem Inferno, all das war, was sie liebte. Sie konnte die Tränen nicht zurückhalten. Zuerst empfand sie sie als tröstlich, doch als ihr Mitleid mit den anderen von der Angst um sich selbst abgelöst wurde, wurde ihr Schluchzen herzzerreißend. Das Selbstmitleid erstickte sie.

Als sie jemanden eilig die Treppe herunterkommen hörte, zog sie die Nase hoch, legte ihre Finger um Bennys Handgelenk und versuchte, Haltung anzunehmen.

»Ist da jemand? Ist jemand da drin? … Ich bitte euch, macht auf. Ich bitte euch, Hilfe, lasst uns nicht hier draußen, sie bringen uns alle um!«

Es schien Viola zu sein. Unerträglicher als ihr flehendes Bitten waren nur die Faustschläge gegen die Tür. Um nichts in der Welt hätten sie aufgemacht, und wie auch immer das alles ausgehen würde, dies würden sie sich nie verzeihen.

»Komm, versuchen wir es dort drüben«, sagte eine männliche Stimme.

So etwas wie Stille senkte sich herab. Ein Waffenstillstand. Die Zeit kann grausam sein, vor allem, wenn man überzeugt ist, nicht mehr viel davon zur Verfügung zu haben. Ihre Vergangenheit verlor an Gewicht, jeder Augenblick lastete schwer wie ein Lebenslänglich; die Lichter der Streifenwagen überzogen den Boden mit einem blinkenden bläulichen Raster; der Ausfall der Heizung und das offene Fenster ließen die Temperatur abstürzen, bis die Toilette einem Gefrierfach glich. Ihre Glieder waren taub, und Martina träumte davon, dass auch ihr übriger Körper in einen Dämmerschlaf fallen könnte.

Sie fragte sich, ob die Litanei, die der Schwägerin von den Lippen kam, ein Gebet war. Ihr hatte niemand das Beten beigebracht, ihre Erziehung hatte im Zeichen des Agnostizismus gestanden, wenn nicht gar der Glaubensfeindlichkeit. Vom Gott ihres Vaters wusste sie wenig, ganz zu schweigen von Bennys Gott. Warum also verspürte sie den Drang, sich einem Wesen anzuvertrauen, das der Kontingenz der Zeit enthoben, weitsichtig und unerschütterlich war? Im Übrigen erschien ihr die Vorstellung, dass dort draußen, auf dem Rest des Planeten, alle wussten, was im Orient Express geschah, und dass sie als Betroffene darüber im Unklaren war, wie der blanke Hohn. Wenn sie versuchte sich vorzustellen, was im Stockwerk über ihnen vor sich ging, musste sie feststellen, dass ihre Vorstellungskraft nicht unerschrocken genug war. Sie dachte an die Tausenden von Zufällen, die sie hier heruntergeführt hatten. Tagelang hatte sie gegrübelt, wie sie vermeiden könnte, zu dem Fest zu gehen. Zu dieser Stunde hätte sie draußen sein und sich Sorgen machen können um die, die drinnen waren. Dieses Warten, so grausam es sein mochte, wäre tausendmal besser gewesen als das hier.

Vielleicht schlief sie ein, vielleicht verlor sie das Bewusstsein, wahrscheinlich fiel sie durch die Unterkühlung wirklich in einen Dämmerschlaf. Sie konnte nur noch daran denken, dass sie mit Lorenzo gestritten hatte, mit Federica, Matteo, Giorgio und den Schwiegereltern. Jetzt saß sie in der Falle, und sie waren in der Gewalt von wer weiß was. Das Leben erschien ihr wie eine Komödie der Missverständnisse. Sie glaubte, sie an ihrem Lager zu hören, Mama, Papa, Lori, Sara und sogar Noah. Bald machten sie ihr Mut, schenkten ihr ein Lächeln und Verheißungen, bald schüttelten sie den Kopf und machten ihr Vorwürfe.

Als erneut Schüsse ertönten, wurde sie aus ihrem Delirium gerissen. Wer auch immer diese Sache angefangen hatte, schickte sich an, sie zu Ende zu bringen. Als nach einiger Zeit – einer unermesslich langen Zeit – wieder Stille eintrat, hoffte Martina, dass nun nichts weiter zu tun sei, als zwei in einem Versteck eingesperrte junge Frauen zu befreien. Sie hörte Schritte. Diesmal waren sie unsicher, wenn nicht gar vorsichtig. Jemand bewegte die

Klinke. Es ist so weit. Als sie noch einmal nach Benny griff, war deren Handgelenk kalt und reglos. Sie schloss die Augen, während die Tür unter einem gut gezielten Fußtritt nachgab und beißender Rauch in den Raum strömte. Grelles Licht verletzte ihre Lider, höllische Hitze umfasste ihre Schläfen. Ihr Herz zog sich krampfhaft zusammen.

»Geht es euch gut? Könnt ihr laufen?« Derjenige, der das fragte, schien nicht übel gesinnt zu sein. »Es ist alles vorbei«, fügte er hinzu.

Als sie die Augen aufschlug, stellte sie fest, dass die Welt ein Puzzle aus schillernden Teilchen war, und sie schlief wieder ein.

Als sie erneut zu sich kam, hatte man die Schwägerin weggebracht. Man hatte ihr eine dieser goldglänzenden Wärmedecken umgelegt. Martina versuchte aufzustehen und war überrascht, als es ihr gelang. Ihr Gaumen war trocken, die Kehle brannte, und in den Ohren dröhnte ein lautes Summen. Anfangs fühlte sie das linke Bein fast gar nicht; nach ein paar Schritten und einem schmerzhaften Kribbeln spürte sie aber, wie das Leben in ihre Gliedmaßen zurückkehrte. Barfuß, die Decke um die Schultern gelegt, ging sie auf die Treppe zu.

Nichts war schlimmer, als sie es sich vorgestellt hatte. Im Laufe von ein paar Minuten (oder Stunden?) war das Orient Express wieder zu dem Schlachthof geworden, das es vor zwanzig Jahren gewesen war. Entschlossen, Schicksalsgenossen, keuchende Helfer, mitleidig zugedeckte Leichen zu ignorieren, geblendet vom Staub der Trümmer, der nicht verflog, ging sie unbeirrt über den nassen und knirschenden Boden auf diesen unbestimmten und fernen Schimmer zu. Das war alles, was blieb, alles, was sie zu erreichen strebte. Auch wenn sie jegliches

Zeitgefühl verloren hatte, war sie doch sicher, dass es nicht das Morgengrauen war. Aber da war ein neuer Tag, draußen, das grenzenlose Draußen, das wiederzusehen sie schon nicht mehr geglaubt hatte.

Wo die Geschichte endet

Es war nicht leicht zu erklären, warum ausgerechnet das Orient Express. Fast sofort kam heraus, dass das Lokal in jüdischer Hand war. Der Anwesenheit so vieler Prominenter wurde enorme Bedeutung beigemessen; auch wurde viel spekuliert über die eklektische Art des Restaurants und die Menge an Weihnachtssymbolen, die genau genommen eher profan als religiös waren. Bis das Gerücht aufkam (das geschah aber erst später), dass der Schwager einer der Attentäter als Kellner hier gearbeitet hatte, bevor er von dem jungen Inhaber fristlos entlassen worden war.

Kurzum, es wurde viel geredet, es herrschte eine große Lust, sich zu äußern und Theorien aufzustellen. So stark war der Drang, sich beteiligt zu fühlen, dass jeder bereit war, ferne Verwandtschaft oder enge Freundschaft mit den betroffenen Personen anzuführen, wodurch sich eine Metropole in ein Dörfchen verwandelte, das nur von Onkeln, Cousins und Bekannten bewohnt war.

Die Ansichten der Presse waren so austauschbar, dass der Verdacht aufkommen konnte, die Kommentatoren hätten sich vor dem Schreiben miteinander abgesprochen. Einig darin, dass die Mörder darauf abzielten, unseren Lebensstil zu zerstören, waren sie ebenso überzeugt, dass man ihnen nicht nachgeben durfte. Von einem Tag auf den anderen fand sich die Welt unter dem Diktat einer neuen Form des Manichäismus wieder, eingeteilt in zwei pronominale Kategorien: *wir* und *sie*. Obwohl es nicht minder schwierig gewesen wäre, mit Genauigkeit das *Wir* zu definieren, als das *Sie* zu bestimmen, zweifelte niemand an der seit jeher gültigen, wenn nicht gar metaphysischen Natur dieser Dichotomie.

Auch der Ausdruck »kultureller Pluralismus« kam in Mode. Mit demselben Abscheu verwandt wie einst »Nazismus« oder »Pädophilie«, war es allen gleichgültig, dass es sich dabei um ebenjene ethische Haltung handelte, die *uns* am meisten von *ihnen* unterscheidet. Vielleicht wäre die einzig intelligente Art, auf eine solche Brutalität zu reagieren, Schweigen gewesen. Das durchzuhalten schien jedoch – das muss man zugeben – sehr schwer.

Alles war so konfus. Gegen den Wind des Krieges, der allenthalben wehte, zog ein nicht minder kriegerischer pazifistischer Tornado auf. Wenn die Interventionisten Schwierigkeiten hatten, den Feind auszumachen, umgingen die Vorkämpfer des Friedens diese Frage, indem sie irgendetwas von Geheimdiensten und Diplomatie faselten. Die einen tadelten die Ambivalenz der neuen US-Administration, die anderen die Schwäche der UNO, wieder andere wetterten gegen die Untätigkeit der EU. Eine Weile lang wünschte man sich wieder ein europäisches Heer herbei. Dann verlor die Sache an Gewicht und Interesse.

Seit 1943 hatte die Stadt keinen so düsteren und nicht enden wollenden Winter erlebt. Die Generationen, die sich seither abgelöst und in der Illusion von dauerhaftem Frieden und Wohlstand gelebt hatten, hatten alles getan, um zu vergessen, dass Geschichte Blut, Wahnsinn und Überwältigung bedeutet. Es war, als hörte die kleine Geschichte von jedermann genau dort auf, wo die große Geschichte begann.

Die Einkaufsstraßen blieben leer, es gab keinen Balkon ohne patriotische oder Trauer bekundende Fahnen. Ohne dass jemand sich dessen rühmen konnte, war das leidige Verkehrsproblem gelöst; in der von Sirenen und dem Donner von Militärkonvois durchbrochenen Stille zeigten die Menschen sich freundlicher, bescheidener und geduldiger als sonst, neigten mehr zu Nachdenklichkeit und Zuwendung. Sogar die Neujahrsansprache des Präsidenten der Republik war intim und zugänglich gewesen. Die Politiker hatten den Anstand, zehn Tage vergehen zu lassen, bevor sie anfingen, sich gegenseitig für das Vorgefallene verantwortlich zu machen. Die Ermahnungen des Papstes klangen dringlicher als erwartet.

Rom, seine großartigen antiken Denkmäler, seine Motorroller und bezaubernden Ansichten wurden Gegenstand einer globalen Trauer. Die Facebook-Seiten der halben Welt füllten sich mit Trikoloren. Blumen, Gebete und Fackelzüge machten das Orient Express zu einer düsteren Touristenattraktion.

Im Lauf der Wochen gab man der Versuchung nach, an einen Epochenbruch zu glauben, an eine Wasserscheide zwischen unvereinbaren Zeitaltern, vorher und nachher. Die Bombenalarme häuften sich. Die Menschen hatten einen Widerwillen dagegen, Schlangen zu bilden, sodass sich Kinos, Theater und Stadien nur zögerlich füllten. Mütter hatten Angst, ihre Kinder in die Schule zu schicken, und die Kinder, sich von ihren Müttern zu trennen. Über allem lag der Schatten einer zwanghaft wiederholten Litanei: Nichts würde mehr sein wie früher.

Doch mit Anbruch des Frühlings verblasste auch der Unterschied zwischen vorher und nachher. Keiner hätte es zugegeben, aber die Veränderung stellte sich als weniger radikal heraus als zunächst angenommen. Die Leute gingen wieder aus, vergnügten sich, waren auf konventionelle Art glücklich und frustriert. Auch der Verkehr nahm wieder seine gewohnten Ausmaße an, während die Zeichen der Trauer beseitigt wurden.

Schließlich war klar, dass sich die Dinge nur für die Beteiligten unwiderruflich verändert hatten, und die unterteilten sich in zwei Gruppen: diejenigen, die es nicht erwarten konnten, darüber zu reden, und diejenigen, die in Ruhe gelassen werden wollten.

Eines Morgens gegen Ende Januar, drei Wochen nach den Begräbnissen, richtete die Kriseneinheit ein Depot ein, in dem die Angehörigen die Dinge abholen konnten, die ihren Lieben gehört hatten.

Die Angelegenheit entpuppte sich als kompliziert. Das Material war vorsichtig aussortiert worden, sodass den Angehörigen, außer auf ausdrücklichen Wunsch, der Anblick von versehrten, verkohlten oder blutverkrusteten Dingen erspart blieb. Um Zugang zu dem Reliquienschrein zu bekommen, waren sie aufgefordert worden, eine detaillierte Liste der Kleidungsstücke zu erstellen, die das Opfer getragen hatte. Da Matteo sich nicht erinnerte, war es Martinas Sache gewesen zu schreiben: »enges schwarzes Kleid«, »Seidenschal«, »bordeauxfarbene Strümpfe«. Nichts von dem, was sie angeführt hatte, wurde ihr ausgehändigt. Stattdessen erhielt sie eine Handtasche und das iPhone in seinem efeufarbenen Etui. Dies war alles, was von ihrer Mutter übrig geblieben war.

Um acht standen sie wieder draußen auf der Straße. Matteo schlug vor, frühstücken zu gehen. Martina hatte keine Lust, noch weniger Lust hatte sie allerdings, mit dem Vater zu streiten. Also gingen sie in die gewohnte Latteria. Es war einer dieser kalten, klaren und unspektakulären Wintermorgen. Widerwillig nippte sie an ihrem Kaffee, träumte nur von einem Bett und einem abgedunkelten Raum.

»Komm, mein Schatz, iss etwas.«

Matteo behandelte sie wie ein Kind. Seine Liebe drückte sich immer als Sorge um ihr leibliches Wohl aus. Geht es dir nicht gut? Hattest du einen schrecklichen Tag? Bist du unglücklich? Iss etwas. Sie konnte ihn nicht ansehen. Sein gepflegtes Erscheinungsbild irritierte sie. Dass er einmal wie ein Bohemien ausgesehen hatte, war mittlerweile nur noch eine ferne Erinnerung. Anscheinend hatte ihm Tati nach der Sommer- auch die Wintergarderobe erneuert. Matteo lief nun herum wie viele Väter ihrer Freundinnen: kariertes Hemd, Pullover und Mokassins, ein Outfit, das zusammen mit der frischen Witwerschaft seine seit Jahrzehnten kompromittierte Würde wiederherstellte.

Begierig, jemanden anklagen zu können, musste sie zugeben, dass Matteo sich nicht für die Rolle des Schuldigen eignete. Obzwar sie im Nachhinein geneigt war, die Härte, mit der Giorgio ihn verbannt hatte, anders zu beurteilen, war ihr klar, dass dieser bejahrte, aufmerksame und förmliche kleine Mann wenig von einem Würgeengel hatte.

Sie stiegen in den Wagen.

»Wie viele Nächte schläfst du schon nicht, mein Schatz?«

Martina antwortete nicht.

»Wenn du willst, gebe ich dir meine Tabletten.« Und er kramte in seiner Brieftasche herum.

War das der Held, auf den ihre Mutter zwanzig Jahre

lang gewartet hatte wie eine pathetische und lästige Penelope? Der Mann, für den sie Respekt gefordert und den sie bis aufs Äußerste verteidigt hatte? War das der Ehemann, dem sie treu geblieben war? Martina erinnerte sich an den Abend im vergangenen Sommer, als er sie versetzt und Federica versucht hatte, diese x-te Kränkung zu vertuschen, um ihre Tochter nicht zu beunruhigen.

»Wenn du heute Nacht nicht schlafen kannst, ruf an. Ich stelle das Handy nicht stumm«, sagte Matteo, als er vor Federicas Haus ausstieg. In seiner Eigenschaft als Ehemann würde er die Wohnung bald erben. Martina war nicht besonders überrascht, dass er beschlossen hatte, doch nicht wieder abzureisen. Etwas sagte ihr, dass er für immer bleiben würde. Es tat ihr nur leid, dass das Bleiben des Vaters ihr so gleichgültig war – und vielleicht war es auch die Wiederherstellung seiner Würde.

Während sie langsam nach Hause fuhr, rief Lorenzo an.

»Ich wollte dich nur daran erinnern, dass ich ab heute wieder ins Büro gehe.«

Er war am Arm verletzt worden, als er vergeblich versucht hatte, seinem Vater zu Hilfe zu kommen, der als einer der ersten erschossen worden war.

»Okay«, sagte sie.

»Wie ist es gelaufen?«

»Wir waren schnell fertig.«

»Soll ich auf dich warten?«

»Nein, geh nur. Wir sehen uns heute Abend zu Hause.«

»Sollen wir zusammen Mittag essen?«

»Besser nicht, ich habe zu tun. Mach dir keine Sorgen, es geht mir gut. Im Ernst.«

»Wie du willst.«

Ihre Ehe war nicht mehr am Ende, der Verlust, den beide erlitten hatten, hatte ein neues Gleichgewicht hergestellt. Die Abhängigkeit Lorenzos vom Prof war nicht weniger unauflöslich als die Martinas von ihrer Mutter. Als sie eines Morgens aufgewacht waren, beide von einem so ähnlichen Verlust betroffen, hatten sie sich nach einem ersten Erstaunen wiedergefunden. Das gegenseitige Mitleid war der optimale Ausgangspunkt für einen Neuanfang. Und auf einmal war das Leben mit Lorenzo gar nicht mehr unerträglich, so wie ein Leben ohne Benedetta keine unsägliche Katastrophe war.

Wenn sie (selten) an sie dachte, spürte sie aus der kalten Höhle ihres gemeinsamen Verstecks den Abscheu vor der Berührung mit ihrem steifen Handgelenk aufsteigen. Martina hatte sie nicht im Krankenhaus besucht. Von Lorenzo hatte sie erfahren, dass sie bald wieder nach Deutschland zurückkehren würde. Und diese Nachricht hatte sie nicht im Mindesten berührt. So wenig es ihr bedeutete, dass Matteo sich anschickte zu bleiben, so sehr pfiff sie darauf, dass Benny fortgehen würde.

Zu Hause suchte sie sofort nach einem Ort, um Federicas Handtasche und Handy aufzubewahren, einen Ort, der nicht zu offen zugänglich, aber auch nicht völlig versteckt sein sollte. Sie wollte sich nicht an diese Gegenstände gewöhnen, sie aber auch nicht vergessen. Sie sollten Teil ihres Lebens sein, es aber nicht beherrschen. Als sie feststellte, dass es eine solche Lösung nicht gab, setzte sie sich ins Wohnzimmer und legte alles auf den Tisch.

In der Handtasche fand sie Taschentücher, Nivea-Creme, Zigaretten, den Hausschlüssel und das Portemonnaie. Im Portemonnaie waren Geld, der Führerschein, zwei Kreditkarten, eine EC-Karte, die Ausweise der FAO und der Nationalbibliothek, die Feltrinelli-Card, die Quittung einer Reinigung, eine abgehakte Einkaufsliste, die Jahreskarte für den öffentlichen Nahverkehr für das neue Jahr, ein Foto von ihnen dreien im Schnee, bevor Matteo verschwunden war, und ein Zeitungsausschnitt: ein Interview mit dem Großvater über die schmerzlichen Beweggründe, deretwegen er sich aus der Politik zurückgezogen hatte. In der Furcht, so etwas wie ein Allerheiligstes verletzt zu haben, schob sie alles wieder in die Tasche.

Der Akku des iPhone war leer. Sie schloss es an, und nach ein paar Minuten leuchtete es wieder. Sie kannte das Passwort, denn angesichts Federicas sprichwörtlichem technischen Ungeschick hatte sie selbst es ihr eingerichtet. Sie fuhr vor Schreck zusammen, als sie die enorme Anzahl von Nachrichten sah. Es war, als wäre ihre Mutter im Laufe weniger Stunden von all ihren Bekannten angerufen worden. Die Vorstellung, das Handy sei im Unterschied zu seiner rechtmäßigen Besitzerin noch am Leben, war eine weitere unsinnige Idee.

Der Großteil der Anrufe kam vom Festnetzanschluss ihres Großvaters. Dann erkannte sie ihre eigenen, die sie getätigt hatte, sobald sie in Sicherheit gewesen war.

Mit der größten Überwindung checkte sie Federicas ausgehende Anrufe. Der letzte war wenige Minuten nach Mitternacht getätigt worden. Er richtete sich an sie, Martina, die Tochter, die sie beschimpft und verlassen hatte, ohne um Verzeihung zu bitten.

Bevor sie das Handy weglegte, dachte sie noch einmal aus einer völlig neuen Perspektive an ihre Eltern. Jetzt, da das Schicksal erfüllt, da die Geschichte wirklich zu Ende war, sah sie, wie sich der Sinn ihres Lebens herauskristallisierte. Zu den wenigen Informationen, über die sie verfügte, gehörte, dass der Vater sich, um dieses Massaker zu überleben, tot gestellt hatte. Die Mutter nicht, ein weiteres Mal hatte sie ernst gemacht.

Obwohl Giorgio immer von der Genugtuung geträumt hatte, die einem der Ruhm verschafft, hatte ihn die Bekanntheit, die in den letzten Monaten über ihn hereingebrochen war, vernichtet. Objekt krankhafter Neugier, war er Opfer journalistischer Verfälschungen geworden. Außerdem war er wegen eines ehemaligen Angestellten, der anscheinend indirekt an dem Anschlag beteiligt gewesen war, von der Antiterrorismuseinheit mehrmals peinlich verhört worden. Als wäre nicht er der Leidtragende! Er hatte fast alles verloren, was ein Mann nur verlieren kann. Warum dann so viele bohrende und tendenziöse Fragen? Was glaubten sie denn? Dass er selbst zu seiner Vernichtung beigetragen hatte?

An einem Tag im Februar, mitten in diesem nicht enden wollenden Winter, führten sie ihn an den Ort der Katastrophe. Irritiert von dem Blumenmeer, von den Scharen von Journalisten, von der Menge der Neugierigen, die noch immer den Eingang blockierten, ging er hinein.

Er hatte nicht die Absicht, der Einladung der Gesellschafter zu folgen und das Lokal so schnell wie möglich wiederzueröffnen; er wollte einen klaren Schnitt. Befangen in diesem Purgatorium der Trauer, kümmerte er sich fürs Erste um seine anderen Restaurants, verließ jedoch bei Eintreffen der Gäste den Schauplatz. Ihm war klar geworden, dass diese Lokale – vielleicht aufgrund der Krise des Gastgewerbesektors oder weil er sie etwas vernachlässigte – an Anziehungskraft verloren hatten. Man musste sie wieder auf einen passablen Standard bringen, musste neue Gerichte kreieren, auf die Qualität der Lieferanten und auf die Effizienz des Personals achten. Doch er hatte keine Lust dazu.

An einem schönen Nachmittag im April gingen er und

Sara zu einer Gedenkveranstaltung für Federica in der FAO. Sie fand im Erdgeschoss statt, der Saal war überfüllt. Giorgio hielt nach Martina Ausschau, konnte sie aber nirgendwo entdecken. Als Sara ihm bestätigte, dass sie nicht kommen würde, war er nicht überrascht. Dafür sah er Federicas Vater. Er saß in der dritten Reihe, magerer, als er ihn in Erinnerung hatte.

Nichts besser als eine Gedenkveranstaltung, um über das Leben zu räsonieren. Die laizistischen Reden sind vielleicht noch rhetorischer als die religiös gestimmten. Was hätte Federica von einer solchen Veranstaltung gehalten? Ehemalige Kommilitoninnen deklamierten lange Passagen von Charles Dickens in einem aufgesetzten Englisch, das ein Gutteil der Anwesenden nicht verstand. Während der Lesung traf Giorgio die wichtigste Entscheidung seines Lebens.

Weil er überzeugt war, Sara würde sie nicht billigen, brauchte er einige Zeit, um sie ihr mitzuteilen. Doch als er sich endlich dazu durchrang, war er von der Reaktion seiner Partnerin überrascht. Das sei richtig, sagte sie zu ihm, und er traute seinen Ohren nicht.

Für ihre letzte Nacht in Rom hatten sie Noah zum Schlafen zur Großmutter gebracht.

Im ersten Morgenlicht dann saßen Giorgio und Sara auf dem Boden (Stühle und Sofas befanden sich bereits im Laderaum eines Schiffes) und tranken Kaffee.

»Gib's zu, du hast diese Wohnung nie gemocht«, sagte Sara, aber es schien mehr eine Feststellung als eine Anklage.

»Sie ist nicht das, was mir am meisten fehlen wird.«

Sie liebten diese Tageszeit sehr. Gewöhnlich schlief Noah dann, nachdem er sie die ganze Nacht gequält hatte.

»Ich geh duschen. Mama erwartet mich. Was machst du?«

»Ich bin zum Mittagessen bei meinem Vater. Wir sehen uns dann am Flughafen.«

Es war Juni geworden. Das Viertel, in dem er aufgewachsen war, eines von denen in der Nähe des Zentrums, widersetzte sich der Veränderung. Die Dinge, die er liebte, waren alle noch da, im Umkreis von einem Dutzend baumbestandener Sträßchen hinter dem Markt, zwischen dem Blumenhändler und dem Milchladen. Obwohl er den Namen der Vögel nicht kannte, die sich jeden Sommer in diesem kleinen Winkel der Erde ein Stelldichein gaben, hätte er ihr trauliches Gezwitscher überall wiedererkannt; dasselbe konnte er von dem Duft der Orangenblüten sagen, vermischt mit dem ofenfrischer Pizza, und vom dunklen Pink der Bougainvilleen.

Obwohl er zu früh dran war, läutete er. Er war überzeugt, Matteo im Morgenrock anzutreffen, doch der war angekleidet, rasiert und parfümiert wie ein seriöser Mensch.

»Es ist noch nicht fertig.«

»Keine Sorge.«

Aus der Küche kam der verlockende Duft von Rosmarin.

»Das Roastbeef ist im Ofen, ich muss den Wein aufmachen und den Brokkoli schwenken.«

»Also brauchst du einen Souschef!«

Nach über sechzehn Jahren standen sie Seite an Seite in Federicas Küche. Der Vater war wohl nicht weniger verwirrt und atemlos als er. Federica hätte sich gefreut, sie nebeneinander und in bestem Einvernehmen zu sehen, wie sie gemeinsam an einer Sache arbeiteten.

Matteo schnitt das Fleisch akkurat auf, fast professionell. Giorgio sah ihm zufrieden zu und schwenkte unterdessen das Gemüse. Zum ersten Mal in ihrem erwachsenen Leben teilten sie sich einen Herd. Sie taten es mit Grazie und Sachverstand. Für die Leute zu kochen hatte beiden das Leben gerettet: Matteo hatte sein Leben damit gefristet, er war damit beinahe reich geworden.

Giorgio war dem Vater dankbar, dass er nicht einmal den Versuch gemacht hatte, ihn von seinem Plan abzubringen. Die anderen, angefangen bei Tati, hatten ihm zugesetzt. Vielleicht war Matteo Zevi gar kein so übler Mann. Sein Fehler war, Kinder in die Welt gesetzt zu haben – das war alles.

»Meine Frau hat mich verklagt«, verkündete er, das erste Stück Fleisch kostend.

»Welche?«, fragte Giorgio, und die Frage machte beide verlegen.

»Was werdet ihr dort tun?«, erkundigte sich der Vater und wechselte so das Thema.

»Wir werden uns etwas einfallen lassen.«

Matteo wollte wissen, ob er von Martina gehört habe. Ja, sie hätten am Abend zuvor zusammen ein Eis gegessen, und er werde sie vom Flughafen aus anrufen.

»Wie geht es ihr?«

»Besser, scheint mir. Sie hat es geschafft, ihre Doktorarbeit einzureichen. Und ist unterwegs nach Sabaudia. Hast du nichts von ihr gehört?«

»Ach was. Anscheinend gelingt es mir nicht, von meinen Kindern gleichzeitig geschätzt zu werden.«

Auf dem Weg zum Flughafen flogen die Oleander des Mittelstreifens wie ein rosa Band an ihnen vorbei. Der Flugsteig lag ganz am Ende des Gangs, um hinzugelangen, musste man eine Polizeikontrolle passieren. Daran würde er sich gewöhnen müssen.

Sara war schon da, sie saß mit Noah neben dem Check-in. Mit der ihr eigenen wilden Natürlichkeit stillte sie ihn.

»Du lässt nicht locker, hm?«, sagte er an seinen Sohn gewandt, der sich im Übrigen nicht um ihn scherte.

»Familie Zevi?«, fragte ein Beamter mit undefinierbarem fremdländischem Akzent.

»Ja«, antwortete Giorgio.

»Ich fürchte, für die Kontrollen müssen wir Sie trennen. Ich würde bei Ihnen anfangen, da Ihre Frau beschäftigt ist.«

Giorgio folgte ihm in einen großen Raum, der durch Plastikwände unterteilt war. Er hatte in letzter Zeit etliche Verhöre über sich ergehen lassen müssen und hoffte, dass dieses das letzte und harmloseste sein möge.

»Nehmen Sie Platz.«

Der Beamte setzte die Brille auf, holte einen Stift aus der Hemdtasche und warf einen Blick auf die Unterlagen.

»Herr Zevi, warum wollen Sie in Israel sesshaft werden?«

Seit Monaten versuchten die Leute nun, ihn mit den triftigsten Argumenten umzustimmen. Endlich fragte ihn jemand rundheraus, warum er das tun wolle. Er geriet in Verlegenheit. Ja, warum nach Israel? Warum alles aufgeben und Sara, den Kleinen und sich selbst an einen feindseligen und fernen Ort verpflanzen, für den er nie eine Schwäche gehabt hatte? Gott weiß, wie gern er eine Antwort gehabt hätte, doch vorerst war da nur eine Frage, die ihn schon seit zu langer Zeit plagte: Wohin sonst konnte er gehen?

Danksagung

Im Unterschied zu früheren Büchern habe ich beim Verfassen des jetzt vorliegenden die wohlwollenden Meinungen und kostbaren Ratschläge von etlichen Freunden eingeholt, deren Namen ich hier in loser Reihenfolge anführe, mit all der Dankbarkeit, derer ich fähig bin: Leonardo Colombati, Saverio Costanzo, Carlo Carabba, Renata Colorni, Marilena Rossi, Margherita Trotta, Gian Arturo Ferrari, Francesca Gariazzo, Luca Piperno, Marco Marini, Eleonora Marangoni.